高建群全集

惊 鸿 一 瞥

高建群 著

陕西师范大学出版总社

图书代号　WX24N0100

图书在版编目（CIP）数据

惊鸿一瞥／高建群著. — 西安：陕西师范大学出版总社有限公司，2024.1

（高建群全集）

ISBN 978-7-5695-4273-8

Ⅰ.①惊…　Ⅱ.①高…　Ⅲ.①散文集—中国—当代　Ⅳ.①I267

中国国家版本馆CIP数据核字（2024）第004424号

惊 鸿 一 瞥
JINGHONG YIPIE

高建群　著

出 版 人	刘东风	
总 策 划	孙留伟	
责任编辑	胡选宏	
责任校对	刘　畅	
出版发行	陕西师范大学出版总社	
	（西安市长安南路199号　邮编710062）	
网　　址	http://www.snupg.com	
印　　刷	北京天宇万达印刷有限公司	
开　　本	880 mm×1230 mm　1/32	
印　　张	9.75	
插　　页	2	
字　　数	233千	
版　　次	2024年1月第1版	
印　　次	2024年1月第1次印刷	
书　　号	ISBN 978-7-5695-4273-8	
定　　价	68.00元	

读者购书、书店添货或发现印刷装订问题，请与本公司营销部联系、调换。

电话：（029）85307864　85303629　传真：（029）85303879

总　序

文稿一旦变成铅字，一旦成为一本装帧得或粗糙或精美的书本，那它就是一个独立的存在了。它将离你而去。它将行走于世间。它将开始它自己的宿命。它或被读者供之于殿堂，视为经典，视为对这个时代的一份备忘录；或被读者弃之于茅厕；或被垃圾处理厂重新化为纸浆，以期待新的人在上面书写新的东西。凡此种种，那就看这本书它自己的命运了。

这时，于作者本人来说，倒是没有太大的干系了。于是他成了一个旁观者。他和这本书唯一的联系是，那书本的额头上，还顶着他卑微的名字。知道《一千零一夜》中的《渔夫和魔鬼的故事》吗？渔夫打开铅封的所罗门王的瓶子，于是一缕青烟腾起，魔鬼从瓶子里走出来，开始在世界上游荡，开始在暗夜里敲打你的门扉。渔夫这时候唯一能做的事情，是一手拿着空瓶子，一手捏着瓶子盖儿，傻乎乎地看着他放出的魔鬼，横行于世界。

此一刻，在这二十五卷本的"高建群全集"即将付梓出版之际，我感到我的已日渐衰老的身躯，便宛如那个已经被掏空的——或者换言之——魔鬼已经离你而去的空瓶子一样。此一刻，我是多么虚弱而疲惫呀。

人生一场大梦，世事几度秋凉。一想到这个名叫高建群的写作者，在有限的人生岁月中，竟然写出这么多的文字，我就有些惊讶。一切都宛如一场梦魇！这是一笔一画写出来的呀！如果我不援笔写出，它们将胎死腹中。但是很好，我把它们写出来了，把它们落实到了纸上。

那每一本书的写作过程，都是作者的一部精神受难史。

建于西安航空学院的高建群文学艺术馆，要我给一进馆的墙壁上写一段话，于是我思忖了一个星期，最后选定帕乌斯托夫斯基《金蔷薇》中的一段话，写在那上面。那么请允许我，也将这一段话写在这里：

> 是什么东西迫使一个作家，从事这种庄严的但却又是异常艰辛的劳动呢？首先是心灵的震撼，是良心的声音。不允许一个写作者在这块土地上，像谎花一样虚度一生，而不把洋溢在他心中的，那种庞杂的感情，慷慨地献给人类。

谎花是一种虽然开放得十分艳丽，但是花落之后底部不会坐上果实的花。植物学上叫它"雄花"，民间则叫它"谎花"。

我们光荣的乡贤，以大半辈子的人生履历，驰骋于京华批评界，晚年则琴书卒岁，归老北方的阎纲老先生说：

> 相形于当代其他作家，高建群是一个马拉松式的长跑者，他以六十年为一个单元，在自己的斗室里，像小孩子玩积木一样，一砖一石地建筑着自己的艺术帝国。他有耐性，有定力。喧嚣的世界在他面前，徒唤其何。

当我听到阎老的这段话时，我在那一刻真的很感动。感动的原因是世界上还有人在关注着这个不善经营不懂交际的我。诗人殷夫说："我在无数人的心灵中摸索，摸索到的是一颗颗冷酷的心！"现在我知道了，长者们一直作为艺术良心站在那里，为当代中国文学保留着它最后的尊严。

"有些故事还没讲完那就算了吧！"这是一首流行歌曲里的话，如果这个名叫"总序"的文字，需要拿出来单独发表的话，建议用这句话作为标题。

我们这一代人行将老去，这场宴席将接待下一批饕餮客！人在吃完宴席后，要懂得把碗放下，是不是这样？！

2020年10月11日早晨6点
写于西安

前　言

我想告诉你一个我眼中的真实的西部。

当我驱车沿着大西北广袤的原野奔驰时，一种苍凉和悲怆的感觉常常填满我的胸膛。我看见了贫困，看见了苦难，看见了伴随贫困与苦难的那人类堪称伟大的生存斗争，看见了每一个卑微的生命在这块土地上挣扎和成长的痕迹。

在宁夏西海固，面对公路边上那些跂踞成一排、戴着白帽、袖着手、面无表情的晒太阳的人们，我想说：你好吗？我的兄弟！你们在想什么呢？

在甘肃定西，在一个干涸的河床上，一群穿着红红绿绿衣服的小学生正排队回家，我听到了他们的歌声。我还知道，此一刻甘肃正在经历百年一遇的大旱，而大旱的中心是这贫瘠甲天下的定西。

在新疆阿勒泰中哈边界上，我走进一处兵团农庄。二十七年前，中苏边界武装冲突期间，我曾经打马巡逻到过这地方。那时，在一个土坯房前，一个七岁的兵团小姑娘向我举手敬礼。而今，这小姑娘已经成家，并且有了一个七岁的男孩。"世界是由我们这些小人物创造的！"姑娘说。我同意她的话，我为她的话击掌。

西部大开发正在进行。

前些天，在网上，一位网友问我：你写了许多关于西部的文章，是不是因为西部大开发的缘故，你才写这些文章的？我回答说"不是"。我说，我居家西部，我的根在这里，我从这里汲取创作养料，因此无论有没有西部大开发，我既然要写，就不可避免地要写西部。我还这样说："没有西部大开发，西部人也照样要活呀，是不是？！"

话虽这样说，西部大开发毕竟是一个全民的事情，尤其是身处大西北的我，更是感受到大浪潮的冲击。因此，毋庸讳言，正是由于西部大开发，令我对西部投入了更多的热情、更多的关注和更多的思考；亦正是由于西部大开发，为我提供了全新的观察西部和思考西部的视角。

读者读到的这本书，就是我的观察西部的产物，思考西部的产物。

从这个意义上来说，这本书除了描写西部现状之外，它还肩负着第二个使命，那就是对西部大开发的积极思考。

我不是经济学家，也不是政府官员，我只是一个手中有一支笔的文化人。我的优势在于我了解许多东西，我的劣势则在于我不了解许多东西。我尽我的能力去做。我所能奉献给社会的就是这本书所写的这些东西了。

我唯一有把握的是我的真诚和我的激情。

我用我的真诚和我的激情，为我们民族的明天祝福，为西部大开发的成功祈祷。

中央电视台10频道批下来以后，我也应邀去北京参加了开播前的策划。甚至《探索与发现》栏目上的那一段话也出自我的信口言说。那句话叫"在已知的领域我们重新发现，在未知的领域里我们初次发现"。这句话放在栏目的右上角，魏彬导演别出心裁，在上面放了一个盘子，盘子上放了个勺子，这勺子扒拉扒拉一转，像个指南针一样。这个栏目的标识就这样出来了。

这个栏目的第一期节目，是我和刚刚进入央视的刘芳菲的对话栏目。这个对话，叫《话说丝绸之路》。央视先后拍过三次丝绸之路的片子，第一次是和日本人合作，日本人出钱，两家各拍各的，出来后各剪各的。第二次是咱们重新召集原来的拍摄人马，重新翻出当年拍出的片子，然后看十年后的村庄，这些人们，是什么样子。他们在时代的发展中有哪些变化。我们这次是第三次了，应急之事，栏目急着播出，要给10频道开播来一个开场锣鼓。所以就把过去拍的所有片子，又把日本人拍摄的片子，高价买回来，然后剪辑成图像，让我，还有著名的周伟洲专家在屏幕前说，请刘芳菲主持。

刘芳菲穿一个花格子短袖，牛仔裤，扎着两条大长腿。她刚刚获得中央电视台的金话筒奖，从辽宁而来。她说，高老师我有点紧张，这是我第一次上中央电视台，我该怎么问，你给我写些条条。然后她从上衣口袋拿出早已准备好的小纸条，让我写。于是乎，我坐在第十演播室大门口的台阶上，在开讲前吭哧吭哧写了半天。

我记得我还对刘芳菲这姑娘说，你是北方人，所以你的造型要往大气的方面走，穿着宽大的衣服，头上烫几个大花卷，千万不敢往南方的小家碧玉方向靠。后来这十几年刘芳菲的主持风格，一直就沿着我说的这个方向走。

记得当时还来了一个瘦瘦的刀条脸，长头发，穿一身牛仔，见人就双手紧扣裤缝，90度鞠躬，叫声"老师好"的年轻人。童导说，他叫李咏，这小伙子脑子像闪电一样，嘴又能说，他是来这里试试镜头。

为了西部大开发这个话题，央视还成立了一个专题片摄制组。

专题片名字叫《中国大西北》。孙家正部长点名，童宁担任总导演，北京作家毕淑敏、新疆军旅作家周涛、还有我，担任总撰稿。孙部长在策划会上说，同志们呀，现在说真话不容易，但是我希望你们在这个专题片中，最好不要说假话。

这样我们三个就跟着摄制组，在陕甘宁青新——中国大西北的广袤土地上，跑了三年。用我的话说，就是瞎子跟着驴跑，看不见路，只听见前面的脚步响。这本书，其实也就是这次担任总撰稿跑了这么多地方的一个副产品。

《中国大西北》专题片后来隆重播出，还获了中宣部"五个一工程"奖。后来我到北京，在梅地亚中心，孙家正部长请我吃饭，他问我片子拍得怎么样。我说，您老在策划会上说，咱们最好做到不要说假话，我说是片子中咱们倒是没有说假话，但是说了一堆废话。孙部长笑了。

我的双脚曾经走过这么遥远的路程，见识过那么多的事情。读万卷书，行万里路。中国大西北就是一卷大书，而读者读到的这部《惊鸿一瞥》，就是这位写作者的阅读心得呀。

2000年12月12日 写于西安

目录

CONTENTS

辑一　请将我一分为三

辑一　请将我一分为三

地球时间

　　时间是一个伟大的东西，可怕的东西，足以摧毁一切的东西。记不得我是从哪一刻感悟到时间这个概念的。一次花开与花败？一次日出与日落？一次诞生与死亡？或者，一段朽木，崖石上的一层沉积物，古墓中的一幅壁画，等等。

　　在新疆罗布泊，一位地质学家对我说，三亿五千万年以前，这里是一片浩瀚无边的大海，叫准噶尔大洋。十万年以前，大海浓缩成一个三万平方公里的湖泊，叫罗布泊尔。两千年前，湖泊干涸的地方出现楼兰古城、姑师古城，出现横贯而过的古丝绸之路。至1972年，尼克松访华，送给中国人关于罗布泊的卫星照片。那个著名的"大耳朵"照片显示，罗布泊已经干涸得没有一滴水了。站在罗布泊高高的白龙堆雅丹上，我迎风而泣，我的眼角涌出罗布泊的最后一滴水，我把罗布泊的沧海桑田史叫"罗布泊时间"。

　　在西安的半坡母系氏族村博物馆，一位考古学家对我说，七千五百年以前，这里居住着一个以"人面渔身"为图腾的母系氏族部落，并正在向父系过渡。那亦是新旧石器交替的年代。部落人开始吃盐。部落人开始饲养家畜。部落人开始制陶。部落人开始吹奏人类的第一件乐器——埙。面对这片遗址，面对它左近的繁华古都西安，面对眼前的八百里秦川沃野，我把半坡的沧海桑田史叫作"半坡时间"。

在宁夏银川的西夏王陵，一位语言学家对我说，陵的主人，那个披着神秘面纱的西夏王国，已经永远地泯灭在历史的路途中了，没有了国家，没有了民族，没有了语言，没有了文字。这位语言学家叫李范文，他是目前世界上唯一能认得西夏文字的人（他大约就是短命的天才王小波笔下那个研究西夏文的专家李先生）。我问他是如何认出或破译出的，他说连他自己也不知道，我问他能发出读音吗，他说不能。我问他那些西夏遗民都到了哪里，他举目荒野，无以作答。也许，从李继迁，到李元昊，再到陕北的斯巴达克式的英雄李自成，再到这位无师自通的李先生，他们之间该有一点什么联系吧。李继迁是西夏王李元昊的祖父，李自成则是从西夏迁往陕北米脂县李继迁寨的移民，清诗中就有"一朝兵溃防株累，尽说斯儿（李自成）起牧羊"一说。站在西夏王陵——这片东方金字塔之前，前不见古人，后不见来者，我一腔惆怅。我从佛教智慧中撷得一个词，来称这眼前的面对，那词叫"过去时"。

呜呼，有一个时间正向我们走来，那是百年纪之交和千年纪之交。那该是一个伟大的时刻，庄严的时刻，神圣的时刻。我不知道那一刻，时间会是以一种什么状态存在的。会突然停止，尔后重新启动吗？地球会在那一刻脱离时间的管束吗？我不知道！我们不知道！

假如真有那么一刻，在时间面前如蝼蚁如草芥的我，将抓紧时间做一件事情。我将涅槃，尔后再生。我的脱落的牙齿将重新长出，我的黑白间半的头发将重新变黑，我的臃肿的身躯将变得修长，我的疲惫苍老的心将变得年轻。正像《圣经》中曾经描写过的情景那样。

黄土高原上的杜梨树

我沿着黄土高原一条冰封的河流向前走去。这天，阳光柔和而温暖，几只带哨的鸽子在我头上不停地盘旋。

我一个村子一个村子地走着，试图在这里找到革命战争留下的足迹。当然，我取得了成功。这是个每一尺土地都应当为之立一座纪念碑的神圣的地方。那山，那原，那川，那沟，还有那些高尚的人……

比如：你在大路上走着，看见路旁边有个老人在为树苗松土。他蒙着一条羊肚手巾，脸上皱纹重重，棉衣和头巾上扑满了尘土。你打声招呼。他也许是个聋子，听不见。那准是被炮火震聋的。你遇见的倘若不是聋子，他会眯起眼睛——那眯起的眼睛活像满脸皱纹中粗一点的皱纹一样，向你友爱地笑一笑。如果你态度恳切一点，问他这里有没有老红军，他就会笑着说："我就是。"或是"警三旅"的，或是"三五八旅"的，或是"三五九旅"的。于是他就会给你讲起那令人怀念令人激动的岁月。

他们几乎都是大军南下时，因老弱病残留下来的。有的是本地人，家里有妻小；有的是外省人，在山村找了个寡妇什么的，安个家，度过后半生。几十年来，他们在这块贫瘠的土地上，和普通的农民一样，默默地劳动着，承受着艰苦、幸福和欢乐。

我就在这样的环境、这样的气氛中生活着。有一天早晨，我站在一架山峁上，看冬日的太阳从远山升起。那每一个大馍馍一样的山头上，都长着一棵苍劲挺拔的老树，供人们夏天乘凉。"那是杜梨树呀！多有益于人的树啊！"我激动地呼喊起来。

我默默地走到近处的一棵树下，摸着它的冰冷的树身。它春日的白云般缭绕的杜梨花没有了！夏日的绿色花盖没有了！秋日的累累果实也没有了！我望着它稀疏的枝条和苍老的树干，透过它们，我看到了远方正在上升的太阳和晨光中我亲爱的高原。

生活在黄土高原上的老红军啊，他们的青春也曾像杜梨花一样洁白芬芳，他们的斗争生涯也曾像绿色花盖一样荫及他人，他们英勇的献身精神也终于结出了累累的果实。不，他们就是这一棵棵的杜梨树，看来朴实无华，却默默把自己的一生贡献于人民啊……

我从树下拾起一颗杜梨儿，放在嘴里嚼起来，它很甜很甜。

常宁宫记

从西安钟楼端往南，走上十六公里，有个大大有名的地方叫常宁宫。这地方因为三件事而出名。第一件，李世民他妈当年在这里居住。却说当年李世民他妈，住长安城里住烦了，于是在终南山脚下，神禾塬顶上，选择这么个地方隐居。说是隐居，少不得建些楼阁台榭之类，于是这地方便成为唐王朝的一处宫殿，殿名叫"常宁宫"，据说也是李世民他妈给起的名字。常宁宫确实是个好地方，李世民他妈活着没有住够，死了后就叫人把她埋到这里，古人有"皇天后土"一说，这地方该是货真价实的"后土"了。

第二件事发生在现代。因为骊山脚下五间厅的几声枪响，将蒋介石吓得失魂落魄，西安事变后，蒋介石发誓再不到西安来了。可是胡宗南还是想请蒋来。于是乎胡宗南一番踏勘，找到了这个已经败落的常宁宫，觉得这地方远眺终南山，背靠潏河水，既僻静，又离西安不远，确系风水宝地。胡宗南亲自督造，将常宁宫修缮一新，然后请蒋介石驾幸西安。这地方遂成为蒋氏的一处行宫。

有好事者考证说，蒋介石曾经在常宁宫住过三次，蒋介石的二公子蒋纬国，亦是在常宁宫举行的婚礼，度的蜜月。

蒋二公子娶的是西安一家纱厂的老板石凤翔的女儿石静宜。据说蒋二公子在火车上遇见石小姐，一见倾心，从1940年开始，一直追到1944年，石小姐方才许婚。石静宜到台湾后，死于台北家中。关于她的死因，有三种说法：一种是难产而死，一种是心脏病不治而死，一种是石的父亲石凤翔到台湾后，依仗亲家的势力损公肥私，惹怒了蒋介石，蒋介石令儿媳石静宜自裁。三种说法，第一种是官方公告，第二种是蒋纬国回忆录所述，第三种是民间野史记载。不过世人普遍认为第三种似乎更接近真实。

第三件事是说新中国成立后，这里成为西北局高干疗养院，进出的仍是显赫人物。不过这并不重要，重要的是常宁宫旁边有个黄埔村，作家柳青曾长期在这里体验生活。眼前的这蛤蟆滩、滈水河，都成为他的皇皇巨著《创业史》中的背景。

1999年的初冬，一个早晨，我被人从被窝里唤起来，说是要去一个地方。这要去的地方就是常宁宫。西安饮食集团公司所属西安饭庄出资三千万元，旧瓶装新酒，将这常宁宫改造成了一个现代化的休闲山庄。

我在这玉宇琼阁中穿梭了一回。我在蒋二公子与石小姐曾经的婚床上滚过一回，我在宋美龄曾经用过的那架钢琴上装模作样地弹拨过一回，我在蒋介石凭栏远望的那个刻有"江天一览"字样的亭子前流连过一回。我对陪同我们的西饮集团公司的王一萌副总经理说，你们办了一件好事，昔日达官贵人来来往往的皇家园林、蒋氏行宫、高干疗所，而今成了普通百姓休闲度假的好去处，这叫平民意识、商业头脑。我还说，这地方有文化根基，它会火起来的。

末了，我为常宁宫题楹联如下：婚床一张，温情几许，蒋氏父子今安在，叹绮罗过眼成旧梦；常宁永驻，滈水西流，萧条异代不同时，看新天新地新人类。横批我仍想用"旧瓶新酒"一句，不过同行的徐作家说这话韵味不够，于是，我也就放弃了。是为常宁宫记。

请将我一分为三

假如有一天我死了，请将我的骨灰一分为三：一份撒入我的出生地渭河，一份撒入我驻守过五年的额尔齐斯河，一份撒入我长期工作和生活过的延河。

高村是紧依着渭河南岸的一个小村子。从一岁到三岁，从九岁到十一岁，从十五岁到十八岁，我曾在这我的桑梓之地生活过三个三年。我看过河涨河塌，我挨过饥饿，我吃过观音土。这个忧伤的少年，曾许多次站在渭河岸边的老崖上，注视着眼前这腾烟的河流，满含热泪，感慨生命的卑微和生存的艰辛。

这贫穷，这卑微，给了我一生都受用不尽的财富。我曾经这么近地拥抱过大地。我曾经这么近地拥抱过苦难。记得，在向这块土地告别的时候，我曾经说过，从此后，不管我居家何方，职业为何，我将永远是渭河滩上的一个农民，我将永远用农民的腔调说话和思考问题，这地方的天阴天雨，水旱水涝，丰年歉年，将时时牵动我的心。

延河是一条神圣的河流，一条可以枕着它做梦的河流。在我当报社记者的那些年头，我曾经从延河的源头芦子关，到延河的入黄处天尽头，将这条流域历历走遍。我饥不择食地从这块土地汲取滋养，以致脚步日益变得沉重，变得步履蹒跚。

陕北，北斗七星照耀下这块苍凉的北方高原，产生英雄和史诗、传说与吟唱的地方。这空旷雄伟的大自然教会了你一种大思维，而生存的不易又激发起人们与命运抗争的勇敢精神。我爱陕北，春天的崖畔上的那一树如火怒放的山桃花，会令你热泪盈眶。而冬天雪飘时间那一天素白，会令你产生作诗的念头。

额尔齐斯河则是另一种河流。它注入北冰洋。它在春潮泛滥时节一汪蔚蓝色的河水，成一个扇面，仪态万方地从戈壁滩上流过。

我喝了五年这条河的河水。五年的爬冰卧雪令我的关节炎现在每逢阴天便来打搅我，而中苏边界当时险恶的态势造成的心理压抑，将永生不能挥去。然而，随着老境渐来，我愈来愈怀念它和热爱它。朋友说，那其实是你在怀恋自己的青春年代。

这三条北方的河流构成了我生命的全部。它们是我的三个库存。遗憾的是我的作品现在仅仅表现了陕北，而对渭河岸边我那古老的家族，对阿勒泰草原我那从军的年代，我还关注得很少，这是我应当惭愧的。但愿不久的将来，它们会从我的头脑中落实到稿纸上。

有一天，这个人不能再写作的时候，他的归宿将是那三条河流。当那三条河流歌唱着向远方流去时，那歌唱的声音中，有我的卑微的声音。

错　觉

　　人生是由一连串错觉组成的充满戏剧性错觉的一生。上面这句话是我最近思考的产物，我的千虑之一得。而促使我思考的，是由于去年夏天我遇到的一件蹊跷的事。

　　毋庸置疑，这事与女人有关。"美人的匆匆的一瞥啊，莫非你给拉斐尔以灵感！"这是拜伦勋爵《唐璜》里的话。这话正该我在这里说。去年，在一次会议上，我遇到一位女性。当会议的主持人介绍到她时，她的宽边的遮阳帽斜斜地仰起，这样，我看到了一张类似于女神或者女佛那样的充满光辉的脸，我一下子愣住了。我突然觉得和她很亲近，亲近极了，因为她像我的一位旧年的朋友——说穿了，那旧年的朋友就是小说《最后一个匈奴》中的丹华。但是我在那一刻明白，像归像，但是她不是，因为丹华远在香港，还因为主持人正口齿清晰地说着她的名字。

　　她个头很高，身材丰满，遮阳帽，一身宽大的碎花布连衣裙，脚下一双随随便便的黑色凉鞋，腋下挎件北京的职业妇女的那种船形的中型皮包。她有点像香港那个影星张曼玉，不过较之张曼玉，她更深厚和有风度一些，通身都沉浸在一种文化感中。她是一家期刊的主编。

那应当是一次文坛的男大腕、女大腕们的聚会。会议随便提溜出一个人来，都会吓人一跳的。但是在四天的会议中，这个时时在我眼前晃动的梦幻般的身影，占据了我整个的心灵。会议有许多女性，这些女性在四天的会议中最少换过四身服装，从而令有人感慨这是一次时装表演会，从而令我明白了女士们那大大的旅行箱原来是个活动的衣橱。但是四天中，女人只有她是个例外，老是那一身，以一种不修边幅的姿态在会议上定格。善变有时候也许并不好，在陀螺般疯狂地旋转的世界上，固定的东西也许更引人注目。

我那次是带了夫人去的。这是会议给我的例外待遇。会议是在南方某沿海城市召开的。面对满桌的臭鱼烂虾，老婆感慨这南方人生活在水深火热之中，她说我们只在这里待一个礼拜，就开拔了，那些南方人成年累月地吃这些东西，他们怎么承受？这是题外话，和本文的主题没有关系。

瞅空儿，我和这位女士拉过几次话。面对那张我稔熟而又陌生的脸，那北京腔，那每一次的举手投足，我的眼神中一定出现了一种惶惑不解的表情。当我费力地告诉她，我产生了一种错觉，将她当成另外一个人，并说出那个人是谁时，她笑了。她说她也插过队，在黑龙江，这也许是她和她相像的原因。这时我还想问她，那么小的时候，她是不是也在北京的少年合唱团待过，并且在六一儿童节的时候，穿的白衬衣，宽边的红色背带裤，站在麦克风前启动小小的朱唇，唱那首《小河小河啊你慢慢地流》。我张了几次口，但是没有问，我怕令自己失望。没有问的另一个原因是在一个有阅历的女人面前，我突然觉得自己有点傻，像个傻帽。

嗣后，会议结束前，还在一个度假村里举行过舞会。当她与一个高个子的军人作家在舞池里翩翩起舞时，令我坐在那里抽烟徒生妒意。再后来，飞机一声轰鸣，她回北京，我回西安。

这件事已经过去一年了。一年中，像牛的反刍一样，我心中时时翻腾这事。诚实地讲，我的心口常常隐隐作痛，脸上出现一种因为思念而黯然神伤的表情。但是，我毕竟也是一个有阅历的人了，在每一次思念中，理智都及时抬头，指令自己将这一切忘却。

关于错觉这个话题，在这一年的思考中，我突然有了一个令自己都为之惊讶的发现。这发现就是，当丹华当年第一次出现在我的眼前时，我也有一种似曾相识的感觉。

那也是一次文学会议。二十年前的事了。那时我是参加会议中最小的。她来得有点迟，门吱呀一声，分开了一条缝，有一束四月的阳光射进来，随后是披着一身光辉的笑吟吟的她。"我在哪里见过？"这是我的第一个念头。"她和我如此亲近！"这是我的第二个想法。

思考既然到了这个份上了，那么，容我溯流而上，再从自己的阅历中挖掘，看在我的沉沉的昏沌的记忆，丹华为我形成的错觉，又是如何产生的呢？这样，我便又有了一个惊人的发现。

我发现后来的她，原先的丹华，都像一个人。这人实际不是人，而是延安万佛洞过庭里的那尊仪态万方、玉体横陈的女佛。我少年的时候，这洞子曾经是住家的地方（它原先是中央印刷厂所在地），洞子太大，一分为二，报社的两户人家居住。每天每天，父母去上班，便用一条绳索，将我拴在门槛上，于是懵懂不知的我，每天与这尊女佛，四目相对。

这个万佛洞，建于魏晋南北朝时期，上距"燕瘦"时代数百年，下距"环肥"时代数百年。那个女佛，正是一个"增之一分则显肥，减之一分则显瘦"的绝代佳人形象。那么，这样便明白了，福州会议上我对那位女士产生的错觉，是由丹华而来的；而西安会议上我对丹华产生的错觉，是因为我童蒙年代那一段记忆。那记忆可怕地隐藏在我身体的深处，成为我认知世界认知异性的始发点，并且顽强地在每一个酷似她的面孔上复活。哦，人生真是由一连串错觉组成的充满戏剧性错觉的一生。——我的这个思考是我对认知领域的一份贡献。

话到这里，似乎已经完了。不过我还想深究一步。这一步就是，当我被拴在门槛上，面对女佛，像一个被遗弃的孤儿时，那一刻我正在强烈地思念我的上班的母亲。因此，这一连串的错觉，也许应当归结到生命的始发点上去，也许可以用弗洛伊德的恋母情结予以解释。我这种思考不知对不对？

我老婆炒股

　　我老婆是一个建筑工程师，西安市内的好几座大型建筑，都是她做的概算、预算或决算。不过这是十几年以前的事了。如今国企不景气，老婆时时面临下岗的威胁。一旦下岗，养老保险基金也就没有了保障。眼见得晚景凄凉，老婆一咬牙说：给自己找个事做——炒股！

　　第一天到股市上转了一圈后，老婆回来说，股市上人真多，原来，中国人都跑到股市上去了。第二天又转了一趟，又有一番感慨，说股市上的钱简直不是钱，一摞一摞的钱，一挎包一挎包的钱，往进扔，像扔废纸似的。

　　老婆先挂了个号，然后在股市上叨叨搭搭跑了一个月，才一闭眼一咬牙，像跳崖似的，将一万块扔进去。这一万块钱是她今年大半年时间省吃俭用攒下的。平日见她买菜，我赶快就跑开，我见不得她一角一分地和菜贩子搞价。那场面叫我脸红。平日进城，她也是坐公共车，从不打"的"。一头乱发，我说你到发廊去做一做，顺便也美容一下，她坚决地说"不"。想不到这抠门还真顶用，大半年时间省下一万，想到自己平日拿钱不当钱，打麻将一输就一塌糊涂，抽起烟一天两三盒子，平日出门务必打"的"，我就不免汗颜，并对老婆产生敬意。于是我对老婆说，钱是你省下的，就当全扔了，玩一把，如何？这一万块能够进入股市，也是得到我的鼓励。

这一万块钱打进去，接下来便是选股。从此我家这电视机，股市行情成了首选节目。原先这遥控器，是操纵在我手里的。我爱看体育节目，足球篮球之类。随着儿子渐渐长大，也成了足球迷篮球迷。老婆原来爱看电视剧，我说弱智的中国电视剧，有什么看头，把聪明人都看成傻瓜了，什么《还珠格格》，整个的一个闹剧荒唐剧而已。我的话起了一些作用，二比一的这个比例也使老婆只好放弃。但是自股票这个怪物进入我家之后，老婆不让了，她要看股市行情。这样看了一个礼拜，又征求几拨朋友的意见之后，老婆用这一万块钱买了两只股票，各买四手。

中国的股票市场是一个不成熟的市场。中国的股票市场是一个空买空卖的市场。中国的股票市场是一个缺少游戏规则的市场。中国的股票市场是一个充满凶险充满不可预测性的市场。中国的股票市场是一个弱者肉强者食的市场。

操纵、左右，或曰影响股价的是三大势力，一是国家，二是庄家，三是大户。国家想叫股市兴旺，于是乎又发文件，又在报上发评论员文章，又责令银行减息，又办个花花绿绿的晚会什么的；国家想叫股市受到扼制，同样采取上面的办法，有时还使出撒手锏来，搞金融整顿，例如1997年7月那次，令股市一下子低迷了两年。

庄家和大户，股票的涨落很大程度上是操纵在他们手里的。他们因时而动，像一只只卧在那里的老虎一样，有时大量地吃尽，将某一只股票往起烘，烘得这股票达到一个高位，热得烫手，烘得那些零散的股民想也不想就把钱往这个股上投。眼见得时机到了，股价上了一个高位，庄家将手中股票全部抛出，挣下大把的钱来。这股票失去支撑，于是急剧下落，直达悲惨的境地。被套住了的股民呼天天不应，呼地地不灵，只好手执这贬值甚至贬到一半的股票，慢慢等待它的下一次转机。庄家和大户这时候则坐在家里数钱，数完钱以后，逍遥一阵后，或重新选择一只股票操作，或等这只股票跌到最低点以后，创伤开始恢复，元气开始恢复，于是从最低点买入，再来一次操作和拉开过程。反正社会很大，社会上有的是零散的股民，立即会有许多人又尾随上来，这只股票又开始走高。

1999年7月初，银行利率降低，又有证券法出台，庄家和大户纷纷将资金抛出。一时间莺歌燕舞，低迷了两年的股市突然直线走高，日成交量从八十亿涨到四百亿元，许多股票都涨到接近1997年7月时的价位，更叫人头脑发热的是，沪深两市的指数都创出历史新高。这一次又有大量的中国老百姓进入股市，据报载，仅北京一日之内就有三万个户头注册。然而风云突变，仅仅一夜间，庄家和大户在大赚一把后，纷纷将资金撤出，价位迅速回落，昙花一现的股市重现低迷。

这就是金钱魔力作用下的股市，充满凶险的股市。我把我的这些思考对老婆说出。我还对老婆说，一个零散的股民，进了这股市，就像羊进了狼口，凶险四伏，十个捣鼓股票的，有一个挣了，两个平了，七个赔了，这挣的是庄家大户，赔的是零散股民。电视上"股市凶险难测，介入务必谨慎"这话，说得没错。

那么面对如此凶险的股票市场，一个势单力薄、形单影只的散户如何自保，并且在自保的基础上能有所回报？我对老婆说，办法是有的，这办法就是不急不躁，冷眼看着市场，伺机而动。庄家和大户总是要炒股的，因为这是他们的职业。他们非动不可，而你只是伺机而动，这就是他们的弱点和你的优势。你冷眼旁观，且看他们如何动作。你不知道一只股票的最低点和最高点，因为这是庄家操纵的。但是你能见到它的次低点和次高点。见到这股票快降到底了，庄家快采取动作了，蛇要出洞了，你就买它；见到这股票一个劲地往高里蹿，蹿得令人诧异，这时你不要贪，抢在庄家动作之前抛出就行了。这样虽然少赚一点，但是保险系数大一些。老百姓有一句老话说："隔夜的金子不如到手的铜。"这是至理名言。

我还对老婆说，国家最怕的事情是"乱"，所以它既不会让股票市场长久地低迷，引起社会问题，也不会让股市过于火爆，失去控制，变得像前几年匈牙利、捷克斯洛伐克出现的那种金融骚乱一样。所以对于那些走到低洼地的股票，你大胆地买，它不会再跌到哪里去了；而对那些价位走到高处的股票，你要提防，你千万不要跟着众人起哄，你要逆潮流而走。

我这些话不啻是纸上谈兵。不过我毕竟是个有社会经验的人，这几年风风雨雨，股票上的事情也知道一些。这一阵子因为家庭利益的需要，细细思考，看出一些门道，得出以上结论。

老婆用一万块钱买的那几手股票，前几天小跌了一阵，这两天又慢慢地往上涨。老婆听股友们说，有一只股票不错，中期业绩好，可能要给配股，于是又拿出一万块积蓄，买了十手。前天刚买，昨天这股票涨满十个百分点叫停。老婆因此很高兴。她一夜辗转反侧，早晨又拿出一万块，去买这只股了。我说到此为止，有限几个钱，再不敢动用了，孩子要上大学，单位要买房，都得用钱。

老婆炒股，全家不安。我喝着茶抽着烟，躺在沙发上看足球赛的好日子算是过去了，以后这电视机得服务于股票。家中那些关于股票的专有名词也多起来，这些话像座山雕和杨子荣在威虎山上一问一答的那些黑话一样，如果再往前推，到明朝，肯定会被永乐皇帝的东厂特工抓起来，以为是密语暗号之类。老婆突然从暮气沉沉中惊醒似的，变得活跃起来，整日夹着个包，跑股市，像个负有重要人生使命的人一样。我也得时时从写作中分心出来，应声附和老婆这每一日股市归来的时喜时忧。我当然也有收获，这收获是觉得因了老婆炒股，这社会生活离我更近了，现代的风不断地从窗外吹来，迫我就范；另一个小小的收获则是有了这篇短文。收获之外还有一个感慨，这感慨就是：在金钱的魔力之下，股市这个黑洞，正不可抗拒地将善良百姓一个一个地吸将进去，其吸力之强令你简直无法抗拒。

拒绝足球

　　我想向公众朋友们提个倡议。这个倡议很简单，只四个字便可以说清。这个倡议就叫"拒绝足球"。拒绝踢足球，拒绝看足球，拒绝谈足球，新闻媒介拒绝宣传报道足球，从而，将足球这个奇怪的玩意儿从我们的社会生活中剔除出去。

　　"这圆圆的、黑白相间的、装着一肚子气的玩意儿叫足球吗？"每当看见足球，我就常常作如是之想。我的这个句式是一则外国幽默给的。萧伯纳在公园里散步时，与一位绅士狭路相逢。绅士挥舞着手杖，指着萧伯纳头上又破又旧的帽子说："先生，你头顶那破烂玩意儿，能叫帽子吗？"萧伯纳听了，微微一笑，他也挥动手杖，指着绅士头顶的那件华贵时髦的帽子说："先生，你帽子底下那圆圆的玩意儿，能叫脑袋吗？"

　　足球带给我们太多的痛苦。远的不说，单从北京"五·一九长镜头"开始，我们那脆弱的渴望虚荣的心就遭受了多少次打击，我们的脸上一次一次落下多少无情的耳光。城头变幻大王旗。那走马灯一样换来换去的脸，每一张脸带给我们的都是痛苦。这些耳熟能详的名字依次是：曾雪麟—高丰文—施拉普纳—戚务生—霍顿。

　　"五·一九"之夜的第二天，已故的作家路遥曾经给我谈起过曾雪麟。他说那戴着金丝眼镜、扎着花领带、西装革履的曾雪麟，是个伪博士、假学者。那一次屈辱的失败深深地震撼了球迷，据说事后男人们寄去了自己刮胡子的刀片，女人寄去了自己的头发，请曾教练自裁以谢天下。路遥作为球迷，虽然狂热，但毕竟深沉很多，他只是长长地叹息了一声，嘟囔了上面两句。

我所以想起这事，是因为前不久在电视上，看见曾雪麟就九强赛侃侃而谈，猛然想到不久以后的11月17日，就是路遥的七周年忌日，于是，因曾雪麟而路遥，因路遥而曾雪麟，想起这些事。

高丰文长着一张诚实的脸，他说起话来也是朴实无华。我一直喜欢他。他好像取得过几场胜利，但是最后还是在关键场次上，以失败而告终。也许他那一阵子，中国的球员队伍处于低谷吧。失败了的英雄。

施拉普纳永远是个长不大的孩子。他热情、诚恳、幼稚。鬼使神差，谁知道他怎么执上中国国家足球队的教鞭的。他对足球的理解还处在幼稚园水平。不过下野之后，他为自己找了份工作，这就是经销"施拉普纳牌啤酒"。施大爷终于知道中国足球的致命伤在哪里了，这就是缺少日耳曼民族的那种酒神精神，所以他像个盗火种给人间的普罗米修斯一样，拿来德国的啤酒卖。可惜这时他已下野了。

戚务生那张晦气重重的脸，一开始就给我一种不祥的预感。十强赛那一摊队员，是经过职业联赛锻炼的中国踢足球以来最整齐的一茬球员，可惜这些球员耽搁在他的手上了。十强赛失败之后，看到戚务生离开国家队后，又去掌武汉美尔雅队的教鞭，我曾经在一篇文章中说，中国人真是健忘和宽容，日本和韩国，他们的教练冈田武史和车范根，曾经把队伍辉煌地带到法兰西，仅仅因为在法兰西赛场上表现不佳，便被视为民族罪人，弃之如敝屣，后者还被韩国足协给了五年的执教禁令。现在我收回我原先说过的话，中国毕竟是一个讲究中庸之道的国度，总得给这个戚指导一条生计之路吧。况且，败军之将尚可以言勇，戚务生还是有一套的，先是美尔雅保级成功，后是云南红塔冲上甲A。

霍顿是个好老头。他成熟，努力，顽强。当然，他也固执，自负，愚蠢。中国足球是他的牺牲品，他也是中国足球这个祭坛上的牺牲品，彼此彼此而已。九强赛之后，我曾经写过一篇文章，标题叫《太极推手与约翰牛之争》。韩国人暗算了霍顿，韩国教练员在场上玩的那一套叫"十人太极推手"，东方哲学的产物。记得当时看电视实况转播时，我就暗暗叫苦，明白霍顿要栽了。东方哲学那一套，霍顿毕竟有隔，韩国国旗上那太极阴阳图，霍顿大约并不明白那怪模怪样的东西是什么。软中带硬，一推一送的太极推手，终于制服了怒气冲冲、心高气傲的约翰牛。霍顿饮恨，英雄有泪哪！——霍顿走好。

这几张面孔，像翻挂历上的美人图一样，让我将这几年的中国足球历历数遍。岁月可以消磨一切，火气大了会致病，因此让我们宽释和谅解一切。包括对曾雪麟。我所以在这里语言有些刻薄，纯粹是因为想起老朋友路遥的缘故。他已作古，永缄其口。我有责任将他当年的愤怒在这里写出。电视上看曾雪麟，曾雪麟也老了。

想想我们真可怜。可怜的原因是我们是球迷。那么这个球迷，不做也罢。

当然还有比我们更可怜的，这就是中央电视台那些足球节目主持人。他们因为职业的原因，不幸与足球结缘，这就注定了他们脸上永远带着一种上帝的弃儿的表情。他们得没话找话说，得强按住自己的难堪。九强赛最后一场，黄健翔说了一句话："只有有勇气的人才能看这一场球。"这话叫电视机前的我潸然泪下。这些年轻人很有才华，博学又有现代意识。比如黄健翔，比如师旭平，比如张斌，比如刘建宏。看到他们在电视屏幕上旁征博引，口吐莲花，我常常悲哀地想，如果让他们写小说，肯定比我写得好。面对中国足球这个扶不起的阿斗，他们不该浪费那么多的唾沫。

拒绝足球吧！没有它，我们的耳根可能更清静一些，我们的日子可能过得更舒心一些。

女监一瞥

我家住在省女监附近。我是1995年夏天搬到这一带居住的。从我居住的地方向北望去，是些高高矮矮的建筑，建筑中较高的一座，是一栋七层楼房。我仅仅只能看见那楼的楼顶。

楼顶上，用五颜六色的小灯泡，缠成一圈。每逢节日，这些灯泡便亮起来，闪闪烁烁。逢节日的夜晚，逢周末的夜晚，那楼里还会传出女声合唱的歌声。那歌声美极了，夜深人静之际，歌声会传出很远，仿佛西方民间传说中的大海中的美人鱼在用歌声诱惑船只。

我一直不知道这是啥地方。曾猜度它大约是一个学校，如果是一个学校，该有学生从那条小巷时常出没的。后来又猜度它是一个军事基地，看看又不像。记得我曾经问过街上摆摊的女贩们，问那是啥地方。女贩们笑着说，那是能人住的地方，没有本事的人，进不去。这话说得我更是莫名其妙，不得要领。

今年春节期间，省劳改局组织社会贤达，参观他们的监狱，说他们有个省女监，是联合国都承认的文明监狱。几辆大轿车拉了，车在西安城左转右转，后来到了女监门口，再从一个小巷里进去几百米，铁门"哗啦"一声打开，我们进了这座建筑。原来这里就是省女监。

还要进入楼房里另一座森严壁垒的小门，才算进入监管区。这门口，胖胖的女监狱长给我们每人发一个牌牌，要我们别在胸前，她说这牌牌要丢了，就不准出来了。

一千多个有罪孽的女人生活在这里。她们大部分是杀人犯（或用专业术语叫"重刑犯人"）。她们杀人的动机各有不同。占相当数量的是谋杀亲夫犯。即失败的、平淡的婚姻面前遇到了另一个男人，于是与这另一个男人合谋，将自己的丈夫杀死。亲手操作的这"另一个男人"被判处死刑，参与同谋则被关在了这里。

我阅读了几份案卷。我发觉在"杀人"这个问题上，女人下起决心来要比男人简单得多和坚定得多。一团乱麻，无法理出头绪了，用暴力手段让另一个退出，事情就轻轻易易解决了。在这件事情上，起着主导作用的往往是女人。

整个监区安静了。女犯们正分成各种班，在上课。教数理化班那个女教师显然是一个职业教师，狱管人员悄悄对我说，那女教师，正是上边我提到的那一类刑犯。

有一个班是在教姑娘剪纸和在袜底上扎花。我悄悄地蹲在最后一排，和一位纳袜底的姑娘攀谈起来。我问她为什么到这里来了。那姑娘一脸稚气，很羞涩，大约十七岁的样子。她回答我说，她杀了人。我问她为什么杀人。她说她的男朋友变心了，于是她就将男朋友杀了。她是西安人。我无论如何也想象不来这位羞羞答答，一说话脸就红，甚至不敢抬起眼睛看人的小姑娘，竟是一个杀人犯。我想她和她的男朋友之间，一定有过许多故事的，就像港台电视剧中那些舞女和她供养的大学生的故事一样。

我在阅览室的"留言簿"上写下一段话。我说："世界上的所有事情都没有道理，它的发生就是它的道理。明白了这一点后，我们就能释然地面对许多事情，安于命运，并且把阅历当作一种财富。"我希望狱管人员能将我的这段话，印到他们为犯人办的那个小报上去。

犯人们一般是八个人住一个房间。四张钢丝床，上面再叠四张。房间整洁极了，女人们在这种环境仍然尚有爱美之心。床上的被子整得四棱四角。我曾经当过兵，这被子比当兵的叠得还要整齐一些。

面对女号中的八张床，令我想起一件事。

一些年前，西安城中一位文学女青年，曾经因为跳"贴面舞"的事情，在严打中被在这里关了两年。我不久前见到出狱的她，她说了一件事。她说，八名女犯日思夜虑，想怎么能从这里跑出去。她们当然不敢越狱，想要出去，是采取和平的手段。她们突然想到生病就可以"保外就医"，于是开始动脑筋如何生病。房中吱吱跑过的一个小老鼠提醒了她们——老鼠可以带来鼠疾。于是，八个女人在晚饭时省下一个馍，晚上，将这馍放在老鼠洞口。早晨的时候，狱管人员发现这个号子里女人们正打作一团，过来询问，原来，女人们是在抢馍馍上那块有老鼠牙印的地方吃。狱管人员被感动了，破例为这八个女犯放了一天假，让这八条母大虫去西安逛了一圈。晚点名时，八个女犯回来了，狱管人员要她们谈谈进城的感想，八个女人异口同声地说：满街都是男人。

这大约是旧年的故事。因为我在这女号里瞅了瞅，水泥墙壁上根本不可能有老鼠洞。

在用作舞台的会议室里，一群姑娘在为春节联欢晚会准备节目。她们的歌确实唱得很好，人也长得俊俏。主持节目的那姑娘，据说是陕北一个县的广播员，她是因为一件小小的事情而杀了人的，在狱中表现很好。据说在我写这篇小文时，她已经被提前释放。

总的来说，整个女监那种安谧的气息，给人一种中世纪修道院感觉。所有的女犯脸上那种恬静的表情，也像修女。

唯一不足的是，我觉得女监的伙食太差。菜只有一种，是些白菜帮子，分成许多盆，搁在地上。大约一个几十人的小队，那么一盆。

临离开女监，从那个森严壁垒的小铁门走出时，在我身上还发生了一件事情。我胸前那个小牌牌丢掉了。我不知道我是如何丢的，是蹲在那个纳袜底的小姑娘旁边问话时丢的吗？我因此很紧张。女监狱长半真半假地将我拦在铁门之内，盘问了很久，直到确认了我确实是一个男性之后，才放我出来。

这就是我的芳邻——省女监的女犯们的故事。女监的位置恰好在唐大明宫遗址旁边，因此我常常设想，大明宫唐明皇的那"三千粉黛"，说不定是在过了千余年之后，以现在这种形式又重新集合在了一起，不过这地方已经不是大明宫，而是女监了。

许多的秋思寄深圳

　　深圳是一座移民城市。这些移民中有一些是我的亲朋好友。我时时想念他们。我的漂亮的表妹眼下就在深圳。她大约是十年前去深圳的。在西安，她在公共汽车上认识了一个在读的大学生，待到这男孩大学毕业，便一起去了深圳。她的父亲是位老干部，她的兄弟妹妹也都是些有固定收入的人。大家都为她担心，提起她来，心里就隐隐作痛。好容易千呼万唤，打电话将她召了回来。她在深圳、东莞辗转给外资企业打工，人瘦得成了一把骨头。她用全部的积蓄买了一张飞机票回家，回来就住在我的家里。人虽然回来了，可是心没有回来，那个月，总给深圳打电话，竟花去我八百元电话费。我们给她介绍的对象，她也是淡淡漠漠。更要命的是那男孩竟然也从深圳赶到了我家。没办法，只得放她走吧。妹妹们做出个决定，让办了结婚手续再走，从此是死是活，就不去管她了。这样，在我家简单地吃了一桌饭，算是婚宴，然后表妹和那男孩走路。

　　这以后，只要接到深圳那地方的电话，全家人就心惊肉跳。一是担心深圳那花花世界，她会有不测，一是担心那男孩会半路上把她甩了。好在那边虽然不时有电话来，但电话里都是些叫人欣慰的消息。他们的工作较以前固定了一些，他们开始有一些积蓄，电话里也不时出现一些"准备买房"这样的字眼。前一段，表妹怀孕了，她在电话中说，有了点积蓄，她敢要小孩。然后，和那男的一起，回到他的烟台老家，生下一个男孩。孩子满月后，又带到深圳，她的公婆专门从烟台随来为她照看孩子。昨天晚上，表妹又来电话，说他们买房子的预付款也已经交了，明年四月就能住上房子了。电话中，她还抗议说，为什么我一给你们打电话，你们就认为我一定有事，难道，我没事就不能打打电话，拉拉家常吗？

有一位青年艺术家是我的朋友。他瘦瘦的，留一头长长的头发，脸上总带着一种古怪的表情。劳伦斯在《查泰莱夫人的情人》中将那种表情叫"上帝的弃儿"的表情。这男孩，原来在西安一家有名的妇女杂志当记者，写得一手好文字。有一天，他突然厌了自己的工作，只身去了深圳。在深圳，依然是干着他的本行。年年春节，他都会回西安来，并且一定到我家里来打几圈麻将。前年春节，他又回来了，说他辞了深圳的工作，又回到了西安那家杂志。深圳那边的工资高，西安这边的工资低，这从他打麻将时的"出手"便可以感觉到。深圳那边的人事关系简单得多，西安这地方是儒家文化的盘根错节之地，人们的心眼特别多。这位青年艺术家在西安待了一年，终于忍受不了这里的保守和闭塞，于是又去了深圳。他眼下在深圳的一家报社工作，时时有电话来。也许他脸上那流浪艺术家的表情，注定了他此生将长久地漂泊吧，我不知道。

我有一位朋友，原来是省党校的教研室主任。我认识他时，他是挂职，到陕北的一个县当县委副书记。从陕北，他没有再回原单位，而是径直去了深圳。和前两位打工的不同，他是正式工作调动。据说，他走时，单位曾准备提拔他为副校长，但他还是毅然决然地走了。这是一个老实人，很善良，当然也很有工作能力。类似他这种性格的人，在深圳那地方能适应吗？因此在他走时，朋友们都很为他担心，记得我也劝过他。然而我们的担心是多余了。他在深圳生活得很好。他的工作能力和为人处事赢得了领导和群众的赞赏，担任了一个区的领导。他有了住房和汽车。他的家属在外资企业当了副总经理，他的儿子考上了名牌大学。他完完全全地成了一个深圳人。

还有一些朋友在深圳。比如向我约这篇稿子的蔡绣父女士，就是在深圳一家报社供职。她是内蒙古人，从内蒙古到遥远的深圳，地理距离和人们的心理距离大约较之西安更为遥远。我曾在一篇文章中说，也许高原的浪漫曲、脚夫调已经唱完，面对滚滚而来的东南风，我们只有举起双手就范的份儿了吧。想起这个从内蒙古高原前往深圳打工的绣父女士，想起我的表妹，我又想起这段话。

深圳已经成为一个高速发展的经济动物。两千年前，西安就是与古罗马并称的世界大都市，而二百年前，上海仅仅是黄海边一个倭寇出没的小小渔村，而二十年前，深圳仅仅是边境线上的一个口岸小镇，但是如今，上海和深圳，都已经远远地超过西安了。而在这深圳二十年的横空出世中，亦有我的亲朋好友们的一份奉献。

我做了一回"孔乙己"

我千里迢迢为鲁迅先生而来，于这绍兴城里，几度流连，几度往返。鲁迅故居的数易其主，令我看到了旧中国落在先生身上的沉重的投影，明白了伟大人物的出现皆是因时代而使然。

百草园的一棵桑、几株皂角，还有那三两声百灵鸣啼，令我顿生惆怅之心。而小小的三味书屋中，少年鲁迅刻在书桌上的那个"早"字，又令我想起了自己的碌碌半生，于是不免汗颜。

该说的都说了，该想的都想了，该感受的都感受了，该寄托的都寄托了。现在该打点行李，早点归去了。可是，我却延捱半日，想找个合适的地方为自己留张纪念照。

进鲁迅路，正遇一场迅雨。路旁有一家酒店，面街而设，古朴大方。我进得柜台，要了一盘茴香豆、一盅绍兴老酒，细细品尝。

进门时忘了看墙上横匾，原来这正是有名的"咸亨酒店"，鲁迅笔下人物孔乙己，当年吃酒的地方。

店家是一位年轻的姑娘，大约是待业青年，绝少脂粉气，身体和思想都还没有变得臃肿。据她说："咸亨酒店"这几年恢复以来，生意兴隆，并在杭州、北京开有分店。由于一位日本朋友的提议，还在东京繁华闹市区，开了一庭分店。鲁迅在日本的影响颇大，孔乙己也是个知名人物了，所以分店里边，生意兴隆，人人以吃茴香豆，喝绍兴老酒，体味一次孔乙己的生活为乐事。

孔乙己是鲁迅小说中着力塑造的一个人物，他善良，迂腐，缺乏思考，可爱而又可恶。鲁迅在他的小说的字里行间，对这个受中国旧礼教毒害的小知识分子，寄予了无限的同情，对造就这个人物的环境，表现了极大的愤懑，对旧礼教进行了无情的鞭挞。

我在上中学的时候，就学习过这篇文章了。今天，坐在当年孔乙己吃过酒的地方，一边细细品酒，一边谈孔乙己之事，别有一番感触在心头。我一下子觉得鲁迅先生离我们那么近。在他之后所有套在他身上的吓人的光圈，都没有了，一个矮矮的、严厉而和善的老人，就坐在我们身边，向我们讲述着发生在这块土地上的司空见惯而又发人深省的故事。

"咸亨酒店"左首有家摄影部，其实是依附着酒店而生存的，专摄以酒店为背景的人物像，并且租借一套装束。那套装束计有青布长衫一件、旧黑毡帽一顶、长柄烟袋并酒壶一套、青藤手杖一根。据说正是依照鲁迅对孔乙己的描写而制作的。

在小姑娘的怂恿下，我也装束起来，拍了一张小照。恰好乌云中露出一线阳光，独独地照在此处，所以照片后来也甚清晰。有过往行人驻足而看，其中有老者，也许当年见过孔乙己吧，见我这身装束，喝彩曰：倒像孔乙己呢！

我在快门按动的那一刻想起了很多，我为孔乙己悲惨的命运流下了泪水。

这样，我做了一回"孔乙己"。

辑二　山川随感

黄帝陵顶礼

我是一个痛苦的行旅者，我已经疲倦于这种流离颠沛的生活，我渴望有一块绿荫之地，供我休息，供我游惰，供我独处，供我反思，供我恢复体力。

怀着这样的思绪，黄帝陵，请接受我的顶礼。

不要问我的年龄有多大，我的苍老的、沉重的思想不能用年龄来计算；不要问我走过多少里路程，我的感情的历程，不能用走过的道路来计算。只让我，静静地躺在你的怀抱里，静静的，好吗？

天上飞翔着各种美丽的鸟儿，地上生长着一律的挺拔的柏树，高原的白云轻吻着这座奇异的山头，淙淙的沮水环绕山脚。

人说生命是一种延续，站在轩辕手植柏旁边，我才悟觉出这句话的确切含义。我多么想抱紧你，摇一摇，询问我是轩辕黄帝的多少代子孙。我还想数一数这树的年轮，数千年我们民族的天阴天晴、水旱水涝、丰年歉年，相信都在那上边记载着。

那满山数万棵柏树，都是从你这儿生发出来的吗？它们簇拥在一起，肩并肩抗击风雨，树身贴紧树身，树根盘紧树根。难道，这是你在向你的子孙昭示什么吗？

我来到了碑林里，我从那些历代所立的碑刻中，寻找新意。

我从一块元泰定年间所立的石碑上，看到了一则皇帝御批的不准在庙院里打鸟的告示。

　　我看到整个庙院里，歇息着许多的鸟儿，两只猫头鹰半闭着眼，正在树枝上打瞌睡，喜鹊叽叽喳喳叫着，满天价飞。鸟儿之外，还有成群的松鼠，游戏树间。

　　我想起我们苦难的祖国，我想起十年浩劫中那些每每而成惊弓之鸟的作家艺术家们，我羡慕地望着这些生活在人间天堂的生物。

　　我记起国家已经设立"爱鸟周"了，以后，岂止是这里，普天之下，皆可以任鸟儿自由飞翔了。

　　我穿过森林，登上了山顶。

　　我围着那座黄土堆，转了一圈，然后，静静地，躺在坟茔的斜坡上，我的头枕在青草与野花间。

　　"这是我的祖先！中华儿女，不管籍贯是河南、山东、四川，或是北京，他都可以只填一个籍贯：中国陕西桥山。"我想。

　　我还想，不光是我，每一个中华儿女，来到这里，都可以发这样的情思，都可以为我们那年代久远的先人而骄傲，都可以枕着这抔黄土歇息，然后，又去走各自的有益的或无益的或有害的人生旅途。

　　我要走了，去走完我漫长的人生之旅，我已经歇息得太久了。

　　来日茫茫，去岁悠悠，我将用什么来证明，我是一个在黄帝陵歇息过的旅人呢？

杨家岭凭吊

又见雪飘，又见雪飘。

数十年前，正是飞雪时节，一个赏雪者徒步登上高原。山像银蛇一样在他眼前舞动，原像蜡像一样在他脚下奔突。对着雪后的北国，他吟出了"俱往矣，数风流人物，还看今朝"的千古绝唱。

这个赏雪者已经实现了他的政治抱负，已经完成了他的人生使命，已经走完了他生命的旅途，现在溘然长睡了。我的爷爷和他同一天生同一天死，他影响了20世纪世界历史的进程，而我的爷爷只影响了一个家族、一个村落，这就是一个有人生使命感的人与一个没有人生使命感的人的差别。

又见雪飘，又见雪飘，当然是四十余年后的雪了。我，作为一个晚辈，在雪中寻找着他的脚印，分辨着他的足迹，来到杨家岭，登上高高的山原，凭吊这位伟人。

大凡伟人的身后都是寂寞的，这是杜甫和拜伦都说过的话。为打破这寂寞，我来凭吊他。多么巧，这天恰恰是他的生日。1893年的这一天，湖南一个农民家中诞生了他。

站在高高的山原上，眼前白茫茫一片。人们说，他就是从这里翻过山冈，隐入那莽莽苍苍的远方去的。我睁大眼睛，仔细地望着。长城逶迤，大河蜿蜒，眼前仍是白茫茫一片，我明白了，它是溶化在这白雪之中了。当冰雪消融之际，它会像雪水一样渗入大地。这大地我们代代相袭。

双 泉 吟

一位少妇，拄了根磨得只剩下半截的枣木拐杖，蹒蹒跚跚过了金锁关。本来我们中国人的肤色就黄，可她却黄得更深些，是得了什么暗病呢，还是草根树皮吃成这个样子了？当她一个趔趄，栽倒在地时，便和这黄土高原分得不甚清楚了。她是死去了，还是睡着了？突然一阵悲怆的、凄凉的号子声自远山传来。她被惊醒了，竖起耳朵听了一阵，难得地露个笑脸，爬起来又走。

那时的中国人还不太会做作。少妇见人就说，新婚丈夫被抓去修长城了，她想他，想得要命，没有他她一天也活不下去。谁要是知道她的丈夫在那里，劳驾指个路，不见到丈夫她死不瞑目。——她叫孟姜女。

孟姜女的丈夫已经死了。累死后，顺便就打进了长城里。但谁敢告诉这位痴心的妻子？但她还是知道了。她站在山梁上，将手中的拐杖狠命地扔上天空，然后仰面朝天三声大笑，群山回应，发出轰轰隆隆雷一般的嗡声。接着，她号啕大哭，泪水泉一般涌出。霎时间天昏地暗，雷声吼着，电闪炸着，瓢泼大雨倾天而浇。突然一声落地霹雳，万里长城倒了八百里，丈夫的尸首露了出来。孟姜女扑过去，紧紧地拥抱着丈夫，光着脚，像芭蕾舞演员一样，在原地转了两圈，然后在电闪雷鸣中，不知去向……

这时惊扰了长安城的男欢女乐，阿房宫派来一位使者查看时，风雨已住，地上只有一眼泉子泛着水。当地士人说，这是孟姜女的眼泪还在流着。于是，泉子就叫成哭泉了。

哭泉在今天的宜君县哭泉乡境内。

又过了许多年，在距离这里三百里的另外一个地方，也发生了一个泉的故事。皇帝骑着匹外路马，领一伙随从，吆吆喝喝正在围猎。皇帝的眼珠是红的，红得怕人，是昨晚上和妃子们逗乐太久了，还是因为杀人太多，被恶欲烧红的？当这红眼睛和他的坐骑的红眼睛四目相对时，马儿裂着干渴的嘴唇，大吼一声，直立起来，然后屁股一翘，便把皇帝掀下马来，一溜烟跑了。

在这种情况下，尊严也是要紧的。皇帝从石板地上坐起，揉揉屁股之后，"嗖"地拔出宝剑，红眼睛盯着四周各式各样媚笑着的脸，心里揣摩着，那个脸笑得有趣一点，可爱一点，宝剑挥处，便叫他在笑容中与身子分家。正在此时，一位善骑的将军飞马奔来，大叫："有喜了！圣驾一惊，因祸得福！"说罢，将军引路，众簇拥而行，转过一个弯子，果然眼前一番世外桃源景象：古藤盘绕，老树摩天，绿莹莹一座山峦，半遮一眼山泉。红眼睛皇帝的红眼睛坐骑，正低头畅饮不止。将军上前牵住马儿。一位笑得最好的侍从（也许就是刚才皇帝瞅准了的那位），从旁边山神庙揭来一只香炉，涮洗干净，斟一炉泉水，侍奉皇帝受用。那水闻之香味喷鼻，竟使得皇帝连打三个喷嚏，饮之则有如甘露，滋味自是美不可言。皇帝大喜，念道："普天之下，莫非皇土，此泉长属我了！"遂赐名此泉为美水泉，永归隋炀帝饮用。

自此，这一带的百姓便有了个要命的差使，将这美泉之水，人背马驮，披星戴月，辗转于千里驿道，送往都城长安，归皇帝御用。那美水泉边有一榆树，叶呈尖状，世所罕有，皇宫非得见水中有榆，方肯接收。漫漫驿道，汗水白骨铺就。如此许多年后，隋帝已死，后续的帝王们也知道"普天之下，莫非皇土"这个道理，也尝到了美水的滋味，于是照样要求地方供奉。甘泉县境内，百姓为避差役，流离失所，致使十室九空，怨声载道。后有一位好事者，从陕北各地招了些瘸子、瞎子和大骨节病人，跑到长安四处游说，说这美水已经变质，他们就是喝了泉水而变成这个样子的。消息传到皇宫，皇帝惊异，妃子摇头，此一项要命的差役才告罢休。县令见状，乐得逍遥，用生铁化水，将泉眼封住，从此美水涌涌而不得进出。直至近代，才被人扒开，接上水管，滋润甘泉县一城人民。更有那碧眼丹发外国游客，饮此水而咋舌，测之，竟好过那崂山矿泉水许多倍，于是中外合资，在此建矿泉水厂，叮当动工。

美水泉在甘泉县城外三十里处。当我带着美水泉与哭泉的传说，登上黄土高原一座山顶时，正是一个黄昏。如火的流云，给这块古老的高原，笼上一层绚烂的，带几分神秘的色彩。我突然感慨地想，如果这高原是一个有生命的女性的话，那两个泉子，就是她两个奶头流出来的奶汁，一个流淌着甜蜜，一个流淌着苦涩。

榆 林 赋

　　我见过天下许多的名城，驼城榆林是我的最爱。瞧呀，在辽阔高远的天宇下，在鄂尔多斯高原接壤处，一座气象森森的城池，倚一座山冈而筑。隔一条黄河，与山西相望，那是东边。而向北，向西，向西南，它接壤的是内蒙古北草地，是宁夏河套地区，是隔着一条子午岭的甘肃。而向正南面呢，它与高原名城延安互为犄角，呈姊妹城之势。

　　榆林境内有名山，曰白云山，为道家圣地，千年陕北灵根，佑这一方苍生。有河三条，曰无定河，曰榆溪河，曰窟野河。境内有雄伟风景无数，如红石峡，如镇北台，如红碱淖，如古长城，如闯王行宫，如扶苏台、蒙恬墓，等等等等，不一而足。一串县城，自北向南，一路数来，曰府谷，曰神木，曰榆阳，曰佳县，曰吴堡，曰横山，曰子洲，曰靖边，曰定边，曰米脂，曰绥德，曰清涧，座座历史久远，人物辈出，道不完的典故传说，说不尽的世事沧桑。

　　榆林境内，以民歌最为张扬，饥者歌其食，劳者歌其事，偶尔发声，声震寰宇。以治沙工程最为显赫，联合国粮农组织认为，它为世界上处于同等自然条件下的国家和地区提供了一个成功范例。适逢改革开放年月，因大煤田、大油田、大气田、大盐田，突然一夜间为世界所瞩目，被誉为中国的科威特。神木大柳塔煤矿，被称为世界第一矿。靖边的天然气，一条管道运输北京、上海、天津、西安、银川，福荫九州。石油如同黑色金子，正给这一方带来富裕。而世界级的大盐田，正在开发利用之中。呜呼，祖先为我们留下了榆林这么一块风水宝地，每每念及至此，令人嘘唏不已。

西部大开发正在进行中，21世纪的较量是能源的较量，感谢榆林，它为我们的西部大开发，为民族振兴和经济腾飞，提供了热能，提供了原动力。今天我夜不能寐，写成《榆林赋》，并诗赞曰：

　　昨天晚上，我夜观天象，

　　看见北斗七星，

　　正高悬在我们头上。

　　今天早上，我凭栏仰望，

　　看见吉祥云彩，

　　正偏集西北方，

　　它的神秘，它的奇异，

　　它的诗一般梦一般的力量。

空空如也古羌村

　　凭着手中的一卷《鄜州志》，凭着《全唐诗》里一条小小的注脚，凭着对一代诗圣千年未泯的思念之情，我们终于在黄土高原一面向阳的山坡上，找到了羌村。

　　正值初冬，四野萧条。风从鄂尔多斯方向吹来，给高原带来无尽的悲凉。极目望处，不见一丝绿色，甚至树木也不多见，只有那一年一枯的蒿草，在风中抖动着腰肢。

　　空中如也，羌村已经不复存在，更不用说那杜老夫子曾经咏叹过的鸡鸣狗吠、儿女绕膝的田园风景了。这儿只是一片废墟，一面黄土高原上普通的山坡，与四周那些不曾建立过村庄、不曾居住过人类的山坡毫无二致。

　　这面山坡上，陡些的地方生长着荆棘和灌木，信手摘来一颗红透了的酸枣，填在口中，酸中带甜；平坦些的地方是疏松了的黄土地，地里生长着越冬小麦，麦苗针尖般大小，趴在地上，或站在远处才能看见，一副不胜冬寒的样子。麦田里立着几块残碑断碣，都是明清年间竖立的，为羌村而立，为杜甫而立。

　　据同行的一位朋友说，杜甫当年居住的，是我们脚下如今已经塌陷了的三孔土窑。但据《北征》《咏怀》诸诗中说，杜甫当年居住的当是茅屋。也许朋友是穿凿附会，也许杜诗是艺术加工，孰者是孰者非，不必去认真它了。望着那藤蔓缠绕、荆棘丛生处，遥想当年杜老夫子一家团聚的情景，令人对岁月沧桑，人事变迁，不觉感慨良多。

唐宋以来，陕北屡屡成为兵家相争之地，房屋废弃，土地荒芜，百姓或遭杀戮，或被迫流离失所，百里不见人烟。战事一毕，人们重新回到这块土地上，繁殖生养，糊口度日，稍有闲暇，便怀着绵绵情思，凭一部《鄜州志》，凭《全唐诗》里一条小小的注脚，凭散见于民间的各种各样的传说，找到了羌村，寄托自己对一代诗圣的热爱，正如今日之我一样。数十年前，一位老者，于战事倥偬之间，骑匹瘦驴，领名书童，也曾来过此地，面对空空如也的羌村，发出"茫茫诗魂千古在，我来何处访羌村"的哀叹。老者叫林伯渠，时任边区政府主席，羌村正在其辖治之下。

自羌村出沟十五里，便进入大申号川。言说大申号原名大圣号，为纪录一代诗圣鸿迹所至，后历经岁月，讹传成此。大申号川东去十五里，便是有名的洛河，鄜州城雄踞于大申号川与洛河相交处。城中尉迟敬德督造的宝塔，经风雨斑驳，战火炙烤，如今仍高耸于西山之腰，招摇于洛水之滨。

当年长安失陷于安禄山之后，君王南走，马嵬坡前贵妃自缢。杜甫携带一家妻小，取道北行，经白水、韩城至宜君玉华宫。玉华宫是李世民为避暑修建的辉煌行宫。当年宫女如花满宫殿，此刻瓦砾一片凄凉地。望着这断垣残壁中曲曲弯弯长出来的几朵野花，诗人热泪满眶，以诗纪史。遂继续北行，至三川，正遇水涨，急不得过，乃口赋《三川观水涨》，传达出诗人忧国忧民的一贯主题。过三川后，不远处就是鄜州。鄜州小住数日后，仍不稳妥，便携家小，隐居羌村。

此时李亨在灵武称帝，是为唐肃宗。杜甫闻讯，对家小稍作安抚，便惶惶北上勤王，经美水泉，过延州，到芦子关。芦子关乃延河源头，地势险要，杜甫过芦子关时，曾作《塞芦子》一首，诗中说："延州秦北户，关防犹可倚。焉得一万人，疾驱塞芦子？"

北出芦子以后，便为史思明所掳，送入长安大狱。平原上的月光，斜斜地自天窗泻下。国已不国，家已不家。诗人首先想到国家的灾难，接着又想念那远在穷乡僻壤的妻子儿女：今晚上鄜州古城上空的月亮，只有妻子独独地一个人看了；尤其令人伤心的是，孩子们还小，还不知道想念关在大牢里、生死未卜的父亲呢。遂作《月夜》一首。

嗣后安史之乱平息，嗣后杜甫来羌村接回家小，嗣后羌村与诗人这一段缘分结束；嗣后羌村成为一块令人辈辈凭吊的地方，哪怕它已空空如也。

冬日的阳光和煦地照耀着，好久好久，我的思绪才从往事中解脱出来。同行的一位陕北民歌手、电影《黄土地》插曲的演唱者，突然引吭高歌起来。歌声响遍行云，引得山谷间一片回声。远处，山的那边，宁静的天宇下，一股白烟直直地升起。也许，当年杜甫就是循炊烟而来，找到羌村的。

是为古羌村记。

延水关狗头枣记

秋十月，友人有五，顺秀延河东走，至三十里处，始见黄河。黄水滔滔，吼声如雷。乘一木船，往返河面。时而落入河底，时而浮上浪山，险则险矣，然其乐无穷。是夜，有新月一钩，突现于脊状山巅。四周晦暗一片，独弯月一钩，怅然径天。此月逾千年万年，依然故我。却令旅客情随意走，每每翻出新意。念及于此，令人不尽感慨。友人争说月儿，非要找个绝妙的比方来。笔者独辟新径，说这弯月，宛如一个前括弧儿，我张开双臂，便是后括弧儿，一下子天地人间，便一揽子收了。友人中有以《月迹》而闻名于世者，见我此等比喻，也为气势所撼，不得言语了。

一夜无话。至翌日，兴犹未尽。有乡亲说，溯河岸北去二里，有一无名村，村中盛产一种枣儿，甘甜无比，清脆异常，人称狗头枣儿。于是我等打点行李，举步北走，前往尝鲜。

一路皆是枣树。举目四望，眼前唯见一片片红云。有村姑正举一根高杆，杆子落处，便下一层红雨。我等缓下步子，咬得牙痛，甜得舌麻，吃得肚胀，方才罢休。主人豪爽，我等无甚礼物回赠，便送几句赞语。主人见状，笑曰：怕是人前一句话吧，枣子其实不好，比起狗头枣，差远了！我等听了，一则觉得有些委曲，因为确是心里话，一则对前方的狗头枣儿，又敬重几分了。

有一条很深的沟，沟上面是崖，崖上面是一块台地，台地宽约数十丈，台地后边，又是崖了。所谓的出狗头枣的地方，便在这里。有一块场，十分光洁，场边停放着碌碡，可以看出，它们正在准备接受成熟的庄稼。过得场来，便见这满崖上的枣树了。

这狗头枣儿，形状有如枕头，大小有如花生，皮呈紫红色，核极小极小，牙齿一咬，清脆之声可闻，满口生津。枕头的两头是匀称的，这枣儿却不同，一头大一头小，不知是何缘故。听乡亲讲，这种枣子是种不出来的，核呈破碎状，似乎被碾过一般。它的繁殖是靠根来"印"的，所以别处不长这样的枣子。乡亲又说，即便外处的人将这枣苗挖回去，栽活，结出了枣儿，味道也是和这里的不一样的，而且，形状也变了，两头变得一般大小。前几年，邻近一位国家的首相，来西安访问。上级部门专门来到延水关，用塑料袋装了些狗头枣，装点宴会。外国首相吃了，连说这是奇珍异宝。于是开动金口，要了五千棵枣苗回去，结果……结果怎么样大家也就知道了。

小时读起《晏子使楚》，言及枳橘之事，以为笑谈，今日始知孤陋寡闻了。看来一方水土养一方物，天意不可夺也。

尝狗头枣，叹古今事，登崖上崖。昨日黄河，今日又从另个角度俯瞰。汹汹涌涌，一股激流直冲心底。想起昨夜一钩月，想起昨夜一番惊人语，猛然悟觉：平日懦弱的我，平日夜夜望月不识月的我，何以能发此人生使命感来，皆因临黄河而气壮的缘故啊。

狗头枣之与无名村，正如我之与黄河，念及于此，返身下得崖来，灌一壶黄河水，挎在身边。旅途正长，黄河涛声则伴我前行。

三边记月

汽车顺洛河前行，越走山越显高，越走水越显细。至最后，黄蜡蜡的山腰间，挂一面悬崖，崖下，一层潮湿的红泥，人说这是洛河源了。而汽车也就莅临山顶。山顶称柠条梁。满道梁上，尽生着一丛丛的柠条，阳光下开着茄紫色、月白色的花朵。水系亦以柠条梁为界。界南，我们刚刚经过的地方，称洛河流域，界北，我们要去的地方，就是无定河流域了。

山势渐显平缓，空气渐见清冽。山不甚高，山顶浑圆，宛如一只只僵卧在大地上的乌龟。那空气新鲜、清洁、甘美，如一团团清气，在我们的身前身后飞飘。而且，用一位俄罗斯作家的话说：空气中有一种薄荷的味道。

最要紧的是眼界为之开阔了。眺望远处世界，宁静的天边，一列列云彩像大地的装饰品，与大地成平行线，奇异地停在那里，一动不动。而近处的一排排三边特有的白杨，将云彩隔断，组成一幅优美的浪漫主义风景画。偶尔，一团红色的火焰，从那云彩中落下来，隐入地平面，细细一看，原来是个穿着大红袄，骑着毛驴的小媳妇。随后一声哀怨的信天游起了，于是这个静止的画面也就被打破了。

信天游提醒了大家，原来这就是走西口的那条道路，就是通向那有着温馨的驿道小站和饥饿与死亡的异乡之地的道路呀！来三边，扩大了人们对陕北高原的概念，来三边，加浓了人们对这块土地浪漫主义的思考。

太阳将落未落之际，月亮将升未升之时，汽车抛锚在一片荞麦地旁。大家都有几分怯意。后来弃车而行，绕过一架山梁，眼前意外地出现了一座小镇。

小镇叫杨井，相传是当年赫连勃勃进攻中原时，曾经饮马的地方。往后几日，当我们进驻定边城时，知道那一带古代水井甚多，有时不经意一脚踩下去，便踩出一个井口。水井四壁皆唐砖宋瓦箍定，十分坚固。井口既开，就要赶快挖取文物，要不一时三刻，水就漫上了井口，数日之后，井即塌陷，与大地混淆了。想那些奇异的水井，是古代的军事工匠们所挖，为行旅之用吧。然而在这杨井，水却奇缺，于是可以想见，要翻越我们刚才经过的荒山秃岭，非在此饮足不可。因此，古代一位诗人曾称此处为"胡儿饮马泉"。

杨井正逢集日，我们去时，刚赶上九天集日的尾声。内蒙古人从遥远的草原上，赶来了身段细长、屁股浑圆的骏马。银川的贩子，操着被贺兰山的山风吹得嘶哑的嗓子，正吆喝着卖雪白的二毛子皮袄和血红的枸杞子。浙江的钉鞋匠坐在那里，眼睛直勾勾地望着那些穿高跟鞋和低跟鞋的男女，希望有谁的鞋跟猛然陷进沙里，掉下来。河南来的拳师打着"少林寺弟子"的牌子，一边作些惊人的动作，一边卖老鼠药。西安来的拔牙医师，连叫"上当了"，原来他的门前生意萧条。这里和少数民族地区习俗相近，人们代代啃羊肉，喝奶茶，天长日久，人人长了副白生生的气死牙医的好牙齿。那些榆林城来的姑娘，则三五一群，穿着红艳艳的西服，拖着喇叭裤，从街上走过，摇身子摆浪。

在遥远的大城市里，喇叭裤已经为细得与袜子连为一体的裤子所代替，而红色也已经为鲜亮的富有青春气息的黄色所替代，然而这些姑娘还不知道，从她们那自信的不可一世的步履中，可以看出，她们还以为自己是在统领着世界服装新潮流呢。

十分遗憾，我们只看见了这次交流大会的尾声。夜色慢慢地起了，人们向四方散去。小镇上空寂得怕人，街道上堆满了瓜皮、纸屑和高跟鞋踩下的圆洞。

在安排好住宿后，我们登了一次镇前的小山。龟甲似的小山上，五步一棵，长满了人工种植的小白杨。树行之间，还零零散散，栽着些柔软的、遇风而沙沙起语的沙柳。

至山顶上，一轮丰满的，黄中带红、红中泛白的月亮，突然从东方的云层中，抑或是山影——看不甚真，跳跃出来。小白杨粉白的树身，立即闪闪发光。幽暗的塞外的荒原，顿时因月光而妙不可言。

同行中有戴电子表的，说此为丙寅年七月十四日月。

回到镇上，满天寻找，又不见月了。片刻，正当我等千呼万呼之际，月亮又从刚才的那个地方，以同样的色彩，同样的姿势，跳跃而出。一夜见两次月出，也是一件奇事。

是夜在小镇歇息，住的正是神秘传说中的走西口途中的小店。一面大炕，深浅刚好容得一人，宽窄可并躺八人。于是八条后生，便头枕炕沿，吼声如雷，歇息一夜。队伍中两名女士，为稳妥起见，住进杨井乡妇联主任的办公室去了。

八人大间对面，有个单间，住着倒霉的牙医及其妻小。夜来小孩撒尿，牙医点亮蜡烛，急得年轻妻子直喊。原来对着大炕的单间窗户，只镶玻璃，没有窗帘。牙医急切吹灯，随之大笑。这边炕上直条条八位走西口的汉子，也随之一笑耳。

店老板，一位饱经沧桑的老女人，坐在炕沿下，讲那些神秘而可怕的故事，絮絮叨叨，直讲到炕上的最后一个人沉沉睡去。

杜公祠记

延安南关到七里铺，有一段长长的、宽宽的路面。我上下班必经于此，经年经月，并未发现有什么诧异之处。

有一次，时值夏日，突然大雨倾盆，行走中的我，贪于赶路，错过了身后的屋檐，又不及前面的小店，汤汤水水，被大雨淋在了当街。

我的身旁是一截石墙，青石垒定，高不可攀。石墙里边不远处，便是威赫赫一座大山了。往日路经于此，有时会产生个念头：这石墙之内，不知是甚去处，庭院者？坟茔者？庙宇者？四围皆高墙，令人纳闷不已。

此一刻，也是急中生智，抓住石墙突出部分，纵身一跃，好在手脚还算利索，身体也不甚笨重，竟飘飘然逾墙而过了。

院中草深及膝，有一种草，叶大且长，学名不详，俗称"扑踏踏叶"。有一种花，不知其名，细碎如同繁星，顺蔓开出，满满铺了一地。有甲虫三五，草中出没，雨间愈见青翠可爱。

有古藤无数，顺山势直直垂下，其状如蛇。

院内依然无处遮拦。无奈，我只好贴紧崖根。谁知拨动青藤，却见一间石屋。

石屋乃凿山而成。屋内仍空空如也。只是石壁之上，有些许方块形小洞，似有烟火痕迹。屋子正中处，有一石雕的底座，那座上主人，也已不知去向。

情知这是一座庙宇了。

熙熙攘攘，往往来来，我在高墙之外、庙宇咫尺处，不知走过多少来回，自诩对这历史文化名城了如指掌，不料却疏忽如此也。

心有几分怯意，只求快走；雨却执意留人，不放离去。于是不妨坦然下来，生份闲心，探个究竟。

拨开藤蔓，细看这石屋两侧，尚有字迹可寻。仔细辨认，得一楹联：

清辉近接鄜州月
壮策长雄芦子关

看来，这是一处纪念性的祠庙了。

鄜州在延安南一百七十华里处，隋时设州，过往名人可谓不少；芦子关在延安北二百里处，却是一个鲜为人知的去处，唯一值得称道的，是延河的源头。

历史上，谁人者，清辉可以鄜州明月比拟，又有壮策，涉及这蛮荒之地芦子关呢？

知道了。

有一位诗人，避安史之乱于鄜州城外三十里处的羌村，并有"今夜鄜州月，闺中只独看"等一系列与鄜州有关的诗作行世。

同是这位诗人，避羌村而不忘国忧，麻鞋破衣，北上灵武而勤肃宗，经芦子关，作"延州秦北户，关防犹可倚。焉得一万人，疾驱塞芦子"，向皇帝进献御贼之策。

这就是杜甫。

一代诗圣，身后寂寞竟如此，不由令人伤感。

雨过天晴，红日碧空重现高原。

街上已车水马龙，熙熙攘攘。有一老者，拉一条龙头拐杖，留几绺齐胸长髯，不知其寿龄几何，立于围墙外侧，见我逾墙而落，面有疑惑之色。问及祠事，老者拂髯作答："悠悠许多年，君是知祠中秘密者第一人。看来将逢盛世，杜公祠得以修复了。"

老者说起杜公昔日自羌村去芦子关时，路经延州的情况。谈到正是秋天，一头毛驴，一卷诗书，杜公取道延州牡丹川，一路惶惶而来，是夜，便在这石崖之下，以鞋当枕，偎火而眠，据说充饥的还是从地里扳来的几根玉米棒呢。

老者又谈到范仲淹镇守延州时，首修杜公祠的情况，絮絮叨叨，不必细述。又谈到后世毁而修，修而毁的种种情况。

我于是明白了，也许就是此老者，将一个废弃了的祠庙，用石围定，以至于保留至今，才免遭更大的毁坏，才免遭被接踵而起的高楼占领。

老者手指石壁高处，让我细细辨认，青苔密密，似有"少陵旧游"四字。

消息传出，满城嗟讶不已。学者考究，文人写书，记者采访，百姓观瞻，一时这冷落之处成了个热闹所在。

乙丑八月，杜公祠重修，鞭炮噼啪，人声鼎沸，石屋正中拟造一杜拾遗坐像，苦无参考，我忽记起老者，四处求之而不得。

数月后杜公祠建成，有石屋一间，内置一人一驴；有"少陵旧游"四字，红漆重染，赫然壁上；有今人碑刻数座，分立院内两侧；有古拙大门两扇，面街而设，纳八方游客。门左右所书楹联正是：

清辉近接鄜州月

壮策长雄芦子关

是为杜公祠记。

彩灯一路走九曲

黄河阵。古代的将帅用兵，取黄河九曲十八弯的走势，摆成一个黄河阵。闯阵的敌将，往往不识其中的奥妙，进得去，出不来，只得下马就擒。这"黄河阵"又叫"九曲黄河阵"。

黄河阵的新讲究。今年农业取得了大丰收，太平盛世，万民同乐。延安市桥儿沟，就是鲁艺旧址那个地方的几个农民，提议摆一个九曲黄河阵，供广大群众游玩。这个主意得到了地、市春节活动领导小组的热情支持。九曲黄河阵就摆在延安南关体育场的东端。远远望去，赤橙黄绿青蓝紫，无数电灯泡照得这一块地面雾蒙蒙，烟腾腾，光灼灼，似乎真藏有百万甲兵。近前一看，却是三百六十五个电灯泡，横成行，竖成列，井然有序地排成一个九曲十八弯。

原来这三百六十五个电灯泡儿，却有它新的讲究。什么讲究呢？它象征着一年的三百六十五天。转完一个九曲黄河阵，接受了这三百六十五个电灯泡的照耀，这一年，你无病无灾，百事如意。

这当然是一种愿望，但这个愿望是多么美好呀！

走九曲。我随着排成一行的人群走入"元宵九曲"几个大字作横幅的大门，就算进入阵势了。我有点胆怯。这个胆怯当然与古代的将士们闯入黄河阵时的胆怯不一样。我胆怯的是：走过五个灯了……十个灯了……三十个灯了。前面已经说过，这一个灯象征着一天。我胆怯的就是这：人生多么的快呀，光阴似箭，日月如梭，你还没有感觉到自己老了，儿孙们就在后边催你了。唉！我真想在这一个灯一个灯跟前多流连一会，可是，后边的人已经等不及了，再后面，还有成千上万的人站在入口处喊叫。

我怀着这样的情思，转了九曲十八弯，观了三百六十五个灯，转到了出口处。

美好的夜晚，美好的人们。等着走九曲的人们已经从体育场排到了南门坡，一公里多长的队伍呀。我逆队伍的流向而行，想找个熟人聊聊。这些面孔是生疏的，这面孔上的笑容却是熟识的——一样的红光满面，一样的笑逐颜开。我祝你们幸福！

壬戌年正月十五的月亮升起来了。已经十一点了，等着走九曲的队伍还在不断延长……

延州秧歌目击记

去年今日，我们有幸观摩了延安春节秧歌调演，并写成文字做了汇报。

时至今日，我们的耳边仍回旋着那悠远无尽的唢呐声，那惊心动魄的鼓声锣声，那高亢明亮的"信天游"声。古人说"余音绕梁，三日不绝"，我们这是"余音长在耳，一年总啸啸"了。

今年的秧歌与去年相比，气氛更为热烈，喜庆色彩更为浓炽。这次调演，集七县一市民间歌舞之精华，揉古代和现代民间艺术于一炉，五彩缤纷，雅俗共赏，使人大开眼界，深深感到延安不愧为革命圣地，不愧为二十四大历史文化名城之一。现在的艺术界提倡一个观点叫"返璞归真"，就是说艺术应该回到朴素率真的境界中去，回到创造艺术本身的坚实的土地上去，回到生活中去。我们想，每一个有志于艺术的人，都不妨来看一看这些节目，看一看这些一年到头和泥土打交道的农民，是怎样以他们自己的理解，把生活变成艺术的。

宜川为我们带来了三个节目。给人留下深刻而又美好的印象的是他们的高跷。看热闹的人太多了，我们没能挤到跟前，只好站在南关体育场远处的建筑物上眺望。在几万人围定的一个小圈子里，几十名红男绿女，踩着一米左右的高跷，迈着各种优雅的舞步。

那打头的一位，还不时地把腰身向前弓起，眼看就要倒了，却又两只手轻轻一摆，轻松地恢复了平衡，引得一片喝彩声。那压阵的两个小丑，头戴卓别林式的帽子，手拿镀铬的文明棍，把个长长的花条子喇叭裤一直越过高跷腿，拖到地面上来。

当那小丑做着各种滑稽动作时，总让人疑心这是对穿喇叭裤者的一个善意的讽刺。

子长唢呐让胆小的人听了心惊肉跳。几十名粗犷大汉，一人握一支唢呐，唢呐头稍稍抬起，在统一的号令下，整齐地吹奏起来，于是，这无形的音乐越过人们头顶，像一团云一样缓缓飘浮在延安城的三川之间。那声音极其威武雄壮，不是我们的拙笔所能传出其中的神韵的。那声音里面还有一种能叩动人心弦的东西。这几十位粗犷大汉一定有不少的生活阅历，甚至，前些年，他们中也许有靠着这杆唢呐讨饭吃的，不然，那唢呐声为什么如此的使人激动不安呢？祝福你们，兄弟，愿你们从此幸福。

延川的大秧歌细腻、文静、秀气。十六对少男少女，翩翩起舞。男着黄衣绿裤，头扎英雄巾，女一身红装，扎黑裹肚，面呈桃花色。延川的跑竹马，据说是新近从民间挖掘出来的。新娘、新郎、媒婆、送女的、接女的、牵驴的、吹鼓手等，组成一支十三个人的队伍，吹吹打打，煞是热闹。延川旱船也令人青眼相看，一位极其俊美的女子，坐在一个扎得花花绿绿的旱船里，一老一少两个船夫，边摇边唱。唱词听不甚真，可能是有关计划生育的。

洛川又以它惊天动地的蹩鼓让人慑服。据洛川的同志考证，自民主革命时期向上追溯一千年，洛川这块地面有很大一部分时间都处在两军对垒的情况下，艰苦的战争生活，激烈的战斗场面，是洛川蹩鼓艺术得以出现并不断发展的根源。今天，我们仍能从他们的表演中，体味到古代战争的激烈程度。这次参加表演的是洛川黄章乡的两个村。看惯了文艺团体矫揉造作的表演，再看这些粗脚大手的农民兄弟的率真而又朴素的表演，令人耳目为之一新。洛川的狮子、胸鼓、老秧歌也各有特色，这里就不多说了。

黄陵的"芯子"也是值得大书一笔的。所谓"芯子"，实际是绑在汽车上，边行边做动作的秋千。有轮秋、转秋、过梁秋。尤其是过梁秋，十分惊险：汽车上扎了一副两三丈高的秋千，一男一女两个童子，随秋千像车轮一样摆动，做大回环动作。据该县文化局兰局长讲，这些"芯子"是太贤乡的两个村子搞的。1980年高兴海同志曾在那里做过几次农村文化调查，帮助筹建过文化站。

富县的"龙车"前面已经提到过，这确实是一种构思极为奇特的东西，非能工巧匠所不能为。古老的龙灯，和现代化的手扶拖拉机相结合，便成了一个灵巧的，在人海间游来游去的"龙"，那"龙"的尾巴在拐弯的时候，经常有意无意地扫在围观者的身上，引起一阵惊慌，惊慌之后又爆出一片笑声，十分有趣。富县的飞锣、双龙舞、板凳鱼，也各有高招。尤其是飞锣和板凳鱼，据说是古老的民间传统节目。传统节目得以重见天日，富县的同志于民间艺术挖掘工作是有贡献的。

我们又有幸目睹安塞腰鼓的飒爽英姿了。这几年，安塞腰鼓得到了中央、省、地区有关部门的高度重视，甚至也惹动了几个碧眼金发的外国人来瞧新鲜。安塞腰鼓的魅力何在？玄妙何在？

我们觉得，单靠论形式谈形式是说不清的，实际上，安塞腰鼓体现了一种民族精神。中华民族是一个古老的民族，一个勤劳、勇敢、淳朴的民族，一个干得多、说得少的民族，一个负重的民族，一个艰难地生存着的民族，这一切，我们都能从安塞腰鼓里边体味出来。尽管那些打腰鼓的农民兄弟也许并没有意识到他们的一招一式，一跳一蹦，竟包含着这样的内容，他们只是凭着自己对生活的理解，对土地的热爱，对古老打法的继承，自然而然地表演出来的。

但是这里面确实包含着这一切，确实包含着，这是符合艺术规律的。民族的气质只能由与民族共命运的演员来体现，而不会由在台上演的是民族艺术、在台下又羡慕外人的演员来体现，这就是处于穷乡僻壤的安塞腰鼓的魅力所在，玄妙所在，或者说能引起人激动不安的原因所在。

春节秧歌调演已鸣金收兵，各县代表队将于今日凯歌而归。我们祝各县代表队旅途愉快，并希望明年调演时再见。

黄水拍打着她的左右岸

陕西的永宁关，山西的永和关，隔黄河成姊妹关的态势：同样地建在高高的沉积岩上，同样地有个美丽的小村庄作陪衬。那庄子，也都掩在一片红枣林里，也都有着娇嫩可爱的姑娘和饱经世故而锐气不灭的老者，也都同样地有着一代代流传下来的渡河故事。

永宁关的老人们说，李自成的大兵，曾经从这里过过。那时河上正流凌。他第一天来看黄河，黄河没有结冰，他的头发急得白了一半。第二天来看，黄河还没有结冰，他的头发急得全白了。直到第三天，河封了，封得只剩下一马鞍宽了，李自成才笑着，卸下马鞍，搭在河上，然后用鞭子一指，大兵鱼贯而行。

永和关的老人们说，这里也有个渡河的故事。距离永和关二里的黄河上游，有个叫"红军崖"的地方，一连东征的红军，在这里遇难。连长叫冯德胜。那是1936年10月的事了。这支部队东征过河后，与主力失散，后来摸着小路，来到黄河边。这些战士大都是黄河沿岸的人。冯德胜连长的家就在距永宁关二里的北村。趁着暮色，他们绕过山顶的敌碉堡，钻到黄河岸边的一个石庵里，然后派一个会水的人游过河去，请对岸派船来接。这边我军十支队的指导员是一名内奸，他以没有接到上级指示为名，拒绝派船。三天三夜之后，这支部队最终被头顶上的敌人发现，经过一场激烈的战斗，全部壮烈而死。冯德胜连长是最后一个死的，他把战士们的枪支扔进黄河，然后奋身跳入滚滚波涛之中。敌人向河里射击，打中了他。他又被冲回岸上。敌人捉住他，给他腰间系一块大石头，呐喊着，将他投入黄河。这时候，在对岸的山头上，站满了乡亲父老，他们已经自发地找到了木船，借来了水手，来救自己的子弟。已经晚了呀！他们眼睁睁地看着对岸发生的一切。当冯德胜被系上大石头，扔进黄河的那一刻，随着那水花溅起，河岸是一片惊天动地的呜咽声。

啊，右岸是永宁关，左岸是永和关，中间是李自成放马鞍的地方，是冯德胜埋骨的地方。黄河水猛烈地拍打着她的左右岸，将那悲壮的故事，传到两岸辽阔的原野上。

草原·盐池·长城

　　天高极静极，一朵白莲花般的云团，停在空中，纹丝不动，像大地伸向天空的一只探风仪。放眼望去，大地显出一片沉着的褐色。三三两两的青皮驴子，安安静静地在草原上吃草。羊群走得很快，据说是寻着吃一种叫地茭茭的香草。

　　正是秋天，草原上空弥漫着一种说不出来的秋愁。花儿已经变成了果实，草叶已经染上了霜色，树木已经开始悄悄地撕去一片片叶子，以便储存精力，准备越冬。蚂蚱找一个僻静的去处，将尾巴插入地下，种下种子，然后坦然地迎接死亡。青草掩映处，一颗骷髅，告诉人们这里曾是古战场。有一墓葬，葬人万余，乃汉代一次战争的牺牲者。行人至此，避而远之，说夜深人静时，常有无头者、少臂者、中箭者、挨枪者，满草原游荡，见人伏地而哭，询问家乡消息。盐有根，根在地下五米处，洁白、坚硬而透明。盐池于一片洼地，地面有水。盐工将水挤走，建成一块块条状盐田。然后抽取地下盐水，摊在田里，经太阳暴晒半月十天，即生一层盐粒。将盐粒收拢，堆成盐山，再加工成细盐。我们去时，远远的十里之外，便见那草地中间的洁白的盐山了。

　　笔者每日吃盐，饭菜稍淡一点，便觉口中无味，今日始见产盐过程，于是不胜欢喜。据盐场场长讲，盐场历史很久，公元535年，定边地面曾建盐州。这盐池之盐，福荫陕、甘、宁、青、山西五省，党中央在延安时期，边区财政的很大部分，亦靠向国统区销售食盐所得。那个大名鼎鼎的农民起义领袖李自成，当年曾是返盐帮中的脚夫。盐场参观既罢，忽然记起，这小小的一平方公里的盐池，何以能代代采掘，不见枯竭。问之，方知这里是块盆地，四面八方的地下水，水中含盐，齐向这里归拢，以现在的开掘产量计算，尚可再采掘一万年也。

草原的中间，濒临盐池处，横亘一条古老的长城。长城多为沙土结构，故大部分已经倒伏，宛如一只只僵卧在地的骆驼，不倒者，是那一个个相隔百米的砖石结构的垛口。偶然可见烽火台，孤独地站在那里，迎风一面，沙子堆成斜坡。靠盐池的这一段长城，也许是取地面上的碱土所建，所以仍保持原貌。不过长城北面，有一串数不清的窟窿。原来当年三五九旅，曾在此捞盐，这几里之遥的长城上的窟窿，乃他们当时挖掘的窑洞。战士既走，风沙便将窑洞慢慢充填，至如今，只剩下这些直径一两米的小洞了。延安至银川的公路恰好从此经过，并且与长城平行前进。所以每每有白发苍苍的军人，在此停车，伫立有倾。

无定河记

散散漫漫，铺铺张张，一股清澈的碧水，自沙漠之中摇曳而出。土人说，此无定河也。

两岸皆是沙山，一座座相挤，一座座相挨。那沙太阳一耀，明光锃亮，闪闪烁烁。有陕北民歌曰：三十里明沙四十里水，五十里路上瞧妹妹。这歌中的"明沙"当是指的这种沙子，至于为何发明，又明得这般奇异，就不得而知了。

无定河欲出未出沙山时，突遇两岸青岩。岩石光滑、齐整，且有不知名的树木将其遮得郁暗。于是代代墨客骚人，便在此题诗作字，勒石纪雅。那字有的遒劲，有的细腻，有的飞扬跋扈，有的龟缩一团。蛮荒之地，平添一景，人唤红石峡也。

再行一程，便见一危楼，拔地而起，扼十万沙山，镇北方一隅，威赫赫，雄赳赳，成吞天吐海之势，这就是镇北台了。镇北台乃砖石结构，棱角分明，登台而远眺朔方，似有羌笛鼙鼓，湍湍而来。台上空地方围十丈，中有一小小哨所。夜来歇息其间，梦中忽闻鬼哭人啼，刀戈相击，醒来乃是南柯一梦。此时此地，忽令人想到李华的《吊古战场文》，于是，不胜古今兴亡之感。又记起"可怜无定河边骨，犹是春闺梦里人"一句，非身临其境，不能体味诗中滋味也。沈德潜评价曰：作苦语无过此者。当是精辟之言。

随河流再前行，一片锦绣繁华之地，便是榆林城了。榆林城上，无定河称为榆溪河，以下才称无定河。

为行文方便，统而称之，是我牵强了。陕北地面，人口稀少，每平方公里多者三四十人，少者不足十人，独这块地方，人头涌涌，人声嚷嚷，每平方公里竟达数万之众。徜徉于榆林城中，不抬眼去看那三座古楼，不留神去逛那新街旧街，单注目于这一街行人，便从他们的眼睛上、鼻子上、嘴巴上、身段上、说话的拖腔上，看出一部陕北的民情风俗图，一部陕北人种的变异史来。

陕北的人种来源有三，榆林城中尤见明显。

榆林有小北京之称。你看那城垣之中，个个四合院十分齐整，酷似北京的四合院儿。榆林人的话语中，也常吐出一些至今在北京已不多见的土语来。姑娘小伙，穿着虽嫌粗糙，但言谈举止，极有气度。细细追查，几百年前，当有一群北京名门显贵，被刺配充边，来这塞上古城定居。第二代既已出生，脸上金字便已蜕去，成为自由人了，一直繁衍至今。榆林城建城在明代，这些人当是建城不久后来的。

第二种人，相信是来自江浙一带。新兴资产阶级在沿海地区的发展，引起封建统治者的恐慌，于是一道手谕，这些昨日还处在温柔富贵中的商门大贾，便被遣送到这蛮荒之地了。粗犷的陕北信天游和细腻的吴歌俚调结合，便极大地增加了信天游的表现力，《好一朵茉莉花》这支流传久远的江南名曲，经高原洗礼，竟变成了一曲带着拖腔的响遍行云的咏叹调。至于每年春节秧歌的"坐旱船"，有理由相信是江南移民对他们昔日生活的一种怀念。

陕北历来是多民族杂居区，无定河一带更是因为战争的缘故，尤为混杂。此一去南下五百里，富县的一个村子可以称羌村，说明少数民族势力曾伸展于此；此一去北上三百里，长城脚下的一个村子又可称镇羌村，说明汉人的势力范围也曾伸张至此。民族战争之间的拉锯战，便造成无定河流域尤其是榆林城中的人种混杂。

细细观察，榆林城中可以看见许多有少数民族血统而履历上填写着汉族的行人来。甚至扩而张之，那骑马走北京的李自成，那挎枪打天下的刘志丹，相貌上也明显有少数民族痕迹。自然，三个来源之外，剩下的，便是那些炎黄时期便在这里游牧的土著居民了。

于是便有这样一座城市，依无定河而生存，随无定河而徙迁。男儿强悍，多赳赳武夫，女儿娇媚，多蜂腰桃腮。每年中央歌舞团总要来此物色些许学员，而新的更为娇美的人才，又像韭菜一样割过一茬重长一茬。军事重镇的位置虽因民族和睦而失去作用，作为镇沙的桥头堡，榆林儿女又屡建功勋。

过榆林城，无定河便进入黄土高原丘陵沟壑区了。经绥德，接纳呜咽泉水。那呜咽泉却是一个典故。秦时，太子扶苏镇守塞上。赵高与胡亥密谋篡位，假传始皇遗诏，赐扶苏死。

扶苏既死，大将蒙恬亦被药死。

于是这扶苏陵、蒙恬墓间，便呜呜咽咽，流出一眼泉水，千年不涸。水滴珠珠是泪，水声丝丝如哭。

再往下，便绕过米脂闯王行宫、貂蝉故里，一路喧哗，直入黄河去了。

是为无定河记。

我居住过的雅丹

在中亚细亚腹心地带，有一种奇异的雅丹地貌。茫茫的戈壁滩上，突然出现一座城堡，一座高塔，一溜行进的骆驼队，一地卧狮，等等。这出现带给你一种大惊喜。然而等到经过一阵漫长的跋涉，走到跟前以后，你才发现这只是用粘土层和沙粒堆砌而起的天然土包而已。

地质学叫这种地貌曰"雅丹"地貌，将这些奇形怪状，仿佛海市蜃楼的土包叫"雅丹"。雅丹这个词儿出自维吾尔语，是"雅尔丹"一词的缩写。在维吾尔语中，它是"陡壁的小山"的意思。

我在新疆罗布泊的时候，就在这样的一个雅丹下面住了十三天。地质三大队的车载着我们，越过三百公里的黑戈壁无人区之后，进入罗布泊古湖盆，继而，又沿着古湖盆的北沿往东走，最后，选定一个目标明显的雅丹，作为营盘。在这无名雅丹下搭起帐篷，支起电台。

按照中亚探险第一人，即发现楼兰古城、重新确定罗布泊位置的瑞典探险家斯文·赫定的说法，雅丹是这样形成的——在千年万年的沧桑变化中，别的地表上的土层沙粒都被狂风卷走了，这一处，当年也许是一片胡杨林或红柳滩，所以没有被风卷走，后来竟高出地面几十米，形成这种奇怪的平地高山。

这话似乎也言之有理。但是在这没有一滴水，没有一棵草，没有任何生命的，仿佛月球表面一样荒凉和恐怖的地方，当年曾有过胡杨或红柳吗？我很怀疑。在罗布泊我记了三本笔记。而在写作之余，我曾许多次登上这个雅丹的山顶，细细搜寻。眼前唯有冰冷的粘土层，流动的沙砾，坚硬的盐壳，被盐碱软化了的层层岩石，其他的什么也没有。

距我们这个雅丹二十八公里处，是著名的白龙堆雅丹。白龙堆雅丹在罗布泊深处。我们曾经想去看一看，但是，盆底满是半人多高的盐场，像拥拥挤挤的坟堆，汽车走到离它八公里，只好放弃。这时候天已接近黄昏，于是我们以白龙堆雅丹群为背景，拍了几张照片。我在笔记中写道，从我们拍照片的那个位置看白龙堆，它像一个用哈萨克毡房组成的村落。

白龙堆雅丹是个有名的地方。当年丝绸之路兴盛时，它是驼队商贾的必经之地。后来楼兰毁灭，罗布地区沦为荒漠之后，它还曾被人显赫地提起。提它的人就是那个大名鼎鼎的威尼斯商人马可·波罗。马可·波罗横穿罗布泊时，曾经在白龙堆雅丹扎下营盘，歇息一夜。他的珍贵的手笔记下了自己的这次经历。

白龙堆雅丹在我们的东南东。而在西南西方向，还有一个大雅丹群，这就是同样有名的龙城雅丹。北魏时的地理学家郦道元，曾经在《水经注》中提到过龙城雅丹，由于不知道雅丹形成的原因，郦认为这龙城曾经是一个胡之大国的都城，后来罗布泊波浪滔天，将它淹没，待它重出水面后，便形成这样的城市废墟。

我曾经从罗布泊深处眺望过龙城雅丹群。从那里看，它确实像一座森严的中世纪城堡。城的垛墙，高高低低的楼房，卧在城门口的两个巨型狮子，等等。它占地的规模简直像现在中亚地区的一个县级市。

那么我们居住的雅丹像什么呢？我曾经站在罗布泊深处，向我们居住的雅丹望去。从那个方向看，它像金庸小说里写的那个"龙门客栈"，有笔直的白色墙壁，有屋顶，有门楼。如梦如幻，仿佛是横亘在罗布泊与大陆板块交界处的一座海市蜃楼。

它们为什么从远处看是白色的，雪白雪白。我猜想这与它们表面蒙上一层白色盐碱有关，与太阳的照射有关，与四周灰蒙蒙的参照物有关。

关于雅丹，就说这些吧。十三天之后，我们离开这一处雅丹。摄制组成员和地质队罗布泊分队全体成员，背靠雅丹，摄下一张照片。拍照片的时间是1998年10月1日早晨9点。

辑三　沧海万斛

延安市场沟的变迁

延安有一条山沟叫市场沟。这条沟在凤凰山的南麓。抗日战争时期，日本飞机八次轰炸延安，延河和南河两边宽阔一些的川面，都被飞机夷为平地，于是延安城的居民，大部分都挤到了这条沟里。

市场沟被两座山夹住，宽约五十米，长约两公里，像一条峡谷。在荒凉的陕北黄土高原，那时的市场沟成为一片难得的锦绣繁华之地。南来北往的商贾们，纷纷来这里做生意，沟里盖起许多的木质二层小楼。半沟里，还有当时的金融重地陕甘宁边区银行。据说日本飞机曾想轰炸这条沟，奈何山太高，沟太窄，飞机一飞而过，炸弹都扔到了两边的山上。

新中国成立以后，延安市区逐步向三山对峙、二水分流的川面上发展，市场沟逐渐趋于冷落，到后来，便成为普通老百姓居住的地方。不过这里仍然居住着延安城区三分之一的人口，沟里住不下，人们便向两翼山上发展。蜂蜂拥拥，密密麻麻，这条沟里的人们，像蚂蚁一样日出而作，日落而息。

这条沟由于缺乏管理，逐步沦落为延安的"龙须沟"。延安的"龙须沟"这个称谓，不是我在这里提出的，而是沟里的七八家居委会，盖着七八个大红砣砣，在向《延安日报》发出的呼吁中提出的。记得，那一次主要是针对"水"的问题提出来的。这是20世纪80年代初期的事。

居住着五六万人口的这么一条大沟，那时不通自来水。住在前半个沟的人，担着桶到市区去担水。住在后半个沟的人，则吃两口井里的水。这两口井，一口是甜水，一口是苦水，甜水井边，天天都排着长队。水不够用，于是家家都备有两个水缸：一个装甜水，做饭用；一个装苦水，洗衣服用。我家当时就在市场沟半沟住，记得朋友们登门，我常常从左邻右舍借来几担桶，请朋友们为我家担一次水去。

也许是居委会的呼吁起了作用，市政部门后来给沟里铺了个水管，设了三四个供水点。水管压力不够，因此只在每天中午定量供几个小时的水。供水点前面虽然也时时排有长队，不过只要时时操心，水毕竟还是能接上的，人们不至于慌恐无着了。

那时沟里也没有厕所。我真不知道没有厕所前，人们是如何解决自己的问题的。后来修了几个厕所，厕所很简陋，夏天时满地的蛆芽子乱爬，令人无处下脚。不过这厕所毕竟是有了。

还有一件叫人头疼的事是路。窄窄的一条路，年久失修，下雨时满地泥浆，水深处没及膝盖。最初这路还能上行下行跑汽车，后来由于民房不停地挤占路面，汽车只能单行了。有时两辆汽车碰了头，躲也没有个躲处。

那时我住在市场沟的半沟里。从我家到沟口，数十四个电线杆子就到。记得我每次上班，一边数着电线杆子一边想，啥时候能把这市场沟治理好，算是为老百姓做了一件好事，算是为延安市政建设做了一件好事。

其实治理延安的市场沟，有一个极好的办法，这就是把市场沟与西沟打通。

其实这市场沟不是一条死沟，它和另一条名叫西沟的沟是相通的。相通的那地方叫老虎崾岾。薄薄的一面黄土山崖，山崖下面是一个山洞。这山洞将两个沟连接起来。

这山洞叫"杨六郎转兵洞"。据说，这洞子是宋时的杨六郎修的。杨六郎在延州城中阅兵，他的兵力空虚，好像只有三千吧。于是他在这里挖了个洞，让延安城的道路以凤凰山为圆心，成了一个圆圈，尔后，调动兵马，在城里转了起来。杨六郎转兵，一共走了七天七夜，还是前不见头，后不见尾，辽兵的密探见了，大骇，回去汇报，辽兵乃退。

毛主席在延安时期，这洞子仍然可以使用。据说，毛主席在枣园、杨家岭居住期间，要来南关交际处会见客人，或者参加舞会，通常从居处出发，涉过延安，步入西沟，经转兵洞到市场沟，出市场沟，即到南关交际处。

这个洞子的坍塌，是在胡宗南进攻延安以后。胡匪兵占领延安以后，城中坚壁清野，士兵们就挖了洞子里的支撑木，当柴烧。洞子少了支撑，不久就塌陷了。

胡宗南的女儿据说现在住在美国，也是一位作家。我的一位朋友在新加坡参加一个叫世界华人女作家笔会的年会，在会上见过这位胡小姐。"陕北人还恨我父亲吗？"这位胡小姐问。这是闲话，这里不提。

其实打通西沟和市场沟，令延安成为一座环状城市这个想法，延安的历届政府都想过，但是羁于财力，这个宏伟的想法得以实现是在今时今日。我所以记得这事，是见过几个领导在一起讨论，看是将老虎崾岾那一块地方，挖成一个山洞好呢，还是将那一面断崖，劈开好呢。

我后来调到西安工作。可是母亲还在延安居住，在市场沟胜利居委136号居住。她是孤身一人过着的，这事常常叫我担心。我最担心的还是吃水问题。我常常捎一些钱回来，叫她买水，再贵也买。

今年8月，我回延安看母亲。一到市场沟沟口，令我大吃一惊。夹在市场沟沟中间的那些拥拥挤挤的破旧民房，好像刮了一阵风一样已被全部拆去，宽阔的沟里，现在摆满了石头。我明白了，延安人久久的梦想，打通西沟与市场沟的梦想，正在这一届政府的手中变成现实。

石匠们叮叮当当凿石的声音，令我想起童年的往事。那是50年代修筑延安大桥的日子。那时我站在清凉山的一个佛洞前，看着这热闹的场面。这是一种建设新生活的声音，在陕北，凿石声通常发生在兴旺的人家。

石匠们先用石头箍涵洞。箍好一个一个涵洞，上面再盖上土。这一切完成后，市政部门再在上面修上宽阔的柏油路。

我还到老虎崾崄那里去看了看。原先我在市场沟居住时，节假日常一个人去那里转悠。现在，山洞已全部挖好，并用石块砌好。远望那边的西沟，宽阔的柏油路面已经铺好，只等市场沟这边的路也修好，一条叫西市路的道路就竣工了。

于延安，这是一项伟大的工程，是泽被后世的工程，且让我向它祝贺。西市路的修通，令延安这座群山环抱中的古城有了更多的发展空间、经济腾飞空间，并且将给人们的传统思维，带来许多的改变。

那时延安城的市政格局，将有点像重庆市。记得重庆市从两路口那个地方，一条路绕山而行，一条路依水而行，成一个环状的沙坪镇区。将来的延安城，也是这样子的，以著名的凤凰山为圆心，延安城成了一个环状的城市。

因为修路的需要，因为随着路的修通，这条市场沟又重新成为重要的商业区和经济区的需要，母亲居住的地方也肯定要搬迁。母亲住习惯了，她不想搬迁，她还心存侥幸。我对母亲说，即便路占不到这里，但是随着西市路的修通，这里成了好地段，房地产开发部门也肯定不会放过这里的，您搬是肯定了，到时候，随我住西安去吧！

改革开放以来，延安的经济取得了长足的发展。粮食连年大丰收，石油、煤炭、卷烟成为工业的支柱产业，烟、果、羊、薯成为农副业的支柱产业。这一方的人类正在走向富裕，这是可喜的事实。而延安市场沟20世纪的沧桑变迁，只是其中的一个缩影。

东西部差距的"高氏估计"

东西部差距到底有多大，这是一个大家都在谈的问题。这个问题有必要弄清楚。因为对决策部门，对政府官员，对普通老百姓，对投资开发的商家来说，弄清这个问题，或者说能对东西部差距有一个基本的估计，这样才能做到心中有数，才能在西部大开发中有可能立于不败之地。

我见过几个研究机构对东西部差距的测算，这些研究机构有些甚至颇具权威，但是很遗憾，这些机构要么是避重就轻，没有谈到点子上去，要么是所测算出的数目字，明显地不能令人信服。

鉴于此，我把我对东西部差距的感性认识，借百分比、万分比、十万分比的形式，做以估计。这个估计我叫它"高氏估计"。

东西部差距到底有多大呢？我说，已经大到惊人的地步了。

让我们先做第一个估计。

将东部人的私人财产占有量和西部人的私人财产占有量做以比较。这个私人财产包括房子、私家车、银行存款、股票。而比较的人是所有的东部人和西部人，即农民、工人、国家公务员、私企业主、打工一族等等。

这个比较下来，我们会得出一个什么结论呢？这个结论是：

一百比一。即，当东部人手中的私有财产是一百块的时候，西部人手中的私有财产是一块。

这个估计还是保守的，真实的情况远远超过这个比例。

让我们再做第二个估计。

算上上面所说的那些私人财产，然后再加上国企的资产、私企的资产、合资企业的资产、外企的资产，将东部地面上所有堆砌的这些财富，分别平摊到每一个东部人头上（西部当然也是这样）。

这样我们算一算，东部人均财富占有量和西部人均财富占有量的差距是多少呢？我这里仍然是一个保守的估计，是：一万比一。

也就是说，东部地面上一个人的财富占有量是一万块时，西部人是一块。

让我们再做第三个估计。

这个估计较上面所说的那两个估计，更简单一些。

这个估计就是，将东部地面所有的财富加在一起，算算每平方公里的财富占有量是多少。西部地面当然也是这样做。

我这里说的是地面上堆砌的所有财富，甚至包括正在运行中的深沪两个股票交易市场。

这样得出的结论更是惊人的。它也许是十万比一，百万比一，甚至更大。

当然，这个估计也许是不合适的。举例来说，总面积约为江苏省两倍的新疆若羌县，它的县财政收入也许只相当于江苏一个中等村子。再举例来说，占全国总面积百分之七点五的青海省，它的年财政收入也许只相当于广东的一家中型企业。

因此，以地域财富拥有量来做东西部对比，也许没有可比性。

但是既然是谈东西部差距，我们有理由和有责任做这一番对比。

这就是我的关于东西部差距的"高氏估计"。

这个"高氏估计"的全部理论依据是列宁的一句话，即"把真相告诉人民"。

东西部如此巨大的差距是如何形成的？这有两个方面的原因。

第一个原因是历史形成的。随着陆地丝绸之路的堵塞，随着西部（尤其是大西北）的生态环境日益恶化，随着中国政治中心和经济中心的南移，再加上地处内陆远离通商口岸，从而导致了西部地区的极度贫困化。

第二个原因是改革开放以来，东部经济的迅速发展和西部经济的举步维艰，令原来就有的差距进一步扩大。

在谈第二个原因的时候，有两件事情需要谈一谈。

第一件是在改革开放初期，我们提出了"让一部分人先富起来，让一部分地区先富起来"的口号，这样，国家将大量的投资、优惠政策给了沿海城市，它们成为改革开放政策的最早受益者。

第二件是海南的泡沫经济，从西部地区吸引去了大量的资金，从而使失血的西部更为贫血。那时，西部凡是能搞来一点钱的政府部门、国营大企业，甚至大学，都纷纷从银行贷款携往海南淘金。这些钱后来都被白扔到海南了。这是西部一些大中型企业破产的原因之一。老实说，当时西部地区的银行几乎被掏空了。

这是我对东西部差距形成原因的分析。

上面我只谈到两个原因，其实还有第三个原因。这个原因也许是一条更重要的原因。

这个原因就是：西部人观念的落后。

虽然大家都把小平同志的"发展才是硬道理"这句话挂在嘴边，但是，在具体实施某一项重大经济决策的时候，我们往往并不能够做到：这项决策对本地区的经济拉动产生重大积极作用，这项工程令本地区的经济增长几个百分点，它令老百姓的生活改善了，令下岗人数减少了，等等。

我们玩虚的多，玩实的少。这些年来都是如此。

当东部人急红了眼，像资本原始积累阶段那样想着一切法子积攒财富时，西部人却在四平八稳地唱着高调，宝贵的时间就这样一天天消失了。

"他们年年换帽子，就是不换帽子下的思想！"这是一句阿拉伯格言。

最后再说一说"东西部互动"。

现在提起西部大开发，有个名词叫"东西部对话"。这个想法当然很好，但是，我觉得遗憾的问题是：这个对话是建立在不平等的前提下的，一方是龙王，一方是乞丐。不平等的对话不能叫对话。

这个对话的结果可能会使东西部差距更加增大，西部一些地方会不会沦为赤贫？

据说有个经济学家大胆说出这是"陷阱"，我十分同意他的话。

国内的例子我在这里不举了，乡里乡亲的，怕伤感情。我这里举一个国外的例子。

日本经济的高速发展，是从20世纪70年代初开始的。自此，中国成为日本最大的产品倾销地，日本产的电视那时候充斥于多少个中国家庭，日本产的汽车，充斥于中国每一条道路，"有路必有丰田车"的广告语不绝于耳。

中国人没有富，日本人却富了。日本成为一个高速膨胀的经济动物。中国再加上亚洲四小龙的年国民生产总值，仅相当于日本的一半。

现在的东西部对话，和这种情形极为相似。如果我们放任自流，冠冕堂皇地说一句"现在是市场经济时代了，你们自己去对话吧"，那么，处于弱势群体的西部，它的后果将是灾难性的。

因此在西部大开发中，还需要加强国家行为，加强宏观调控，像当年倾一国之力开发东南沿海一样，现在需要倾一国之力来开发西部。

这个问题我后面还要详细谈。

在这个瑞雪纷飞的早晨，我将我的关于西部大开发的一些思考贡献出来，以期希望它的伟大成功，希望它在运行的过程中少走弯路，希望西部的贫困状态能在我们这一代人手中结束。

沧海万斛，余取一粟足矣

在干旱的大西北，水是命脉所系，水是头等大事。可以毫不夸张地说，在这里，有水就有一切；而没有水，一切则无从谈起。

诗人艾青在七十多年前，就曾经痛苦地吟唱道："北方是悲哀的。"同样的这句话，诗人郭小川也说过，诗人陈辉也说过。（陈辉就是那个黑脸膛的抱着毛瑟枪的晋察冀边区战士诗人）北方何以悲哀？那是因为缺水。只要有水，荒漠和戈壁会重新变绿，花儿会重新开放，每一条干渴的生命都将重新生机勃勃。

要知道水在大西北的举足轻重，也许这个历史故事，就能告诉你个大概了。

中国公元纪年以前，有三个著名的水利工程：一是广西的灵渠，一是陕西的郑国渠，一是四川的都江堰。

郑国渠的渠首那地方我去过。泾河在穿越陇东高原之后，从陕西泾阳县一个叫嵯峨山的地方跌宕而下，进入八百里秦川。嵯峨山由一堆又高又陡又尖的山头组成，狰狞万状，泾河在这里形成巨大的落差。

郑国渠工程是这样的：将泾河在嵯峨山山口用一条大坝拦住，囤积河水，提高水位，尔后，沿山根开凿出一条渠道，这条渠道流入关中平原以后，有一条干渠，干渠又分出许多支渠，支渠再分出许多毛渠，从而形成一个蛛网般的灌溉网，灌溉着渭河以北的广袤土地。

郑国渠是如何修成的呢？说起来，这真是一个大大的历史谑剧。

战国年代，虎狼之秦采取"远交近攻"的方略，虎视眈眈，企图并吞六国，一统四方。处在秦东南面的韩国，深深感到了秦的这种军事压力。韩满朝文武，一番商议以后，想出了一条馊主意。

韩国派了个叫郑国的水工，来到秦国，向秦王嬴政陈说兴修水利的好处。韩的用意是想以大规模兴修水利来消耗秦的国力，避免秦对韩用兵。韩的这一目的暂时是达到了。秦王嬴政被郑国说动了，于是要郑国选址，开始实施。于是乎，郑国一番踏勘，最后选择了咸阳正北，泾河上游的嵯峨山口，开始这个著名工程。

这渠修了十三年。这渠当然也消耗了秦国的大量财力，以致在修筑的过程中，令秦王生出怀疑。后来有消息证实说这确是韩国的疲秦之计，缓兵之计，于是秦王大怒。大怒的秦王一是要杀郑国，二是要驱逐所有的客秦的六国人。

有一篇著名的文章叫《谏逐客书》，正是当时客居秦国的河南上蔡人李斯为这件事写给秦王嬴政的谏章。这篇斑斓文字救了郑国，也救了郑国渠。当然李斯个人也得到了好处，他先是被秦王拜为客卿，后来又官至丞相。当然，得到最大好处的是秦国，因为郑国渠又可以修了。

郑国渠就这样阴差阳错地修成了。

郑国渠修成之日，即是秦的富强之日，即是六国灭亡可待之日。

司马迁在《史记》中感慨地说："渠就，用注填阏之水，溉泽卤之地四万余顷，收皆亩一钟。于是关中为沃野，无凶年，秦以富疆，卒并诸侯。"

你看，一条小小的渠道，就这样改变了中国的历史。如果没有郑国渠，就没有八百里秦川沃野，就没有千古帝王都西安，就没有强秦雄汉盛唐，那小学课本上的中国历史，就会是另外一个样子了。

想到这里，不由得让人倒吸一口冷气。

你看，这就是水！

在大西北，水为什么是奇缺的呢？这里面主要的原因是天然的原因，次要的原因是人为破坏生态平衡的结果。

水通常是从三方面来的，即天上落下的雨水，地面上的江河湖泊，再就是地下水。

先说雨水。

大西北位于中亚细亚腹心地带，距太平洋、距大西洋、距北冰洋都有遥远的路程。高大的秦岭是中国内陆气候的南北分界线，秦岭挡住了从东南沿海吹来的季风，从而令秦岭以北的偌大地面，长期处于干旱和半干旱状态。陕西的年降雨量是三百到四百毫米，这些降雨大部分集中在7、8、9三个月份。光秃秃的黄土高原地面，三天不下雨，就是一个旱灾，而哗哗的大雨一旦落下，山洪暴发，立即就是洪灾。黄河在宁夏河套平原上还是青的，但是一进入陕西神府地面，即成黄色。黄河百分之七十的泥沙，来自这从神府到韩城龙门数百公里的晋陕峡谷。

印度洋的暖流则被喜马拉雅山挡住。

北冰洋越过俄罗斯的西伯利亚，越过中亚五国，偶尔能给新疆的北疆阿勒泰、塔城、伊犁带来一点雨雪。我曾在阿勒泰草原上生活过五年。这里夏天基本上没有雨，只是每年的冬天，西伯利亚的每一次寒流都会带来一场大雪，从而令这块地面成为草原、沙漠、河流相杂的戈壁滩地貌。

陕西的年降雨量是三百到四百毫米，因为太平洋的季风毕竟还能吹到一点。这就是陕西的气候较之西北另外四个省区要好一点的原因，亦就是千古帝王之都长安能在这里建起的原因，亦是西安成为西北最大的经济文化中心的原因。

甘肃、宁夏的情况要可怜得多。甘肃是一个长条状，兰州以东，是陇东高原，苦瘠甲天下的地方；兰州以西，武威、张掖、酒泉、玉门、嘉峪关，顺兰新线摆出的这一长溜古老城市，个个都是一副黄尘扑天的面孔。如果再往西一点，是敦煌，是疏勒河谷，是天山垭口星星峡，是罗布泊，那里更是缺水。也就是说，躲也没有一个躲处。

宁夏的面积为六点六四万平方公里，人口七百多万，人口中回族占三分之一。这块地面，西边是腾格里大沙漠，东北是毛乌素大沙漠，南边是陕北黄土高原。这也是一块十分苦焦的地方，这一点我们后边将要谈到。

千百年来，人类之所以能在这里繁衍、生生不息，并形成一定的人口规模和塞上明珠银川市，原因是境内有一条我们民族的母亲河流过。民谚中说："天下黄河富银川。"或曰："黄河百害，唯富一套。"

甘肃和宁夏的年降水量都在二百毫米左右。

青海的情况就更糟一些了。荒凉的戈壁滩，一片连着一片，空气干燥得像要着火。海拔高，令人头晕目眩，嘴唇发紫，喘不过气来。这里举目望去，满眼凄凉，像一片沉寂的死海。

我在青海的西宁待了三天。这里紧靠兰州，海拔不算高，据说是二千四百米。但是我们一行七人中，有三个病倒了，作家周涛大病不起，一吃东西就呕吐，于是只好坐飞机匆匆返回乌鲁木齐。我们原来还准备去格尔木，去玉树果洛，去阿里高原，后来只好作罢，那里才真正地进入高海拔地区。

青海的年降雨量只有一百毫米多一点。哪有雨水能到这里来呢？

最极端的例子当然是新疆的罗布泊了。那里的年降雨量只有十五到十九毫米，也就是说，几乎等于零。新疆地质三大队在罗布泊找钾盐已经找了快十年了，十年中他们只遇到过一场雨，而这场雨的雨量仅仅能把汽车头上落的灰尘冲掉。不降雨倒也罢了，然而更要命的是，罗布泊的年蒸发量竟然高达两千毫米。在那块干旱的土地上，空中像有一个巨大的抽风机似的，将地面上的水分榨干，将地下水越抽越低。所有的生命在这里都不能幸免。如果你不幸走到这里，抽风机就会立即对着你猛吸，直到榨干水分为止。

这里说的是天上的水，下面再说一说地面上的水。

中国的两条最大的河流都发源于青海，那一块地面被称为"千山之祖，万水之源"，或被称为"山之父，水之母"。青海人自己则谦逊一些，将那里称为"中国水塔"，意即它的主要目的是为下游服务。

这两条河流一个流经中国北部，一个流经中国南部，哺育了勤劳善良的中华民族。

大西北还有一些小的河流，这些河流后来都流入黄河，成为黄河的支流。只有两条河流不在此列：一个是塔里木河水系，它原来的终结湖是罗布泊，现在则为大西海子水库所截，在塔克拉玛干大沙漠中结束了自己的行程；另一条是额尔齐斯河水系，它收容了哈巴河、布尔津河等，从中国西北边陲的哈马河县以西进入哈萨克斯坦，流入西伯利亚后它易名鄂毕河，然后流入北冰洋。

大西北境内的多数河流，除额尔齐斯河还能在春潮泛滥季节，拥一河蔚蓝的河水，仪态万方地流过以外，其余多数河流都在变瘦变小，甚至成为季节河和潜流河，有的竟完全干涸。1998年的夏天，我在甘肃境内兜了好几个圈子。那一年没有大旱，只有一点小小的"伏旱"，结果我路经的所有河流，大多已完全干涸。当你从一条丑陋的干河床经过时，你会有一种恐怖的感觉，你不明白这一带的人类将如何生存。

记得在甘肃境内，我所看到的还没有干涸的河流是屈指可数的，一条当然是黄河。那是在兰州附近。一架高大的陈旧的木轮在转动着，红日西沉，黄河边的那一幕情景令人久久不能忘记。还有一条叫湟河，它是黄河的一个支流，我是在甘青交界处见到的。

塔里木河断流是一件叫人大大震惊的事情。自昆仑山发源，绕着塔克拉玛干大沙漠转了大半个圆，从一个叫阿拉干的地方注入罗布泊的塔里木河，其上游修筑的大西海子水库，截断了塔里木河，导致罗布泊干涸。在中国人的心目中，塔里木河也被称为生命之河、母亲之河，它是我国第一大内流河，也是世界第五大内流河，其流域涵盖了塔里木盆地的绝大部分，是保证塔里木盆地绿洲经济、自然生态和各族人民生活的生命线。

最近看电视，新闻联播上说，今年（2000年）的这一场大旱，是北方一百年来最大的一次旱情。在大旱中，新疆人将大西海子水库扒开，让塔里木河水向下游干涸的河床流去。虽然这水流只流了一百多公里，便被干旱的塔克拉玛干大沙漠汲干，水流离罗布泊还有遥远的路程。但是，这条新闻还是让人为之一振。

罗布泊干涸了。罗布泊北面二百公里处的艾丁湖也已经干涸。大西北还有多少湖泊干涸了呢？我没有统计过。

而那些尚未干涸的湖泊也正在走向干涸。比如青海湖。青海湖的水面正在一年年缩小，青海湖的水深正在一年年变浅。在青海湖边，那位梳着一百多根辫子的藏族牧羊姑娘告诉我，她小的时候，湖沿儿在她放牛的这个地方。

阿勒泰草原上的乌伦古湖前些年也几近干涸，好在兵团农十师人引来额尔齐斯河水灌入，才使这座中国十大内陆淡水湖之一的塞上明珠免于从大地上消失。

大西北地面上的水，还有什么可以说一说呢？没有了！

下来再说一说地下水。

大西北的大部分地面，为一层或薄或厚的黄土所覆盖。这黄土不是在当地生成的，而是在遥远的年代里（一亿五千万年以前），从昆仑山上吹下来的漫天黄尘，在这里囤积而成的。这决定了黄土层只是断层，地下水在黄土以下的岩石中。

有的高原上的黄土囤积达四五百米厚。换言之，这地方如果要打井，得打四五百米深，才能打到水。

这就是为什么陕北高原、宁夏西海固地区、甘肃定西地区，一旦遇到旱灾，人畜饮水都成问题的原因。这些地方或者根本无法打井，或者要打很深很深的井。

河谷和平原地带，地下水当然要浅得多了。

但这个"浅"，是几十年以前的事情了。现在随着地下水的大量开采，随着河床越来越深，地下水也是越来越深了。

记得我小时候在关中农村，我居住的那个村子离渭河有五百米远，那时河里一旦发水，井水就立即变成浑浊的了，从而告诉人们地下水的水位确实和河水是相关的。那时的井，一个井最多十米深就行了；现在那样的土井，早就干得底朝天了。现在用的是机井，得三四十米深。

陕北的榆林地区位于毛乌素沙漠南沿，这里的治沙工程取得了辉煌的成就，被联合国誉为人类改造沙漠的一个杰出典范。榆林治沙的成功，主观的原因是这里的人民辛勤劳动的结果，客观的原因则是这里的地下水位离地表只有两三米。也就是说，扒开沙子，挖个坑，水就出来了。

而别的沙漠地带则不行，树木在那里根本无法成活，因为水位太低。还因为大部分都是盐碱水。

不过在世界最大的流动沙漠塔克拉玛干大沙漠，新疆水文地质队向我们报告了一个天大的好消息。

这片大漠下面，是一个淡水湖，它的储量相当于长江一年的流量。

这消息叫人振奋。以色列人在干旱的沙漠中成功地生产出了粮食。有淡水，有钾肥，有充足的光照，便可以进行无土栽植。这叫"以色列农业模式"。这个模式完全可以用到塔克拉玛干大沙漠。这里有地下水，抽出来就是了；这里的近旁是罗布泊，罗布泊有取之不竭的钾盐；而新疆的阳光更是灼灼烤人。

以上谈的是大西北的水资源，我们对天上的水、地面上的水和地下水，来了一通宏观的扫描。这番扫描所得出的结论令我们沮丧和恐慌，大西北缺水已经到了如此严重的程度。

若说整个世界在闹水荒，整个中国在闹水荒，那么，大西北的水荒已经到了危及人类生存的地步。或者换言之，人类已经几乎在这块干地上无法生存了。

七十多年前，埃德加·斯诺在踏上陕北高原以后，就曾经感慨：人类能在这样恶劣的自然环境下生存，简直是一种奇迹。

今天的大西北，较之斯诺当年所看到的情景，又干旱了许多。查查大西北各地的地方志，你会感慨地发现，大西北的历史，一半是饥饿史，一半是战争史。"天下旱，乡民易子而食""城破，血流飘杵"之类的话，不绝于耳。

啥叫"易子而食"？就是人们饿得眼睛发绿，要吃人了，可是又不忍心吃自己的孩子，于是互相交换着吃孩子。

那是怎样的一幅悲惨图景呀！

这样的事情离我们并不遥远，它最近的发生是在1929年，即

"民国"十八年。发生在陕北，发生在甘肃陇东，志书上是有记载的。

明崇祯年间的那一场大旱，导致了斯巴达克式的陕北英雄李自成的揭竿而起。

"民国"十八年的那一场大旱，据说比崇祯年间大旱还严重。我查阅陕北各县县志，各县县志对那场大旱有着触目惊心的描写。可以说，革命在陕北的风行，刘志丹、谢子长组建红军武装，实行革命割据，与这场大旱有直接关系。

斯诺在《西行漫记》中，则记载了甘肃陇东大旱的恐怖情景。他引用的资料应当说是权威的，因为那是国民党官方报纸上的说法。资料说，在大旱中，甘肃境内人口死亡率达到六成到七成。

有一半以上的人口死亡了。我们能想见那赤地千里、饿殍遍野的恐怖景象。

"民国"十八年大旱中，陕西关中平原上，人口也大面积死亡。前面提到的那个曾造就了八百里秦川沃野和帝王都西安的郑国渠，因为年久失修，也基本上不起什么作用了。因此这一带死亡的人更多，许多地方成为无人区。以致后来泾阳三原有一个县令，是山东人，从山东家乡唤来大批移民，以补秦地之空。这些移民还形成一个一个独立的山东庄子，散布在关中平原、渭河沿岸。著名电影导演吴天明，陕西电视台主持人陈爱美，还有我的夫人，祖辈或父辈都是这种从山东庄子走出来的人。

后来国民党政府有个水利专家叫李仪祉，留欧归国后主持修铁路，修桥梁，在这场大旱中又回到他的家乡来整修郑国渠。经过整修的郑国渠后来易名"泾惠渠"，现在还是关中平原上最主要的灌溉设施。李仪祉的墓园在郑国渠渠首一个叫张家山的地方。

经历过"民国"十八年大旱的人，现在还有许多人活着。活着的老人们，一提起那一场西北大旱，都会谈虎色变。人们将那一场大旱叫作"'民国'十八年大年馑"。

1995年和1996年上半年，大西北地面有一年半的时间没有下雨。这样便就有了一场大旱。媒体报道说，这次大旱要超过"民国"十八年那场大旱。

所幸有政府的呵护，群众的抗灾自救，这场大旱没有死人。

《兰州晚报》的资深女记者，一位姓王的刚刚退休的总编告诉我，她曾经采访过定西大旱的情景。

她说，天不下雨，河流全部断流，水井干涸，定西黄土高原上几十万人以及他们的家畜束手待毙，眼见得"民国"十八年那一场情景就要重现。这时，政府组织拉水车，日夜不停地从兰州的黄河里向定西运水，救人救畜。

她说当拉水车在定西高原奔驰时，成群的乌鸦像云彩一样罩在汽车上面。干渴的乌鸦群不时俯冲下来，用嘴去抢拉水罐里溅出来的水花。

这位女记者说，这幕恐怖的景象后来时时出现在她的噩梦里。

今年（2000年），媒体说，中国的中西部遇到了一百年来最大的一次旱灾。这句话的潜台词是什么意思呢？我听明白了，它的意思是说，这场大旱要超过"民国"十八年和1996年那两场旱灾。

我居住在西安，西安这地方要好一点。我不知道东边的河南和西边的甘肃已经旱成什么样子了。前几天有个《南方周末》的记者到我家里来，他刚刚采访完河南的旱灾，告诉了我那里河流断流土地龟裂的情景。

今年春天刮过好多次沙尘暴，且一次比一次猛烈，简直是飞沙走石，遮天蔽日。看来，中国北方的确干旱得厉害。

北方是悲哀的！悲哀的北方呀！

世纪之交之际，我曾经为报刊写过一篇《我为人类祝福》的文章。我说，在北方，生存本身就是艰难的。

我还说，在陕北，每当新生儿过满月时，闻讯而来的说书艺人会为他祝福。那祝福词叫"猪娃头上还顶三升粗糠哩"！这话是说，既然这生命来到人间了，他就自己带来了自己的口粮，他就有生存的权利。

前一阵，我到网站聊天室去过一次。当一位网友问我，是不是因为西部大开发，我才写这些西部题材的作品时，我回答说"不是"。我说："即便没有这个西部大开发，西部人也照样要活，西部的作家也照样要写作，是不是？"

而当另一位网友信口说出"西部太穷了"这话时，我有些恼怒。那时已经晚上八点了，我还没有吃饭，正饥肠辘辘。我说："如果你是在打着饱嗝说这句话的话，那我将不能原谅你。当我从西部的土地上经过时，人类的苦难的然而又是英勇卓绝的生存斗争，总令我肃然起敬！"

我说的是真心话。我的感情是真实的感情。我还没有学会做作。

这几年，在我的大西北游历中，足迹到处，接触到许多官员。在和我的采访谈话中，他们谈得最多的话题是水，谈得最重要的话题仍然是水。一旦接触到水这个问题，他们立即如数家珍，为我介绍本地区水的情况。一圈采访下来，我的记事本上满纸是水。

陕西的省委书记李建国谈到21世纪，陕西农业上新台阶，谈到水利是农业的命脉，谈到陕北堪称伟大的山川秀美工程，谈到陕北的窖、关中的井、陕南的塘。

宁夏的区委书记毛如柏谈到龙羊峡，谈到刘家峡，谈到青海的固海扬黄工程，谈到移民一百万、开发二百万亩荒地、投资三十个亿的"一二三"工程。宁夏的西海固，是天底下最苦瘠的地区，宁夏人采取了三条措施实现脱贫：一条是引来黄河的水，这叫固海扬黄工程；二是打旱窖，修梯田，盖地膜；三是移民吊庄：搬出一户，宽松两户，富裕三户。

甘肃在水的问题上，先行了一步。他们前几年就搞了个很大的工程，好像是将洮河水引入干旱的定西地区，这工程好像叫大秦工程。我们去时，他们的另一项巨大水利工程正在实施，即打通祁连山，引来黑河水，进入金昌市。那个山洞已经打了好几年了，打洞子的工人告诉我们，还得再打三年，才能将祁连山打通。

青海也在进行着声势浩大的移民工程和沙漠草原改造工程，青海湖的治理也正在着手进行，恕这里不一一赘述。

新疆的区委书记王乐泉，最看重的也是改水工程。这项工程令维吾尔族老百姓结束了世世代代吃涝坝水的历史，开始吃上了洁净卫生的自来水。我们在南疆重镇和田采访了一户维吾尔族人家，长胡子的维吾尔族老人一提起这件事，就赞扬共产党伟大，了不起。李瑞环曾到过他家，考察这个改水工程进入农家的情况。老人拿出他和李瑞环的合影让我们看。

我想我该结束这篇长文了。

一位叫陈明勇的年轻地质学家告诉我，在三亿五千万年以前，正如中国的东面有一个太平洋一样，在中国的西部亦有一个大洋，它的名字叫准噶尔大洋，现在的新疆的大部分，现在的中亚五国，那时正是这个大洋的洋底。后来大洋浓缩成海，叫蒲昌海，后来大海浓缩成湖泊，叫罗布泊。1972年，罗布泊完全干涸，变成现在的盐壳沙漠地貌。

大西北真的曾经有个海吗？

我们真的都曾经是海边的孩子吗？

望着莽莽苍苍的大西北，满目干旱的大西北，"滴水贵如油"

的大西北，我不敢想象。

今晚上让我做一个梦，梦一梦那曾经有过的大西北的海。

沧海万斛，余取一粟足矣！

西安的出路在哪里？

有一家城市杂志的记者找到我，给我出了一个大题目，这题目叫"西安的出路在哪里？"。

我打趣说，西安有着许多的出路，它有东西南北四座城门：出东门跨黄河过中原大地直抵北京，出西门经甘肃抵新疆直通欧亚大陆桥，出南门翻秦岭过四川直通大西南，出北门顺古秦直道跨越陕北进入内蒙古高原。条条大道通罗马，你看西安的出路有多宽！

记者说我的回答太大太泛太虚，他要我从天上人间的幻境中走下来，就近地谈一谈西安。

我是谁？我为什么要谈？我又能谈出个什么子丑寅卯来？因此，记者的题目叫我好作难！

我见他是认真的，一脸的忧国忧民相，于是我也就认真了起来。一番思索后，我这样说——

我说，要谈西安的出路，得把这件事放在两个背景下来看，即放在西部大开发的大背景下来看，放在东西部差距日益增大的大背景下来看。

西部大开发为西安的发展提供了机遇，而东西部差距的日益增大，又使西安及广大西部地区面临日益窘迫的情势。

改革开放之初，我们提出了一个口号，这个口号叫"让一部分人先富起来，让一部分地区先富起来"。这个口号之后，我们又有个补充的口号，这个口号叫作"最后达到全民富裕的目的"。

现在口号的前一部分已经实现，我们是该实现和兑现口号的后半部分内容了。

关于西安的出路，我说这得有两个环境的创造：一个是外部环境，一个是内部环境。

促使西安经济来一个大发展，或者说促进西部大开发能有一个有效的坚实的实施，需要什么样的外部条件呢？我列举了三条：

第一条：将西安升格为直辖市。让西安成为西部大开发的龙头，成为撬动西部经济发展的一个支点。

这里不谈历史。历史虽然辉煌，但都是过去时。这里只谈眼下。西安是西北五省区的门户，是西北最大的经济中心。五省区的西北经济，需要有一种一石激起千层浪的经济战略，这一块石头扔下去的地方应当是西安。多中心实际上是无中心，西部大开发的龙头是西安。

由于秦岭的阻隔，大西南和大西北实际上是两个独立的地域。西安的发展对西北有直接的拉动作用，但对大西南只是间接的刺激。这一点我们必须估计到。但是，这个刺激亦是十分重要的。西安的崛起将改变目前中国经济发展的总格局，给就近的大西南以强烈冲击。

前几天见到一位广东朋友，他说深圳正在申请直辖市，并且极有可能在重庆成为直辖市以后，接下来的一个就是深圳。朋友的话令我想到了西安。

第二条：继上海、深圳之后，在西安设立中国第三家股票交易市场。以此吸引资金，为无力的西部经济融资和造血。

记得陕西省省长程安东，曾在人大会议上提出过这个设想。

第三条：国家投资向西安倾斜。像发展深圳、发展海南、发展上海浦东一样，国家拿出决心来，发展大西安。

记得当年在发展深圳时，决策部门确实是倾全国之财力，来树这个改革开放样板的。

海南的泡沫经济则从全国范围内吸引了庞大的资金。现今的大西北所以如此失血，与当年把大量的资金扔到海南血本无归不无关系。那一阵子，几乎有点余钱的企业单位（包括政府部门），都把钱投向了海南。没有钱的单位就贷款，几亿几亿地从当地银行贷，尔后扔到海南。这些地产据说现在正在生长荒草。许多西部企业因为资不抵债而破产，就与这事有关。

上海浦东，神话则是一夜间堆砌起来的。国家将资金投向了这里，它必然是以缩减别的地方的投资，减缓别的地方的发展速度为前提的。

下一个决心来发展西安。

虽然晚三春了，但是还是发展西安吧！否则，同在一个屋檐下，这对西安是不公平的。

西安的二环由于资金不能到位，已经断断续续修了快十年了。其实再有一点资金，它就可以修好的。

上面我说了三条，来说外部环境的创造。下面我再说四条，来说内部环境的创造。

"机遇是为那些做好准备的人而准备的！"这是国务院一位女部长在西安视察时，谈到西部大开发时说过的一句话。

那么，西安做好迎接西部大开发这个机遇的准备了吗？我的回答是：可以说还没有。

要真正地承担起建设大西安和成为西部大开发龙头老大的任

务，西安还有许多的欠缺，它还需要在许多方面勇敢地改变自己。

第一条叫改变观念。

这个"改变观念"就是一切经济决策，它的出发点和落脚点，都应该落到"以经济建设为中心"这一点上。

这句话说起来容易，但是真正要改变人们头脑中那种安贫乐道、安步当车、故步自封、画地为牢的各种观点，却不是容易的事。

举例说吧，你要修城墙，你要挖城河，这些都是好事，可以举出一千条的理由来说它的好处。但是，将紧缺的资金放在这上面，究竟能对经济的发展产生多大的拉动作用？

大连人将海边的一个臭水湾、垃圾场，变成一座星海广场，竖起一座期货贸易大楼，于是这地方的地皮，便几倍几十倍地增长。仅此一项，便为大连经济带来巨额财富。

而我们则习惯玩虚的。鲁陕干部交流时，我问山东来的一位挂职的副县长，问他觉得陕西和山东的最大区别是什么，他说："陕西人真奇怪，把虚事当实事干，把实事当虚事干。自己哄自己！"

为了说明"改变观念"这个问题，下面我再举三个例子。

香港艺人柯受良飞黄时，数十万之众前往黄河壶口去观看。河这边的陕西人认为这是一场政治任务，有关香港回归，于是从拮据的地方财政中拿出大笔钱来，组织这一活动。更有甚者，管理壶口地面的宜川县竟然将沿途的小商小贩全部赶走，认为有碍观瞻。宜川县的对面是山西省的吉县，山西人有经济头脑，他们把这次活动看作是一次天赐的商机，公路两旁摆满了小摊，利用这次飞黄活动大挣了一笔。记得事后，中央电视台曾将这两件事合在一起进行了报道，觉得陕西人的这些做法简直叫人不可思议。

去年我到延安，见到一位老领导，提到飞黄这件事，他还心疼，说柯受良这小子，把我们一大笔钱花走了。

另一个例子是1998年10月在西安举办第九届全国书市。记得我曾以一个作家的身份，在书市前面的那个策划会上说，这是一次商机，如果出版社在这届书市上挣了好多的钱，作家在这届书市上卖了好多的书，那就说明这届书市办好了。但是会议的组织者却是另外的说法，他们觉得这是一场政治任务，这事千万不能办砸了，否则给方方面面都不好交代。对于我提出的要通过这次书市挣多少钱的问题，他们也觉得很可笑，他们说不是挣多少钱，而是财政给拨多少款的问题。

再一个是第四届全国城运会。我不知道这个城运会，是挣了多少钱，还是赔了多少钱，这些事情老百姓不知道。不过我直观的感觉，是赔了，而且是赔老鼻子了，因为仅仅一个开幕式，就花去五百万。

我们能不能将城运会当作政治任务的同时，也当作一次商机呢？

美国的盐湖城奥运会挣了五百亿美元。法国的世界杯极大地刺激了法国经济的发展，令毗邻的英国和德国垂涎三尺，以至于不惜代价地角逐2006年世界杯的主办权。小小的一个亚运会则使泰国经济从亚洲金融风暴中走出，较快地完成了它的复苏。

让我们记住邓小平老人的话：发展才是硬道理！

第二条是改"大政府小企业"为"小政府大企业"。

这句话不是我说的，是朱镕基总理说的。我这里只是鹦鹉学舌，将这句话再重复一遍而已。

庞大的重叠的政府机构成为制约西安经济发展的一个重要因素。

我们在这里不谈公务员的工资，尽管这工资是个不小的数目，但是，只要经济发展起来了，养活个庞大的公务员队伍并不是难事。

我在这里谈的主要是大政府机构对企业积极性的挫伤。

举一个例子。

如果一个外商要投资五个亿，在西安搞房地产项目，他得先征地，拆迁，办手续。办这一套手续得花费他一年的时间，得至少和二十个权力部门接触。接下来他开始盖楼。在盖楼期间他至少得和五十个部门接触。这些部门有些是他得去找，有些是在基建过程中突然从地底下冒出来的。盖楼的时间我们少算一点，算上两年吧。楼盖好了，仅仅办一个房产证和有关商住房手续，据说得一年。一年以后，楼房推向市场，进入物业管理阶段。这时候管的部门会更多，我们保守地估计一下，就算有三十个单位吧。

　　二十加五十再加三十是一百。这就是说得和一百个职能部门接触。如果一个职能部门盖一个红章，那么说一座楼房的盖起，得一百个红章。当然一百个红章是不够的，因为有的一个部门就有几个章子，我们是保守的算法，权当按一百个算吧。

　　这一百个红章为一百个公务员提供了一百次有可能腐败的机会。

　　这机会是政府给提供的。

　　尽管腐败现象是政府强力打击的，但是这腐败机会是政府给提供的。

　　我认识一位房产商，他在谈到这期间的艰难时，倒吸两口凉气。

　　他说在盖这些红章过程中，最可怕的人有两种：一是刚参加工作不久的年轻人，这些人想要钱，但是又不说，捏着个拳头让你猜。这一猜就是半年。钱在楼房里压着，你耽搁不起呀；另一种人是"五八"干部，到了五十八岁这个年龄了，什么也不顾了，什么也敢要了，不让你出几身水，这一道关口你就过不去。

　　他说他最喜欢的人是那些干脆利索的人，要五千，要一万，钱到盖章，省了许多的事。

　　我这里说的只是这个房产商的一面之词。我想大多数职能部门都是好的，只是个别不好的都让他遇上了吧！但愿如此。

我这里说的只是一个例子。

其实，每一个企业的启动，每一个企业的发展，都面临这种人为的制约。

有了这么多的职能部门，那么办事效率如何呢？

回答是：多一个部门，多一层扯皮。

我们能不能等这些企业发展起来了，肥了，然后再去宰它？逮住猪娃就想宰，这肉只够几个人吃。

确实是有一部分人富起来了，房子越住越大，薪水越来越高，银行存款越来越多。但是由于经济的乏力，就业机会的减少，大量的西安人还是日见窘迫。

每当看到那些握着大哥大，开着私家车，在西安街头转悠，在高档餐厅豪聚的一些公务员，我就讨厌，觉得他们的钱比那些三陪小姐的钱还要脏。这些人一般都是些职务、级别很低的人，但是手中握着一点小小的权利，从而成为既得利益者。

第三个改变叫"改善投资环境"。

这个话题我就不多谈了。因为每一个西安人都可以在这件事上说上几条，还因为我在第二条中实际上也谈了这事。

第四条是关心处于贫困线之下的几十万下岗工人，因为他们实际上已经沦为城市的贫民。他们才是西安经济滞后的最大受害者。

这就是我面对一家城市杂志的记者，交出的一份"西安的出路在哪里？"的答卷。

公允地讲，西安在发展中。而且较之大西北别的城市，它的发展还算是快的。西安毕竟四通八达、人才济济，因此它的观念也不算滞后。西安的经济还是有一定规模的，正如民谚所说，虎瘦雄风在，船破还有三千六百个钉子哩。

我是爱之切！

我是哀其不幸，愤其不争！

末了我对记者说，允许我提一个警告。

我说，东西部差距已经大得惊人了。如果我们弄不好，随着西部大开发的进行，这种差距还会继续增大，而不是缩小。

东西部进行贸易洽谈，这本身就是不平等对话。

一方是龙王，一方是乞丐。一方是拥有雄厚资本的东部，一方是嗷嗷待哺饥不择食的西部。拥有资金的东部是来西部寻找商机，而西部期待的是政策性资助。

我这里举上海的一个品牌汽车为例。

上海市政府前一阵带了个庞大的考察学习团，来到西安。考察学习的成果是希望西安在三年内将街上跑的三万辆出租车全部换成上海的这个品牌。据说这事已经达成了协议。

这种情形令人想起1970年后，日本产品大量向中国倾销的情景。在此之前日本刚刚完成它的战争恢复时期，这以后对中国的产品倾销，令它迅速成为世界第二大经济强国。

据说当时日本的丰田已经准备宣布破产，正是这个商机，为丰田公司带来数万数十万数百万的订单，令丰田公司非但没有倒闭，反而成为"有路必有丰田车"的世界汽车工业的巨无霸。

西安街上现在跑的三万辆出租车是天津夏利和西安奥拓。它们在竞争中将被挤走，因为它们是弱势群体，尤其是生产奥拓的西安。

继上海人来过以后，广东省政府又有一支庞大的考察学习团来了。他们来谈了什么呢？我不知道。我所以知道出租车这件事，是因为常坐出租车，我是听出租车司机们议论的。因为这事关系到他们的利益。

允许我在这里提一个警告：我认为在实行了第一阶段的"让一部分地区先富起来，让一部分人先富起来"的经济政策之后，第二阶段即西部大开发阶段若是以东西部贸易洽谈为形式的方法开发，其结果将导致东部更肥，西部更为贫困。

如果说在前几次的深圳开发、海南开发、上海浦东开发中，是以政府行为加市场经济行为这个模式进行的话，那么西部大开发也应当用这个模式进行，而不是轻轻松松一句话，将西部推入市场了事。

举了换出租车这个例子之外，这里还想再举一个实例。据说，总部在上海的东方航空公司正在与总部在西安的西北航空公司洽谈，在国家民航总局的支持下，东方航将兼并西北航。这些兼并如果能够成功，自此以后，西北航将成为东方航的一个分支机构，一个附庸。

不独西北航如此，西部的别的地方的航空公司，亦正在受到南方航和国航的兼并，并且据说兼并已经实施，很快就要公之于世。

民航业和汽车业只是先行了一步，后面别的行业会紧紧跟上的。它们向我们预兆东西部经济总格局未来的前景。

愿以此就教于经济学家。

长河落日自辉煌
——我看张贤亮先生经商

　　去年我去宁夏，过江东拜乔老，便去看望了张贤亮先生。贤亮先生的办公室里，一个偌大的办公桌，成扇形将他围住，办公桌后面，放着一个能摇晃的高靠背椅子，贤亮先生坐在椅子上，二郎腿翘起，一边拉话，一边微微摇晃。一个漂亮的公关秘书，束立在侧，随听使唤。

　　中国的文化人古来称腐儒、酸儒、穷措大，能混到今天贤亮先生这个份上的，我真的以前还没有见到过。于是乎我做仰慕状，我说，光为了这张奇大无比的办公桌，我高建群今辈子也要弄个"主席"什么的当一当。见我这样说，贤亮先生大笑道："你以为这办公桌，是文联或作协给配的吗？不是！这叫老板桌，是公司给我配的，是总经理坐的！文联作协给我配的小桌子，我早送人了！"

　　话撵话，既然说到这个份上了，那我也就接着说，我说那我也为了这张桌子，尝试一下，舍身下一次海去。见我这样说，贤亮先生慨然言道："这商是谁想经就经得了的吗？我家三代都是资本家，有遗传因素，更兼我在监狱里，将个马克思的《资本论》从头读到尾，从尾读到头。我有条件你有吗？"

我做遗憾状，表明我这里是经不得商了，也只能望着这张大办公桌，徒发兴叹了。我还顺便又说了一句，我说贤亮先生真有远见，早在六七十年代的狱中，就知道中国将来不免有改革开放，不免有经济大潮，所以先预习《资本论》，以备将来之需。见我这样说，张贤亮先生笑着说，那倒未必，当时是没有书看！

以上是笑谈。让各位见识一下当代名作家兼儒商张贤亮先生的风采，如此而已。贤亮先生的经商，成为这几年文坛的一个热闹话题。他一共办了多少个公司，我不知道，不过大约不少。我听一位北京作家说，有一次北京开文代会，仅开会这几天，贤亮先生的八个公司，就倒闭了三个，贤亮先生整日握着个电话，遥控指挥。我还听名作家贾平凹说，有一年全国政协开会，贤亮先生说，这一次是参加文体组的会，下一次，他该去参加经济组的会了。

贤亮先生的公司，办得最成功的一个，大约是他的镇北堡西部影城。那是一座在空旷的戈壁滩上堆起的古城，两座城相连，互为掎角之势，像一对姊妹。新时期的许多经典电影，都是在这里拍摄的。影城门前，横卧一块巨石，是张贤亮先生手书的招牌：镇北堡西部影城。门内一个大照壁，上有金色大字：中国电影从这里走向世界。

影城里如今还住着一些牧民。贤亮先生动了许多脑筋，想将这些牧民搬迁出去，可是都没有办到。牧民们说：当年马主席（马步芳）握着枪，都没能把我们赶走，你张主席一个手无寸铁的文弱书生，想将我们赶走，妄想。说实话，这些牧民住在荒凉的影城里，倒是给影城增加了一点生气，所以我说，也不一定非得赶他们走。贤亮先生说，你不知道，他们尽捣乱，看你电影拍到热闹处，就赶着一群羊飘飘忽忽地过来了，将镜头弄得乱七八糟，令你哭笑不得。

不过这件事在我们去时已经解决了。贤亮先生采取了怀柔政策，将牧民们的儿女悉数招募为影城的解说员。牧民的儿女们足不出户，就成为"公家人"，就领到工资，这令他们很高兴。我们参观影城时，就是这些牧民的儿女们给解说的，这些孩子朴实而热情，也经过专业培训，还蛮像一回事儿。

贤亮先生说，他办镇北堡西部影城此举，叫"出卖荒凉"。他说他站在贺兰山上，举目四望，感到这里的优势只有一个，那就是"荒凉"——那么就"出卖荒凉"吧！他还对我说，游人千里迢迢而来，到这影城转一圈，带走的是两脚土，留下的是一撂钱，土能生金，这就是商业思维，建群老弟，你懂吗？

贤亮先生办的另一个赚钱的公司，是悬挂在银川鼓楼一侧的那个大电视屏幕广告牌。据说这东西旱涝保收。不过我在宁夏那几日，市容部门正在找麻烦，说那广告牌和鼓楼的风格不协调，要他们拆除。为这事，那几日贤亮先生正在找自治区领导寻求保护，他说这广告牌是工商部门批了的，并且说鼓楼代表了传统，广告牌代表了现代，一老一新相得益彰，正代表了古城的今日风貌，有何不好？！"他们没文化，和他们讲不清！"贤亮先生叹息道。我走时，这事还没有最后解决，不知道现在怎么样了。

谈到以后，贤亮先生还有一个雄心勃勃的设想。他想组织一个旅游公司，开辟从银川到乌鲁木齐的旅游线路。每年组织两批，一批是一百辆吉普车。车涂成五颜六色，从戈壁滩一路开过去，到了新疆后，将车扔掉。此举主要是针对外国旅游者。这事当然眼下只是说说而已，因为实施这个计划，需要大批前期投资。

贤亮先生说他所有的商业行为，都是只为一件事，那就是为他的创作准备素材，并且举出刚刚出版的《小说中国》为证。姑且让我们相信他的话。不过我以为，能以文化人之身，在商海中折腾这一番，这本身就是一件值得赞叹的事情——我这一生没有白活过，我经历了许多事，如此而已。

临离开银川时，饭桌上我对宁夏的朋友们说，理解张贤亮，理解他的创作和他的经商，每一个真正意义上的作家，都是一个自我中心主义者，都有一种堂吉诃德情绪。我还说，张贤亮不仅仅属于宁夏，他还属于全国。

贤亮先生还送我一幅字。字是楹联，上联曰"大漠孤烟去又来"，下联曰"长河落日自辉煌"。这幅字或多或少地反映了行年六十的贤亮先生目前的心境。我将"长河落日自辉煌"一句，用作本文的标题。

高村源流考

　　一棵树，上面有几片老叶。这叶子说落吧，还没有落，说不落吧，它迟早要落。每有一阵风吹来，叶子都会摇摇欲坠，但是风一过，奇迹般地，叶子又会继续逗留在树上。树很痛苦，也很矛盾，它甚至有一种残忍的想法，希望这叶子能早一天落下去，这对它是一种解脱，对叶子也是一种解脱。而对于叶子来说，它也有同样的想法。但是树继续地站立在大地上，叶子则继续在风中唱着最后的歌。直到有一天，双方都麻木了，都被折磨得疲惫不堪了，这时，叶子在不经意之间，轻轻地、瓜熟蒂落般地脱离母体。

　　这是在接到伯父去世的电话时，我那一刻的想法。

　　这想法像诗。而我在那一刻也真想把它写成一首诗。我在那一刻知道了：我们家族这根斑驳古老的大树，又有一片老叶凋零在2000年冬天的风中了。

　　我的父辈老弟兄三个，是倒着走的，先是叔父，在十二年前去世，接着是父亲，在八年前去世，接着是伯父，在我接电话的这个时候去世。三个男性去世了，三个女性则还活在人间，她们是我的三妈、我的母亲和我的大妈。她们如今按老百姓的叫法，叫"寡妇"，按文化人的叫法，叫"遗孀"。她们如今虽然还苟延残喘地活在人世，但已经如风中老叶了，哪一阵风中说下来，就会下来了。尤其是我的母亲，光今年就住了几次医院，硬是我咬紧牙关，用自己一点菲薄的稿费在支撑着她。

高村是渭河平原上一个古老的村庄。高氏一族是什么时候在这渭河畔上居住，并世代繁衍，最后形成如今这两千多口人丁的大村子的呢？据说很古老了，但古老到什么年代，却无从查考。我曾经查过《临潼县志》，县志对域内村庄的记述，最早的只到明末清初，这使我很失望。但是它对所有的村庄，只从那时才注意到，才开始记述。因此我也没有办法，不过这倒也好，空白为我提供了想象的空间。

当黄河象出没的年代，渭河平原还是一片沼泽。当六千年前半坡人筑穴而居的年代，渭河平原仍是一片沼泽。半坡人手执钓鱼竿，望着这沼泽出神。后来大禹治水，疏通河道，渭水泄入黄河，黄河泄入大海，于是八百里渭河川裸露了出来，成为沃野，于是人类一群一群地，携家带口，从山上和塬上下来，在这平原上居住。

高氏一族也许就是从那个时候，在这块冲积平原上定居的。换言之，高村这个同姓村子，也许就是从那个时候开始形成的。

渭河平原上几乎所有的村子，也都是这样形成的。它们几乎都是一姓人家组成的一个村子。比如高村旁边是安村，安村旁边是季村，等等。有时四个村子，像四枚棋子一样布成一个大村，人们便把它们连起来叫，比如"樊胡刘赵"，等等。有些村子，给姓氏之前加上一些奇怪的称谓，比如"母猪李也""石灰刘也""皂张王也""湾李马也"，等等。这些称谓世世代代口口相传，直到今天，实属难得。想来，这些称谓也许与主人们从事的职业有关，也许与居住地方的地理环境有关。

其实所有的我们称"村"的这个字眼，在当地土语中都称

"也"。比如"高也""安也"，等等。只是在形成书面文字时，"也"字才写成"村"字。这个文字上的变通也不是从今日始，我看县志，县志上清朝年间就这样写了。

叫成"高也""安也"等等，给村子平添了一种古老、安详的气息。说起字来，其实在关中农村，有许多挂在老百姓口头上的古字、雅字，如果哪一个有心人能深入民间，将它记录下来，加以研究，将会是一项抢救工程的。中国汉字，经过打磨后虽然规范了，但是变得光滑起来，失去了表现细微感情的能力。每一次我回到高村，和乡党们拉话，他们在表达那些极为困难的话题时的准确性和分寸感，都叫我极为惊讶，感慨他们是名副其实的语言大师。

在几千年的岁月更替中，这些同姓村子都表现了高度的纯粹性和排他性。只此一姓，只此一族，绝不允许杂姓进入。

到新中国成立那一年，高村这个大村子，还是人人姓高，绝无杂姓。这些高姓都是一族，以我家而论，在五服之内的，大约有十几户，五服之外的，离得近些的，亦有十几户人，其余多数人家，隔朝隔代，离得远了，但是细细簿来，还是"五百年前是一家"。村上的"班辈"，细细排列，各安其位，绝不马虎。

第一个进入高村的外姓人家姓王。老王是高村唯一的一户地主家的长工，好像和这地主还沾一点亲戚。土改时，老王分得了地主的几亩土地，这样，老王也就成了高村的第一户外姓。老王是个木匠，人缘好，记得我爷爷的棺木，就是老王给打的。

第二个进入高村的外姓人家姓赵。老赵是一个从河南来的铁匠。起先，他搭了个铁匠棚，在村外，风箱响着，铁锤叮咚，为村上人打割麦的镰刀、做饭的菜刀。其实搭棚子暂时居住的时候，老赵已经思谋着怎样正式进入这个村子了。机会终于来了，老赵的工棚里传来了婴儿的哭声，他老婆一胎生下两个女娃。于是老赵将一个女娃送给了当时的生产队长，算是结下一门干亲。尔后，生产队长召开社员大会，吵吵闹闹一阵后，终于将赵铁匠这户人家接纳入高村。但是提出下不为例。

高村依着渭河。渭河是一条古老的河流。因为渭河，而有了漫长的甘肃河西走廊，而有了丰饶的八百里渭河平原，而有了十三朝帝王之都古长安。高村就扒在这个渭河的南沿上，它距渭河入黄处大约有三十公里。

用"扒"这字眼很传神。的确，千百年来，高村就像平原上一种叫"扒地龙"的野草一样，紧紧地扒在渭河老崖上，历经年馑，历经战乱，风风雨雨，纹丝不动。

有一句老话叫"三十年河东三十年河西"。渭河也是这样，河流以三十年为一个摆动的频率。茫茫渭河滩，宽窄约有八里，号称"十里渭河滩"。河流这一段子，是南崩，一片又一片的崖崩进了河里，又在河对面造出平滩。三十年过去了，它停止了往南崩，又开始往北崩，于是南边的滩地就显露出来了。

两岸的人们，不知从哪个时代起，通过打官司，定下了"以河为界"这个种地范围。因此，哪边的滩地多一些的时候，哪边的日子就好过一些。滩地没有了，水逼到老崖了，这边的人就只好精耕细作老崖上面的一点可怜的土地，然后眼巴巴地等着河再往过崩。

我出生的那个年代，河流还在对面"母猪李也"的那个老崖底下，但是已经开始气势汹汹地往过"崩"了。每遇一场河水，就会往过崩好深的一截子。那时的地还是自己的，爷爷叫了一帮人，火速地将滩里长的榆树伐下来，运回屋里，防止被崩在了河里。这砍下的榆树后来盖了两间安间房。由于我的出生和房的建成在同一个时间，所以我的名字里面有一个"建"字，而"群"字则是我这个班辈的人后面都挂着的一个字。

河流在我出生的十年后，终于不可遏制地逼到了高村的老崖下。有好些户人家的房子还被崩进了河里，不得不把庄子往后迁。河流从此也再没有往回崩，原因是政府从老火车路上拉来了许多石头，造起了护堤工程。几十年又过去了，高村的人只好眼巴巴地看着河流永远地在自家门前打转了。

我见过渭河发的最大的一次水，是在1960年。河水涨得齐了两岸的老崖，十里渭河滩白茫茫一片。河中间漂着从上游漂下来的房屋、牛、树木、古船等等。河水很急，这些漂浮物箭一样地从眼前驶过。有时，在漂浮物上会扒着一个活人。活人大声地喊着"救命的爷哪！""救命的爷哪！"声音凄厉、绝望，令人惊心。但是，就是高村水性最好的人，也不敢下河去救的。

每逢渭河涨水，地下水的水位就会上升，高村的井，水便变成浑的了。河水涨得越大，井里的水位会越高。而在渭河的老崖上，每逢涨水，岸上便会扒着许多的人，大家侧着脑袋，向河心瞄。如果河心是鼓的，那说明水还在继续涨，如果河心是凹的，那说明水已经在塌了，不必紧张了。

而在不发河水的日子里，渭河则显得平静、衰弱，像一条无名无姓的河流一样容易被人忽视。

高村是一个渡口，这个渡口就叫"高家渡"。一条破船，拴在老崖底下。老崖上修一个斜坡，过往的客官，从这里坐船，艄公的篙一点，一阵工夫，船就到对岸了。

写下"高家渡"这几个字眼时，我突然明白了，在代代相传的口头语言中，"高也"这两个字，并不是指的"高村"，而是指的"高家"。换言之，"也"是"家"字的意思。以此类推，别的张也、王也、李也、赵也的"也"，也都是"家"的意思。例如，李先念将军过渭河时走的是"胡也滩"，这"胡也滩"应当是"胡家滩"。

从我家距离渭河渡口，不多不少恰好是一百米距离。爷爷给家门口的老槐树底下，支了个茶摊，招待过往的人。爷爷的茶摊是免费的，纯属公益性质。茶叶是那种又苦又涩的"老胡叶子"，水是渭河里的水，烧水的柴火是叔父从坟里刨下的几个柏树疙瘩。在我的记忆中，那时的爷爷已经衰老。

　　爷爷此举纯粹是出于一种虚荣心的需要，他希望听到几句赞美他的顺耳的话。当然，爷爷此项善举也有一点实惠。那些灌了一肚子茶水的客官，在动身乘船前，都要对着爷爷搁在墙角的那个尿缸，轰轰隆隆地一阵大尿。这尿水可以壮地，而用它来泼蛰伏期的麦苗最好。从这个意义上讲，爷爷把每个过往客官，都看作一架他的制造尿素的机器。

　　爷爷不是高村的人，他的老家在渭河上游二十华里的新丰镇。我的老爷没有儿子，只有一个女儿。类似这种情况，在延续香火这个问题上，通常有两种做法：一种是给女儿招一个上门女婿，一种是从最亲的亲戚那里要一个孩子过来顶门。千百年来，这两种做法都在用着，它们保持了这户人家香火不灭，高村这个村子人丁兴旺，而最重要的，保持了这个村子永远是一个同姓村落的戒律。

　　我的老爷选择了后者，他从他的舅家要了一个男孩过来顶门，这男孩就是我的爷爷。

　　新丰镇是个有名的地方。它的另一个名字叫鸿门堡子。这鸿门，就是楚汉相争时，西楚霸王项羽设鸿门宴的地方。它被叫成新丰镇，则缘于那年间的另外一件事。刘邦在长安城里坐了天下以后，将老父亲从老家接来居住。老父亲在皇宫里住不惯，思念乡党。于是刘邦叫人长途跋涉，将老家的村子搬到了鸿门这地方。不但人搬来了，就连村里的鸡呀、羊呀、狗呀、牛呀，也一起搬来。村子则按照老家村子的布局和邻里关系，一点也不错乱。据说到了晚上，这些鸡羊狗牛，竟然能各自寻见自家的门，可见与老家村子的相似。尔后，刘邦便将老父亲送到这里，谎称这里就是老家的村子，而老父亲竟然深信不疑。

刘邦叫"沛公"，其实他是丰县人，丰、沛在历史上时分时合，是毗邻的两个县。据说刘邦小时候是个无赖，在丰县站不住脚了，于是到沛县去混。他起事于沛县，所以叫"沛公"。这就是这个迁移的村子叫"新丰镇"的原因。

在我的印象中，顶门过来的爷爷从来没有融入高村，没有融入关中平原这个农业社会。对这个村子，他始终是一个外人，而在我的感觉中，他仿佛从刀光剑影的鸿门宴上走失的一个士兵。

爷爷干过许多事情。据说他当过货郎提，就是提着一副担子，担子里有些日用杂品，手里拿个拨浪鼓，走村串户的那种。爷爷据说还抽大烟，老爷手里的一副家业，因为爷爷抽大烟，于是便败落了。这个败落因祸得福，这个家在土改时被定为贫农。

爷爷留给我的印象最深刻的故事有两个。

一件是，1962年前后困难时期，爷爷吃了油渣以后，屙不下，他蹲在东墙角，痛苦地呻吟着，快要死了。于是，我卷起袖子，将手伸进爷爷的屁股里去掏。掏出的屎又干又硬又黑，像是黑色橡胶。正掏着，突然听见爷爷的屁股像拉警报器一样，放了个响亮的屁，伴着响屁，水龙头一样的稀屎夺路而出，喷了我一头一脑。

一件是，有一次爷爷上街去，晌午刚过，便牵回来一只羊。羊是母羊。爷爷对着这只母羊，开始说他的发家梦。那一阵子，不知道怎么回事，羊特别的贵，一只母羊要卖一千多块，一只公羊也卖七八百块，而一只羊羔的价也在几百块以上。爷爷说这只羊很便宜，他只花了一百六十五块钱，而且是赊账。正当全家跟着爷爷一起高兴的时候，赶会的人回来了，说今天街上羊市大跌，一只羊只卖十多块钱，一只羊羔只卖五毛钱。全家听了，开始声讨爷爷，问这羊到底是不是从街上买的。爷爷这才坦白说，他还没有走到街上，是从路旁一户人家的圈里买的。这件事将这个贫困的家庭害苦了。羊债是直到社教那一年，父亲才用他的工资还清的。而那母羊后来虽然产了两只羔，但是一只羊羔五角钱，也没有什么意思，于是爷爷拿了一只羊羔，给了那户养公羊的人家，算是配种费，另一只羊羔，则在我的堂姐出嫁的时候，让她牵走，算是陪嫁。

前面说了，高村是一个同姓同族的北方氏族村落，在某一户人家没有子嗣的时候，便用"招亲"和"顶门"这两样形式来维持种族的不灭和姓氏的纯粹性，但是，它"欺生"，这种"招亲"和"顶门"过来的角色，他在生存斗争中，都要承受着比别人更多的艰难。

在很久很久以前，爷爷在老爷去世以后，大约正是不能承受这家族之间的倾轧和欺侮了，于是萌生了带领全家出走的念头。

这时候发生了一件事。

行文至此，我发现我正进入这个北方家族的秘史部分。

那一年黄河花园口决口，成千上万的河南人离乡背井，向大西北流浪。当时的国民党行政院给一个叫黄龙山的瘟疫和地方病流行区设了一个垦区，收养这些难民。高家渡这地方，正是难民前往黄龙山的许多道路中的一条。

政府给渭河边上的老崖上，支了一长溜大铁锅，锅里熬着能照见人影的玉米粥。每一个难民都可以从这里得到一老碗玉米粥，填一填自己饿瘪了的肚子。

在川流不息涌涌不退的逃难队伍中，有个五岁的河南女孩。这饥饿的女孩，突然看见老崖上有一个九岁的高村的男孩，手里正拿着一块白馍吃。女孩跑过去，一把将这块白馍抢了下来。男孩在后面追，女孩在前面跑，眼看快要追上了。这时路边恰好有一滩牛粪，于是女孩将馍一把塞进了牛粪里，又用脚在上面踩了踩。男孩跑过来，趷蹴在牛粪跟前，瞅了半天，摇摇头走了。男孩走后，女孩把馍从牛粪里刨出来，吃起来。

这个故事是我的苦命的母亲给我讲的。讲这些故事时她的眼里饱含着泪水。许多年以后，我才恍然大悟，明白那女孩就是我的母亲顾兰子，而那男孩则是我的父亲。

老崖上发生的那一幕，爷爷看在了眼里。他将那女孩，以及那户逃难的人家，请到自己家里，用最好的吃食招待了他们一顿饭，尔后，推起独轮车，带领全家，混杂在这逃荒人群中，渡过渭河，北上黄龙山。

而在黄龙山，河南的这一家人全部死于当地的一种叫"克山病"的地方病，只留下那小女孩。黄龙山托孤，河南人将这小女孩托付给高家收养。这女孩先做童养媳，再做正式的妻子，再后来，成为我的母亲。

那时我的大伯已经婚娶，膝下有一男一女。他留在了高村的家中，看守家院和田产，支撑着这一片支离破碎的天空。

大伯先被国民党拉壮丁。逃跑回来以后，便扛着一支快枪，成为这块地面上有名的刀客。据说，他的枪法准极了，渭河里发大水，对面河滩上，有一只野羊探头探脑地在河边饮水，大伯蹲在这边老崖上，瞄上一阵，一扣扳机，那只黄羊应声倒下，老崖边上站着的人，一声喝彩。据说，大伯扛着枪，在田地里走着，地畔上有个野兔。刀客们拿枪，叫"扛"，即像一只扁担一样横担在肩上，两只手则举起来，抓住枪的两头。见了这野兔，大伯将枪仍然横担在肩上，只是腰身稍微地斜一斜，然后一扣扳机，枪响处，野兔蹦了两蹦，死了。

爷爷是个极好面子的人，对他的这个成了土匪的儿子，自然异常恼怒。后来有一次，大伯去黄龙山见爷爷，爷爷用牛皮缰绳溅着水，将大伯饱打一顿，又罚大伯在地上跪了一夜。临了，大伯说，你们走了，留下我一个人支撑家业，如今，你不欺侮人，你就得被人欺侮。一句话，说得爷爷语塞，也就不再管大伯了。

大伯后来成为共产党。他成了共产党之后干得最辉煌的一件事情，是掩护李先念将军过渭河。李先念是从高村上游五里一个叫"胡也滩"的地方过的。那一刻，威名远播的我的大伯，正抱着一挺轻机枪，趴在渭河南沿的芦苇丛里掩护。

李先念是安然地过去了，但这事给大伯一家带来了灾难。

事情过去以后，国民党兵来高村抓我的大伯。大伯当时正在家中，听见外边枪响，大伯钻进了炕洞里，然后又从烟囱里爬出，跑了。国民党兵见抓不着我大伯，就把我大妈吊在家门口那棵歪脖子老槐树下，活活打死。

这棵老槐树我少年时还见过。爷爷就是在这棵槐树的荫凉底下，支个茶摊的。这树后来被三叔伐了，做了大门，而今这槐木的大门，还在我家的门上安着。

伯父则在渭河下游五里的一个村庄，和地主家的一个小老婆好上了。

后来家乡解放，伯父在县上给县长当了一阵保镖以后，嫌麻烦，弃了公职回家当农民。他没有回高村，而是径直去了下游那个村庄。打土豪、分田地，他说，我不要田来不要地，将地主的小老婆分给我吧！这样，他在下游的那个村庄落户，我则有了一个新的大妈。

我不知道我的这个故事里，有多少真实的成分在内。家族里的老人偶尔会不经意地说出几句，于是我东逮几句，西逮几句，便构成这个完整的故事了。

伯父在世的时候，我多次说过，我要到他的家里住一段时间，带一个录音机，听他讲那些家族故事。我说，光把这些故事不加任何修饰地写出来，就是一段世纪史——我的家族的世纪史和渭河平原的世纪史。伯父后来也一直期待我回去，他还捎话说，如果我再不回来，他就将那些一个又一个的家族秘密，带进棺材里去了。

他果然将那些都带进了棺材！

我因此而不能原谅自己！

家乡解放后，爷爷便依然推着独轮车，领着全家从黄龙山回到了高村。

我的母亲告诉我，回来的时候，路上到处都是土匪，爷爷把独轮车的把手钻空，把家里所有的积蓄塞进把手里，再用木楔子楔紧，这样，才免遭打劫的。

父亲从黄龙山径去陕北延安，参加了革命。叔父则随爷爷回到高村，现在由他来支撑高门这一方天空了。伯父我们知道了，他去下游的一个村庄落户。

他们老弟兄三个，每个人都有着自己的一大堆故事。

而由这三个人形成的这户人家的三个分支，我的一大堆的堂兄堂姐堂弟堂妹们，也都有着他们的故事。

如果有一天我动笔写我的家族传奇，上面的叙述会是一个提纲式的东西。如果有一天我因为身体或别的什么原因而没有来得及写，就去世了的话，上面的勾画就算我对这个家族的一点交代了。虽然只有短短的几千字，但是聊胜于无吧！

2000年冬天的一个最冷的日子，我出西安城，顺渭河而下，来到距西安八十华里的我的家乡。

那片三角洲地面正是一片肃杀景象。我驱车穿过我在前面提到的那些所有的村子，最后来到渭河下游的那个伯父的小村。"死对死者是一种解脱，死对生者亦是一种解脱！"我为伯父上香时，这样说，并且用这句话，希望前来奔丧的人们节哀。作为这个家族中一个重要的男人，我的年龄，我的身份，都要求我这样说。

伯父的死亡为近亲们提供了一次聚会的机会。这样，我见到了许多的亲人。老的都像老树叶一样在摇摇欲坠，年轻的一代则像韭菜一样一茬一茬地生长起来。我们围着火炉平静地谈着，谈下一个死去的又会是谁。

这就是我对渭河平原一个同姓村落的描写。我写了它的起源，它的地理位置，它的生活方式，它几千年来香火延续的办法。为了能更深入地描写，我还带领读者如此深入地走进了一个家族的祠堂。

西域大地理概念

罗布泊这个名字，应当是蒙古大军的铁骑途经塔里木河流域时为这片水域起的名字，习惯上它还被称作"罗布淖尔"，淖尔是蒙古语湖泊的意思。相应的罗布泊古湖盆的南北两侧，地质学上叫作"罗南洼地"和"罗北洼地"。在那个时候，罗布泊的水应该已经很小了。而此之前，张骞出使西域归来，告诉我们它还有一个更为响亮的名字，叫"蒲昌海"。司马迁在《史记》中又称它大泽、盐泽。后来郦道元在他的《水经注》中、玄奘在他的《大唐西域记》中亦称它"蒲昌海"。以玄奘取经为题材写作的中国古典小说《西游记》中所说的盐碛亦指此以及旁边的雅丹状地貌。而小说第四十七、四十八回所写的通天河，专家考证后得到共识，它就是罗布泊的来水地——孔雀河。

在蒲昌海之前，这团水域还有一个大而无当的名字，它叫"准噶尔大洋"。试着想象一下吧，在中国大陆的东边，有一座浩瀚的太平洋，在中国大陆的西边还有一座浩瀚的准噶尔大洋，居住在大西北的人们都曾经是海的孩子。那时的时代被称作地球的"大洪水世纪"。

沧海桑田，山谷为陵。西域地面的大变化时期发生在侏罗纪时代，在距现在三亿五千万年到一亿五千万年时，一块非洲大陆板块脱离它的版图，顺着大洋漂移过来，然后猛烈地冲撞欧亚大陆板块，于是引起地壳强烈震动，引起火山强烈爆发，岩浆从地底下喷涌而出，一边凝固一边流淌。凝固的岩浆形成世界屋脊，古人称它"葱岭"，今天的人们叫它"帕米尔高原"。岩浆顺着东南方向而流，一边流淌一边凝固，形成了昆仑山、喀喇昆仑山、阿尔金山、祁连山、终南山。

昆仑山叫南山，喀喇昆仑山又叫美丽的南山。美丽的南山到陕西境内黄河岸边终止，所以这座横亘中国腹地的中央山脉叫作终南山。当然它后来还有一座别称叫秦岭。这是因为秦国的先民顺着渭河，顺着终南山走入关中。

中国的老古董《山海经》有共工头触不周山的神话传说，也叫共工触山，且与女娲补天、后羿射日、嫦娥奔月并称中国古代著名的四大神话。书中说：共工怒触不周山，天柱折，天倾西北，地陷东南。过去人们一直认为这是荒诞不经的神话传说，现在人们明白了它实际上就是记载那一次地壳运动、火山喷发、岩浆喷涌、山脉形成的情形。

不周山过去叫"葱岭"，现在是帕米尔高原的别称。这座世界屋脊庞大无朋，它向它的边缘塔里木盆地延伸，向中亚地面延伸，呈不规则、不周正的形状，所以又称"不周山"。大约玄奘曾用他的双脚丈量过从长安城到葱岭距离有五千多华里长，而葱岭呈不规则的外沿有一千三百多华里长。

准噶尔大洋的浩瀚之水褪去了，洋底袒露了出来。大约洋底堆砌着许多的泥沙，这时开始刮风，是老黄风啊！风东南而向，刮了两千年，把这些泥沙不停地向东边搬运，这样就形成了如今的西北黄土高原地貌。

我曾经在半坡见过专家做的山坡的剖面图，最底下一层是原土层（两米厚），中间一层是文化层（两米厚），最上面一层是浮尘层（两米厚）。专家考证出，西北黄土高原的这种黄土堆积，每年的堆积厚度是两厘米。这种堆积现在还在进行着，每次沙尘暴都是一次黄土搬家。

距现在八千万年的时候，又有一座新的山脉拔地而出，它就是著名的天山山脉。天山把准噶尔大洋的洋底一分为二，天山南边的这片洋底人们叫它塔里木盆地。塔里木盆地中间包裹的这一块大沙漠叫作塔克拉玛干大沙漠，意思是：走进去出不来的沙漠。天山北边这一块洋底人们叫它准噶尔盆地。盆地中央包裹的这块大沙漠人们叫它古尔班通古特大沙漠。

我的罗布泊写作

在河西走廊的名城张掖，我买了一大把黑颜色的圆珠笔。在新疆鄯善县的连木沁镇，我买了三个小学生用的生字本。连木沁是兰新线上的一个小镇，我们的汽车就是从此处穿越鲁克沁镇，翻越库鲁克塔格山，进入罗布泊古湖盆的。这条道路就是被斯文·赫定称为"凶险的鲁克沁小道"的那条道路。

连木沁那一夜，我们是在新疆地质一大队的招待所里住的。中亚细亚的月光，十分白，十分亮，沙枣树在白光中闪闪烁烁，远处的卡厅里传来维吾尔族姑娘的歌声。我趴在招待所的一张简陋的白木桌子上，摊开生字本，拧开笔，写下《罗布泊大涅槃》的第一节和第二节。接下来的几节，我是在路途上写的。

最后一片绿洲是迪坎乡。在路旁的一个简陋的小饭馆吃完一碗新疆拉条子后，拉水车到村子里去拉水，耽搁了半个小时，我从口袋里掏出本子，趴在饭桌上写下一节。这里离艾丁湖不远，是中国大陆海拔最低的地方。饭桌上落满了苍蝇。

在库鲁克塔格山那个小客栈里，晚上吃过饭以后，地质队员和电视台的人在喝酒，一直喝到夜半更深。我则在屋里记下了两节。写完后已是凌晨一点半，出门解手，但见四周黑黢黢的，一颗星，其大如斗，在东南方向闪烁着。

下来的几节，是在迷路时写下的。汽车向正南方向走，走了一阵后，见了一座乳白色的小山。地质队上一年来时，没有见过这座小山，因此他们断定迷了路。在这荒凉的地方寻找道路（所谓道路，其实只是地质队去年碾下的车辙），用的办法是以迷路这一点为圆心，向外绕一个一个的大圆圈，直到找到路为止。这办法笨是有些笨，但是很可靠。

迷路耽搁了两个小时，我在这两个小时写了两节。我是趴在装满辎重的大卡车的车头上写的。车头被太阳烤得烫手，油墨落到记事本上以后，立即就化开了。站得时间有点长了，两腿发软，于是我把半个屁股，担在车的保险杠上。

文章中大部分的章节，我是在罗布泊营盘里写的。

到达营盘的第二天早上，我发觉我们的辎重车上竟然有一张桌子。这是地质队带来的饭桌。于是我宣布，这张桌子除吃饭归大家以外，其余时间归我用来写作。这时，地质队正在搭帐篷，架电台，电视台正在架起机子拍摄，于是我趴在桌子上写起来。

我在这张桌子上仅仅只写了两节，就被打搅了。原因是这张桌子大家要用它打麻将，而我禁不住诱惑，一屁股坐在桌前，没有挪窝。

接下来的写作，我是趴在搁在野外的一张钢丝床上写的。桌子被占了，我在雅丹四周转来转去，寻找可以铺开本子的地方。结果找到一张地质队员们闲置的钢丝床。于是我把钢丝床打开，又拖来一捆捆着的帆布，垫在屁股底下当凳子坐。

开始时我穿着厚厚的棉袄，后来写作途中，我无意识地一件一件地脱，直到吃中午饭时，脱得只剩下一个三角裤头。罗布泊的太阳无遮无拦地照耀着，我的脸红得像要滴血，温度这时候已经超过摄氏五十度。

钢丝床和帆布原来是带路的青海人王工的。他回来以后，我又得另寻写作的地方了。最后我钻在自己的帐篷里，钻在被窝里写作。十平方米的帐篷里住了八个人，连个下脚的地方也没有，唯一供你活动的空间是你的床上。

我坐在床上，把被子放在腿上，把记事本放在被子上，这样写。

写得很愁苦，心里汪得难受，于是在写作的途中，我常常停下来，走出帐篷，登上雅丹，面对罗布泊，一坐就是几个小时。

其中关于青海格尔木人的那两章，是我在罗布泊湖心，钻机旁青海人的帐篷里写的，仍然是垫着被子写。本来可以写得长一些，因为突然发生了井喷，屋外吵成一团，我赶去看，结果衣服上多添了一些岩浆，记事本上便少了一段文字。

尾声则是我在逃离罗布泊之后，乘火车返回西安，在火车上的茶几上写的。

这就是《罗布泊大涅槃》的全部写作过程。回到西安的家里以后，我又采访了几个到过罗布泊的人，查阅了有关资料，继续撰写了罗布泊尚待破译的几十个谜，写了最后的两个罗布泊人热合曼和牙生的故事，不过它们不是在《罗布泊大涅槃》这篇大文章里，而是收入我在湖南文艺出版社出版的《穿越极地》这本书中了。

中国现代文学馆开馆之际，北京来了几位中国作协的同志，拿着摄像机，要我为开馆说几句吉利的话。我说了，并且把那三本巴掌大的记事本从抽斗翻出来，很郑重地交给了他们。

一桩国际非礼案

白房子没有异性，因此也用不着修女厕所。不过厕所倒修了两个：一个是干部厕所，一个是战士厕所。假如有女客人来，干部厕所临时改成女厕所，干部降格，和战士共用一个厕所。每逢这时，副连长总是要站在队列前强调一番，他主要是提醒那些老兵。有些老兵喜欢上干部厕所，没有希望提干了，于是在上厕所问题上，偷偷享受一次干部待遇。

但是难得有女客人来。就是那些雌性的动物，也很少光顾这里。这里花开得不鲜，树长得不旺，死寂，荒凉，闭塞，更兼当时正值中苏两国交恶，这块争议地区上空，笼罩着一层死亡的气息，令一切柔性的东西，望而却步。记忆中，我当兵五年里，干部厕所只有两次改过女厕所：一次是军区文工团来，一次是兵团农十师宣传队来。女兵们丢在干部厕所的手纸味儿，令干部们的鼻孔香了许多天。

那么，对面苏军边防站古板的生活是怎么度过的呢？自从传说中的马镰刀去那里砍了十九颗人头之后，后来，还屡屡有中国边防军白房子站的站长作为客人造访那里。直到1962年伊塔事件后两国交恶，这种互访停止，铁丝网和松土带遂使那半边天空在我们眼中成为一片黑幕。

黑幕下，经常有一位丰满的俄罗斯女性，怀里抱着一只猫，绕着边防站的围墙散步，夏天的时候，有时还到界河边，洗几件衣服。

那边是边防纵队形式的建制，每三年换防一次。根据我们的瞭望台的观察，当官的似乎是可以带家属的，那个抱着猫百无聊赖地散步的女人，也许是站长的家属。

礼拜天的时候，有时会有一辆大卡车，拉着一车女中学生，来边防站联欢。器乐声和歌声越过界河传过来，直至夜半更深。那时节，我们常常会在边界的丛林中布满潜伏哨，以防突然变故。

悲剧性的命运突然降临在三班长头上。三班长是一位老兵，他眼看就要复员了。在我的印象中，他大约也属于那种偶尔偷偷地上一次干部厕所的人。

春天来到了草原。天空一扫阴霾，显出一种令人心情愉快的亮色。戈壁滩的积雪融化了，由于潮湿，地表变得黑乎乎的。有零星的草尖，还有一两根茎杆挑起紫色的花朵，出现在雾气升腾的原野上。有一条白色的雪痕，没有融化，顺着边防站通向瞭望台。这些雪因为被人的脚步踏实了，所以融化得慢一些。

界河边出现了我们曾经谈到的那位俄罗斯美人。大约，围墙内的生活使她烦闷，而士兵们的稚嫩的布满青春疙瘩的面孔也已经不能令她动心，在这春色荡漾的时月，她突然产生了踏青的念头。

责任也许在她的那只猫身上。猫在春夜里不停地叫春，扰乱了这位妇人本来平静的心境。现在，那只猫在她的身前身后，蹿动着，不时地一跃进入妇人的怀抱。

那天在瞭望台上执勤的是三班长。

妇人把猫搂在怀里，用纤手抚摸它，用脸颊亲热它，做着各种媚态，一副卖弄风情的样子。妇人这样做的目的，也许只是一个女人天性的自然流露，是她在祖母的暖炕上，或者在俄罗斯小城的沙龙里，养成的自然习惯。因为荒原上静静的，不见一个人影。

瞭望台上的三班长，清清楚楚地看到了这一切。他的望远镜再也舍不得离开眼睛。其实不用望远镜，光肉眼也可以看清的，因为距离只有五百米。

那位俄罗斯女人也许早就注意到了我的可怜的三班长了。对于女人，我们真是不可理解：她本来已经拥有那么多的崇拜者了，却仍然希望，再加上这可望而不可即的一位。

这时候发生了一点小变故。

那猫儿在空旷的大自然面前，也许感到一种野性的冲动。它一纵身从妇人的怀抱里蹦出来，在地上撒起欢来。界河中间有一块没有消融的冰块，猫儿借助惯性，一下子蹦到冰块上去了。

它还不懂得这条界河的神圣，不懂得这和死亡几乎是同义词。一定是妇人频频越过界河的目光，迷惑和鼓励了这只猫儿，它以为主人想要跨过这个不算太宽的天堑。

落到冰上以后，面对主人的频频招手，猫儿没有勇气再跳过来。界河并不算宽，河中间水浅一点，所以有冰坐住，深水区在两边靠近河岸的地方。猫儿想游泳，用爪子探了探水，水刺骨的凉，于是，它打消了这个念头。

后来，猫儿静静地待在冰块上，"喵喵"地叫开了。妇人觉得很好玩。这件小事并没影响她的兴致。只见她弯下腰，一手抓起裙裾，一手俯身拣起一枚石子，向界河掷去。

她本来想将石子掷向界河的中国一侧，让飞溅的水花令猫儿受惊，赶它过来。可惜太心不在焉了，玉臂无力，那石子落在了这边。

猫儿果然是受惊了，却一纵身，跃到了中国的河岸上。

妇人现在才意识到事态的严重性。那个从她当姑娘时就一直伴随她的猫儿，已经很难再有回来的可能性了。

河中心的冰块由于受力的缘故，慢慢松动了。然后，被湍急的水流卷去，一会儿就影踪全无。

这打消了妇人的最后一点希望。

后来，她把目光转向瞭望台那位中国哨兵。

目不转睛的三班长，自然看见了这一幕。他满脸通红，握着望远镜的手心攥出了汗水。望远镜是五十倍的，是总参专为这块争议地区配置的。从望远镜里甚至可以看清人的毛孔。

很难抵御这样一个漂亮而多情的雌性动物的目光的，很难回绝她那小小的请求的。尤其在这荒原上——性别就是优势。

过了一会儿，这家伙终于扔下望远镜，下了瞭望台，向界河方向跑去。他跑得很快，棉衣穿在身上有些发烧，于是他在奔跑中脱下了热气腾腾的棉袄，扔在戈壁滩上。他感到体内一种被久久压抑的力量突然复苏了。

事发后，在检查当天的瞭望登记簿时，发现上边三班长匆匆做下的记录：苏一女公民在三号口活动；猫一只，越界。看来，三班长当时是想采取另外的处理办法的，但是事到临头，一念之差，他选择了下面的这种。

三班长来到界河边。他一伸手，猫儿即驯服地跳在了他的肘上。他将猫儿在手中掂了掂，便像教科书上所说的投掷手榴弹的要领一样，后退几步，一个助跑，大臂带动小臂，一挥，猫儿便像一个物件，越过界河，不偏不斜地向妇人飞去。

妇人躲了一下。如果不躲，猫儿肯定会落在她身上。猫儿现在落在了地面上，不过没有受伤。猫儿有着极良好的平衡能力，在任何失去重心的情况下，它落地时首先接触地面的一定是四肢。

"乖乖乖乖！心肝宝贝！"妇人在一连串的惊叹词中，俯身抱起猫儿，搂在怀里。然后伸出手，抚摸着猫儿，为它压惊。只见她那白皙的稍嫌肥胖的柔若无骨的手指，顺着猫的脊梁骨一下一下地滑过。猫的腰则弯成一个弓，舒服地承受着这爱抚。如果是夜晚，或许还可以看见随着手的摩挲，那皮毛上溅起的火花。

三班长现在站在界河对岸，用嘴吮吸着自己乌黑的手背。猫儿在离开他的手掌，向界河对岸飞去的那一瞬间，用爪子在他的手背上留下几道血印，现在不断有鲜红的血珠子沁出来。

如果仅仅将猫儿扔过去，那充其量只是一个小小的涉外事件。但是当猫儿扔了过去，当妇人搂着猫儿向归路走去时，她兴犹未尽地望了三班长一眼。

这目光像一张张开的网。三班长被网在了网的中央。他惶惑地站在那里，傻了，一动不动。据说，当一条蛇和一只麻雀在一定的距离内四目相对时，麻雀会奇怪地呆立不动，麻雀的神经会在蛇的目光下出现麻醉状态。可怜的三班长，他目前遇到的大约正是这种情形。

妇人回眸一笑，渐渐远去了。苏方边防站那高高的烟囱已升起了炊烟。

三班长突然意识到了什么，他突然不顾一切地蹚过了界河。他连裤腿也来不及挽，鞋也没有脱。他似乎也没有意识到这来自阿尔泰山的消冰水那刺骨的冰寒。

那俄罗斯美人听到了后面的动静，她回过头来望了一眼。看来，她也没有思想准备，没有想到这小小的挑逗会引起如此硕大的后果。她吓坏了。她尖声尖气地叫着，向苏方边防站方向跑去。裙裾不时绊住她的脚步，使她几欲跌倒。

那女人终于跌倒了。她转过身，坐起来，用惊恐的蓝汪汪的大眼睛注视着这个来自敌对国家的男人。

三班长走到她跟前以后，却呆住了。他傻乎乎地站在女人面前，手足无措。

"你想强奸我？"那女人扬起头，喃喃地说，"我这一生，还没有人强奸过我呢！"

她的猫也在她的怀里"喵喵"地叫起来。

三班长却蹲下来，用手捂着自己的脸，孩子似的呜呜地哭开了。

苏方瞭望台这时候发现了这一幕，于是边界一线警报器大作。

闻讯赶来的苏军士兵，在松土地带抓住了他。三班长像一只发情的公骆驼，手里提着裤子，在松土地带高一脚低一脚地狂奔着，口里也像公骆驼那样嗷嗷叫着，吐着唾沫。几个苏军士兵好不容易才将他拧住胳膊，按倒在地。

苏方很快提出抗议。接着，在双方几次级别不算太高的会晤之后，三班长被从北纬××度，东经××度，北京时间×年×月×日，莫斯科时间×年×月×日遣回。说经纬度是一种外交辞令，其实就是从原地送回而已。

我没有参与那一次交接仪式。我的一颗大门牙在骑马时磕掉了，副连长说这有碍军人观瞻。我们班全副武装，躲在沙包子后面担任警戒，防止出现突然变故。

交接仪式在平静和机械中进行。约定的时间到了，苏方境内，一辆小车顺界河缓缓地行驶到预定地点。车上首先跳下几名苏军士兵，接着是三班长。军官是从前门下来的。双方互敬军礼。

两个苏军士兵给三班长打开了手铐，并且向这边指了指。随后，三班长就蹚着水，从他原先越界过去的那个地方过来了。三班长面如死灰，过了河，他冲着站在最前面的副连长，惶惑地笑了笑。全副武装的副连长，背转了身子。

界河这边，张开的手铐在等待着，军事法庭官员冷漠地将手铐给三班长迅速戴上，旋即将他推上了小车。

　　交接仪式结束了，双方谨慎地缓缓退出接触区。在登上汽车以前，双方像想起了什么似的，都停下来，摘下帽子，在空中划了三个圆圈。

　　这一切都在双方瞭望台的监督下进行。

　　过了一段时间后，三班长被处决在戈壁滩的一块凹地里。自从珍宝岛、铁列克提事件后，所有的越境者，一律格杀勿论。

　　三班长被处决后，我们去掩埋了他的尸体。地点在五十平方公里争议地区以外，一块泛着白色盐碱的凹地里。鲜血流了许多，溅在白色的地面上，使这张被漠风吹得发黑的脸，以及周围的环境，蒙上了一层梦幻般的气氛。

　　我们怀着复杂的心情，在盐碱地上堆了个小土包，并且插上一块木质的墓碑。随后，我们像避开什么不祥的东西一样离开了这里。我们希望土包迅速地被漠风吹平，希望木牌速朽。

　　我们后来打马路经这里时，都无言地避开了这块地方。

打开所有的门所有的窗子，请新千年进来

千年纪之交、百年纪之交这个时刻，我正在医院里陪母亲。自从父亲在八年前去世以后，母亲便像一只漂泊的孤鸿一样，在弟弟家住一阵子，在我这里住一阵子，再到我姐姐家住一阵子。今年年初，在我家的时候，母亲因心梗住院，一检查，已经是很严重的冠心病了。从那以后，这一年中，母亲又住过四次院。这一次是在我姐姐家。母亲正在家中好好地坐着，突然嘴唇打颤，舌头发硬，不会说话了。送到医院抢救过来以后，我们几个子女轮流陪她。我对母亲说，冬至就要到了，"冬至阳生春又来"，你一定要熬过冬至，病就回头。母亲点点头。冬至过了，我又说，再差十来天，就是新的百年纪、千年纪了，你就成了一个活了两千岁，可以见到下一个新千年的阳光的人了，你一定要勇敢地活下去。母亲又点点头。

死也许对生者和死者都是一种解脱。因为这种马拉松式的生命告别太痛苦了，太折磨人了。但是作为人子，从感情上来说，总希望自己的高堂能活得长寿一点，哪怕多吃一斗的五谷，多晒一天的太阳也好。

新的千年会是一个什么样子呢？那阳光灿烂吗？有着病疴的人们会重新站起吗？到处都有着神迹出现吗？且让我们打开所有的门

所有的窗子，请新千年进来。

现在有个词组叫"痛苦指数"。这个新词儿造得真好。比如对我来说，现在大约就痛苦指数很高。

我们不敢奢望未来的阳光会有多么灿烂，沉疴会从每个人身上消去，比如说吧，我的母亲能轻盈地从病床上走下来，变成少女。我们不敢奢望，那是不可能的。但是我们有理由和有信心奢望，在下一个千年纪中，人类肯定要生活得幸福一些，和谐一些，也就是说，"痛苦指数"会降到最低点。

回顾过去的岁月，仅就陕西而论，仅就20世纪而论，带给我们最痛苦的事情也许是三次大的旱灾。那一天编辑约我谈谈20世纪陕西影响最大的事情，我的脑子里首先冒出来的就是"民国"十八年大旱。

"民国"十八年，也就是1929年的那一场大旱，旱的中心在陕西和甘肃。国民党的《中央日报》说，甘肃陇东地区人民十成中死了七成。陕西关中当时是什么样子，估计和陇东也差不多，人口一群一群地死亡，村庄一个一个地毁灭，八百里饿殍遍野。现在的泾阳、三原、高陵、临潼、渭南沿渭河一带的那些山东庄子，就是当时一个山东籍的县令，从家乡移民过来，填补秦地之空的。大旱最严重的地区也许在陕北。我看过陕北各县的县志，人们"易子而食"的记载不绝于耳。

第二次的大旱是1960年、1961年的那一场大旱。先是秋涝，接着春旱、夏旱。那一次大旱，东边的河南死了几百万人，西边的甘肃死了一百五十多万，陕西好像好一点，死的人少一点。那时候我正在乡下，和爷爷奶奶居住，我吃过观音土，吃过油渣，我目睹过孤苦无告的人们是如何挣扎着活过来的。

第三次大旱是1999年到2000年的这一次大旱，媒体报道说，这是百年不遇的大旱，言下之意，它超过了"民国"十八年那一场大旱。这一次，我曾东去中原，西走甘肃，饿死人的现象没有了，一切都井然有序。这是人的胜利，是人类进步和物质丰富的结果。

人类能不能让自己少受一些痛苦呢？

俄罗斯文坛有一件著名掌故。高尔基和列夫·托尔斯泰曾有过一次晤面。当文学青年高尔基向托尔斯泰叙述他的流浪汉生涯，叙述他在人世间遭受的各种痛苦时，高尔基说："圣母啊，你是一只无底的杯子，承受着世人辛酸的眼泪。"这时，文学泰斗托尔斯泰颤巍巍地站起来，趋上前去，摸着高尔基的头发说："孩子，在经历了那一切以后，你完全有理由成为一个坏人！"

这话扯远了。

我们都是些有福的人，我们有幸经历这百年纪之交和千年纪之交的时刻。我们有理由相信明天会更美好，新千年的阳光会更灿烂。且让我们打开所有的门和所有的窗子，请新千年进来，包括进到我的母亲略带凄凉色彩的病房中来。

《花儿为什么这样红》背后的凄美故事

电影《冰山上的来客》的主题曲《花儿为什么这样红》，原来是一首塔吉克族著名民歌。1998年9月中旬，中央电视台《大西北》剧组第二摄制组，在拍摄帕米尔高原上一座哨所的时候，邀请阿米尔和古兰丹姆的扮演者一同前往，与战士联欢。在那里，我们听到了塔吉克族民间艺人吟唱的《花儿为什么这样红》原版，并且录了像。

这个歌子的背后原来有一个凄楚的爱情故事，故事的大致情况是这样的：在丝绸之路尚且红火的年代里，塔吉克人居住的地方，恰好在丝绸之路的南路。一个年轻俊美的塔吉克族青年，在一个骆驼帮从他的村口经过的时候，为驼铃声所吸引，加入到了骆驼帮的行列，充当了一名脚夫。

从古都长安到荷兰的鹿特丹，漫长的丝绸之路有八千公里长。自从这个青年加入之后，丝绸之路上便有了歌声，人们常常能看到，一个面色苍白的塔吉克族青年，骑在骆驼背上，一边弹拨热瓦尔一边歌唱的情景。

丝绸之路要穿越干旱荒凉、险峻闭塞的阿富汗高原。在那个年代里，喀布尔城中，阿富汗国王有一个美丽的女儿，正待字闺中。

公主的美丽远近闻名，而靠了骆驼帮们的传播，她的名声更是越传越远。该为自己的掌上明珠选择怎样一个丈夫呢？国王犯了难。最后，他打发使者向四方贴出告示，选定一个吉日，公开招亲。

这一天，喀布尔城中人满为患。四十个国家的王子都来了，他们带来了各自国家的金银财宝。来得更多的当然是些平民青年，他们带来的是才智。当这个戏剧性的场面已经接近尾声，国王和公主面对满殿的优秀青年举棋不定的时候，一个独特的竞争者出现了。

阿富汗高原上，残阳如血。从陡峭的山脊，走下来一支过往的驼队。驼队中一个面色苍白的塔吉克族青年，一边弹拨热瓦尔一边吟唱，那歌声和琴声宛若仙乐飘来。

驼队在大殿门口停下了。青年打了一声口哨，长长的驼队像城墙一样突然仆倒，青年一偏腿走了下来。青年戴着一个白色的毡帽，腰间扎一根草绳，肩上搭一副褡裢，完全是个流浪汉的样子。他走上前来深深地道一个万福，然后说："尊贵的国王，美丽的公主，从帕米尔高原远道而来的脚夫向你致敬。我没有财富可以向世人夸耀，我也笨嘴拙舌不善机智，我为你带来的礼物是一首歌，这支歌儿的名字叫《花儿为什么这样红》。"

说罢，青年深情地看了姑娘一眼，调了调琴弦，开始歌唱。歌儿像风一样在大殿里、在喀布尔城中飞旋起来。这是一个人用自己的心灵在歌唱，用八千公里路途中所收留的全部感情在歌唱。在歌声中，所有的人都惊呆了，都意识到了人原来可以如此美好，如此高尚，如此纯洁。歌声停息以后，当所有的人都还沉浸在歌声中的时候，公主一跃身从她的座椅上跳下来，奔向青年，两片朱唇火热地胶着在青年的嘴上。"就是他，父王！"公主叫道。

尽管阿富汗国王也为这塔吉克族青年的歌声所吸引，尽管阿拉伯世界历来是产生天方夜谭的地方，但是，让一个尊贵的公主下嫁给一个一文不名的流浪汉，显然是一件不合适的事。因此，当国王恢复理智后，他断然拒绝了这塔吉克族青年的求婚。"给他一点赏银，让他上路吧！"国王叫道。说完以后，背转了身子。

但是两颗年轻的心已经不能分开了。公主已经深深爱上了这个远道而来的流浪汉。虽然被强行分开了，但是，回到闺中以后，第二天，第三天，公主的耳畔老是回响着那摄人魂魄的歌唱。出外探风的使女告诉她，那青年并没有走，他每天都在宫门外面痛苦地歌唱，歌声就是从那里传过来的。于是公主央使女晚上将青年引到她的后花园来幽会。

在那个有月光的喀布尔山城的夜晚，在丁香花香气四溢的花园里，当一对青年正在幽会的时候，他们被国王的卫队发现了。塔吉克族青年没有被割掉头颅，这是因为公主跪下求情的缘故，但是他被逐出了喀布尔城。至高无上的喀布尔王并且宣布，这个青年永远不准进入喀布尔城，当他所服务的驼队经过阿富汗境内时，必须绕开这座都城。

那塔吉克族青年带着他的悲惨歌声上路了。《花儿为什么这样红》这首爱情歌曲，里面竟蕴藏着这么多痛苦的感情，这时他才体会到。从古都长安到荷兰的鹿特丹，八千公里的古丝绸之路上，青年的驼队走到哪里，这歌声便唱到哪里。在夜晚的篝火旁，青年一边歌唱着，一边热泪盈眶。他的声带唱得出了血，每一声吟唱都像杜鹃啼血。

这个故事的结局是一个悲惨的结局。终于，在风一样的行走中，在某一次的歌唱中，心力交瘁的青年倒毙在了一座沙丘上。他的尸体被同行的脚夫们埋葬，而当第二年，当这支驼队从这一处经过，同行们想对他祭奠一番时，沙丘已经被风吹走，他消失得好像从来不曾存在过似的。

但是《花儿为什么这样红》这首歌儿流传了下来，并且成为塔吉克民族的一件文化瑰宝。青年自从有了喀布尔城那一场事情之后，后来再也没有回到他的帕米尔高原故乡，那歌儿，是过往的脚夫们八千公里丝绸之路上口口相传，最后传唱到帕米尔的。

至于那个绝代佳人阿富汗国王的女儿，在塔吉克的民间传说中，她则没有下文。

当杰出的音乐家雷振邦先生为电影《冰山上的来客》搜集音乐素材的时候，他接触到《花儿为什么这样红》这支歌，当时他一定为这首歌的那种凄楚那种哀伤那种纯真所震撼，于是将它稍加改编，成为这部电影的主题曲。继而，这支歌成为20世纪的经典歌曲之一。

不过，原版的《花儿为什么这样红》似乎更纯真、更质朴一些，或者说，更好一些。《大西北》摄制组的导演高宏民这样认为，我也同意他的看法。

辑四　西行掠影

西夏王陵

西夏王陵又称西夏帝陵、西夏皇陵，是西夏历代帝王陵以及皇家陵墓。王陵位于宁夏银川市西，西傍贺兰山，东临银川平原，是中国现存规模最大、地面遗址最完整的帝王陵园之一，也是现存规模最大的一处西夏文化遗址。

西夏王陵营建年代约自11世纪初至13世纪初，承接鲜卑拓跋氏从北魏平城到党项西夏的拓跋氏历史。核心区域分布九座帝王陵墓，两百余座王侯勋戚的陪葬墓，规模宏伟，布局严整。西夏王陵受到佛教建筑的影响，使汉族文化、佛教文化、党项文化有机结合，构成了我国陵园建筑中别具一格的形式，有"东方金字塔"之称。

西夏曾经是中国历史上一个重要的割据王朝，它的都城在银川，银川那时候称兴庆府。西夏王国的强盛时期是在北宋，那时，它与北宋对峙，西夏王李元昊与韩琦、范仲淹领军的北宋军队，曾有过几十年的战争。那时西夏的国土，以富饶的河套平原为中心，向四周辐射，今天陕、甘、宁、青、新和内蒙古的一大部分，都曾经并入它的版图，它的疆界甚至到达敦煌更远。

西夏王国后来为成吉思汗所灭。成吉思汗为攻克兴庆府甚至搭上了自己的性命，或者说，一代天骄成吉思汗最后竟然是死在西夏王国的都城兴庆府城下的。

成吉思汗的大军围攻兴庆府半年有余，面对城内的顽强抵抗，丝毫没有办法。不能让这小小的兴庆府绊住成吉思汗征服亚欧大陆铁骑的脚步，于是乎，成吉思汗冒着危险亲自上前督战。这时，城中箭矢如雨，一枚利箭射穿了成吉思汗的胸膛，一代天骄倒在血泊之中。

经过一个月的短暂养伤后，成吉思汗不治而亡。攻城的蒙古军隐瞒了成吉思汗死亡的消息，继续攻城不止。守城的西夏王室这时候并不知道成吉思汗业已死亡的消息，如果知道的话，他们一定会殊死抵抗的，说不定还会倾满城军队出城一搏，如果真是那样的话，一部中国历史，甚至一部世界历史，其中许多章节都要重写了。

西夏王国提出了议和，议和的条件是蒙古军入城后不得杀戮，并承认西夏王国的存在，那时西夏王国将降格为蒙古的一个附庸国。蒙古军很爽快地接受了西夏王室的议和条件，因为蒙古军这时候也已经是主帅丧失，攻击力处于强弩之末状态。更兼成吉思汗战死的消息，一旦泄露出去，谁知道内部、外部会发生些什么情况。

蒙古军戴孝入城。愤怒的蒙古军屠城七日，将兴庆府这个黄河河套平原上的富饶都市从地图上抹去，将西夏这个民族从中国历史上抹去。如此这般以后，还觉得不解恨，又赶往贺兰山下的西夏王陵墓区，将西夏国六七位先王的尸骨从坟墓中挖出，暴尸荒野。

一个披着神秘面纱的民族就这样灭亡了。即便在那血腥杀戮中仅存百中之一、千中之一甚至万中之一，那么这一份还存在着的，在又繁衍了许多个世纪之后，也会繁衍出许多子孙来的。但是，他们消失了，无影无踪。

西夏王国灭亡了，西夏民族灭亡了，西夏王李元昊创造出来的那种怪异的文字也灭亡了。贺兰山下那西夏王陵，如今已经成为宁夏回族自治区一个重要的旅游景点。不知为什么，西夏王将他们的陵墓都筑成些高高的金字塔式的土堆。因此，世人将这些没有了香火祭奠的陵墓，叫东方金字塔。

站在这雄伟的东方金字塔前，面对空旷冷寂的原野，听着身穿红衣服的漂亮女解说员在谈这些，你感到像在听一部天方夜谭。在当年兴庆府的废墟上，现代人建起了银川市。在银川市一栋有些简陋的楼房里，我见到一个叫李范文的老学者。这位老人是目前世界上唯一认得西夏文的人，他还编纂了一本厚厚的西夏文字典。

我问他是如何认识这些古怪文字的，又没有人来教他。李老先生听后，沉吟了半晌，他说连他自己也不知道是怎么揣摩出来的，经过了大半辈子的研究，在占有大量资料的情况下，有一天早晨睡梦中醒来，他突然感到眼前好像冰块融化一样，天眼开了，明白这些古怪字体的意思了。

我问他能不能将它们读出声来。让这些死去的文字，重新从活人口中复活，从而让我们领略那古老的声音，那该是一件多么有趣味的事情，但是李老两手一摊，遗憾地摇了摇头，他说不能发出它们的声音。

李范文先生是哪里人？是祖籍宁夏人或是别的什么地方的人吗？我遗憾当时没有问他。不过我觉得，能无师自通地认得这种消亡了的文字的人，他一定和那个消亡了的民族、消灭了的王国，冥冥之中有什么联系。

当李范文先生在这个寒风飕飕的早晨，面对贺兰山，面对西夏王陵，面对黄河大河套，吟咏出那首名叫《夏圣根赞歌》的西夏古歌时，顿时让人疑惑那消失了的历史恍如昨日，让人疑惑在这魔咒般的歌词中，冢疙瘩中的那些过去年代的英雄人物，会从沉睡中醒来，冉冉走出坟墓，用他们褪色的嘴唇向21世纪微笑。

年迈的戴着近视眼镜的李范文教授，张开双臂，这样吟唱：

黑头石城漠水畔，赤面父冢白高河，那里正是弭药国。才士高，十尺人，马身健，五彩镫。

我们久久地沉浸在李先生为我们描述的那古歌的意境中。冢疙瘩在我们的旁边，神秘、冷漠、安静、无言，正像那地球另一处的埃及金字塔一样。贺兰山像一匹奔驰的骏马，蜿蜒横亘，黄河则在不远处，逝者如斯，发出疲惫的叹息声。

西行酒泉

酒泉地处河西走廊西端，在阿尔金山、祁连山与马鬃山之间，祁连山主峰在其东。

夏代，氐、羌部族居于酒泉。西周时期，周人不断向酒泉发展，周人、羌人、氐人错杂分布。战国时期，月氏、乌孙、匈奴等民族相互角逐驻牧于此。秦早期，秦人对甘肃境内的羌人发动战争，大量的羌戎人被驱逐，或融入华夏民族，或迁徙他方。秦统一前，占据酒泉一带的仍主要是乌孙、月氏、匈奴等。西汉初年，酒泉、敦煌一带仍被匈奴控制，不断袭扰中原。元狩二年（前121），汉武帝发动河西之战，使酒泉在内的河西地区纳入王化。

离开"金张掖"，沿河西走廊再西行，就是另一个丝绸之路重镇——酒泉。

酒泉得名源自这样一个故事：霍去病进军河西走廊，征伐匈奴获得大胜，汉武帝大悦，赐酒劳军，御酒到营，主将霍去病见御酒无法让三十万大军人人有份，就把御酒倒在大营旁边的泉子，让三十万大军齐饮泉水，同沐皇恩。

当年三十万大军齐饮的泉水，如今依旧甘醇清澈，泉眼跟前，有两棵百年老柳护卫着霍去病征匈奴的雕塑，而植柳之人就是中国近代史上鼎鼎大名的左宗棠。左宗棠治下的湘军曾经疏浚修治过这眼泉水，并种下了遍布西疆的左公柳。

1865年，清王朝正疲于应付南方的太平天国，而在遥远的西部边陲，中亚的阿古柏正越过国界，向新疆进军。短短几年，英俄两国扶植下的阿古柏就近乎侵占了新疆全境，一百六十多万平方公里的土地正在从中国的版图上消失。

可就在朝廷准备发兵新疆时，日本突袭台湾，沿海告急。要海防还是要塞防？朝堂之上爆发了一场激烈的争论。李鸿章说，收复新疆是"徒收数千里之旷地，而增千百年之漏卮，已为不值"。左宗棠却说，"重新疆者所以保蒙古，保蒙古者所以卫京师，中国山川形胜，皆起自西北，弃西部即弃中国。"

1875年，左宗棠以钦差大臣和陕甘总督的身份，督办新疆军务。第二年，左大帅坐镇酒泉，祭旗出兵。仅用一年多的时间就将阿古柏军攻灭，并收复了新疆大部分领土。然而，盘踞在伊犁一带的沙俄势力依旧心存侥幸，不肯撤出。1880年，左宗棠命令两万西征军挺进伊犁，而六十八岁的左宗棠则从酒泉、嘉峪关跃马而出，紧随其后的一千多亲兵，就抬着他为自己备下的棺材，他要把指挥所从酒泉大本营搬到新疆哈密，誓死收复失地。

1884年，在俄国归还伊犁两年后，新疆建行省。如今，在酒泉市中心的钟鼓楼上，东西两方各有一块牌匾，向东是对着整个中国宣告"声振华夷"，向西则以"气壮雄关"为边塞助威。

陕甘总督左宗棠最初的营盘，应该是扎在陕西凤翔。凤翔三宝有"左公柳、西凤酒、姑娘手"之说。酒泉的营盘当是大军推进到嘉峪关地面后，设计的第二座营盘。左大帅以刘锦棠为先锋将，直取新疆，灭阿古柏于喀什噶尔。

我的这一次行程中，陇中高原地面、河西走廊地面，仍能见到那些已经为数不多的左公柳。柳树苍老，疲惫，斑驳，偶尔有几片绿叶，点缀枝头。残阳如血，停驻在远方的垭口，那是我们要去的远方。

而笔者五十年前作为中国边防军士兵，驻守的那一段边界线，正是著名的"1883条约线"（《中俄塔尔巴哈台西南界约》）。

如果没有左宗棠将军抬棺入疆，北拒沙俄，收复伊犁，签订条约，中国现在的西北边陲，也许会在敦煌一带，或者在阿尔泰山的北塔山一带。

另一位曾任新疆督军的封疆大吏，死在任上的人物杨增新，守土固疆，维护国家领土完整，他也不应当被历史遗忘。

敦 煌 瞻 拜

敦煌位于河西走廊西端，东有三危山，南有鸣沙山，西面是沙漠与罗布泊，北面是戈壁，与天山余脉相接。有玉门关、阳关，是丝绸之路的重要节点城市，以"敦煌石窟""敦煌壁画"闻名天下。

夏、商、周时，敦煌属古瓜州，有羌、戎族在此地游牧。战国和秦时，敦煌一带居住着大月氏、乌孙人和塞种人。后来月氏强盛，兼并羌戎。战国末期，大月氏人赶走乌孙人、塞种人，独占敦煌直到秦末汉初。

西汉初年，匈奴人入侵河西，两次挫败月氏，迫使月氏人西迁锡尔河、阿姆河流域。整个河西走廊为匈奴领地。汉武帝建元二年（前139），张骞出使西域，联络月氏、乌孙夹击匈奴。汉元狩四年（前119），张骞第二次出使西域，开通了通往西域的丝绸之路。

说到敦煌，就绕不开莫高窟。修凿敦煌莫高窟的第一人，名叫乐尊。上苍把这份历史的光荣，给了这个名不见经传的僧人。修凿的确凿时间是公元366年（或344年）。敦煌地面的沙土中，曾出土一块断头碑，该碑的碑文上记载着这件事。

在我们农耕文明区域，人们居住形式通常是四合院。在四合院一进门的照壁上，或者起居卧室的墙上，凿挖一个方形的较浅坑洞，就叫龛。老百姓在里面供一尊菩萨或者财神，甚至什么都不供，只是安放一个香炉，到了年节时候，点上一炷香，祭拜追思神佛先祖。

第一个在莫高窟修建佛龛的人叫乐尊，这是一个来自东方的和尚。乐尊西游至三危山下大泉河河谷，大泉河唐代叫宕泉，当地人叫它红柳河。在大泉河河岸，乐尊和尚就制造了一个佛教神话，他说他站在红柳河畔，看见三危山上霞光万丈，金光闪耀，状有千佛，他深受感动，泪流满面，就此发心立愿，开始在红柳河畔的山崖上打造佛龛。

第二年又从西方过来一个游方僧，很有可能是小月氏人，他也依样画葫芦，也在这里打造佛龛。我们知道，月氏人在匈奴人崛起之前，曾经游牧于河西走廊西部张掖至敦煌一带。公元前174年，匈奴老上单于大败月氏，杀死月氏王，并把月氏王的头颅做成喝酒的饮器，月氏人就此离散，其中随军的大多数健硕部众西迁至伊犁河流域及伊塞克湖附近，称为大月氏人；而留居在东天山地面至河西走廊原驻地的老弱妇孺小部分残众月氏人，称为小月氏人。敦煌莫高窟大量的佛窟督建，是在鸠摩罗什到来之后。前秦大将吕光攻破龟兹城以后，把西域知名高僧鸠摩罗什绑在一匹白马上驮行东归，顺着塔里木河一路走来，经过楼兰故地罗布泊的极旱之地，马匹在进入敦煌境后嗅到月牙泉泉水，极度干渴的白马在月牙泉饱饮泉水之后，直接胀死了。追随鸠摩罗什而来的龟兹僧人和民众，感念白马功劳，就在白马的掩埋之地修起白马塔，又在白马塔附近修建白马庙。

经过沙漠艰苦跋涉之后的龟兹僧众，行经敦煌休养时，也开始在红柳河畔的山崖上继续打造佛龛，修造佛窟，感念佛祖保佑他们历经了九死一生的艰险磨难，重见绿洲。

经此以后，在敦煌莫高窟开凿佛窟，就成了一种社会潮流。西至哈密，东到酒泉、张掖，丝绸之路上的富户人家、达官显贵，都到莫高窟认领打造佛窟，以积修功德。

佛家有言，修建佛窟功德无量。他们认为修造佛窟，所得功德修为"莫高于此"，莫高窟之名也因此而来。在这样的信仰驱动下，这些处在丝绸之路核心地带的达官富户，积累有大量的物质财富，使他们富有财力，足以完成开窟造佛的巨大工程。甚至这些善男信女还把自己的相貌也依样打造在佛窟的入口处，后人把这些形象称为"供养菩萨"。其实这些供养菩萨并不是真菩萨，只是有菩萨心肠、发愿开窟并长期供养的信众，等同于我们民间把乐善好施的善心人称为"活菩萨"。

敦煌莫高窟的七百余佛窟，就是这样经过千余年开凿积累下来的，是世界上现存规模最大、内容最丰富的佛教艺术圣地。

乐尊始凿莫高窟的记录，是来自莫高窟出土的一块断头碑的记载。而我们知道匈奴和尚刘萨诃开凿莫高窟的记录，却是来自一百多年前，一个叫王圆箓的道士无意中发现的敦煌藏经洞里的文书上的记载。除了佛教文化的辉煌以外，作为丝绸之路重镇的敦煌，还是汉唐国家经略西域的战略前哨。当时朝廷屯兵主要就在敦煌郡，内守河西，外镇西域。中央政权对塔里木盆地、准噶尔盆地的经营，往往以敦煌为据点、为跳板。这里举一个简单例子，前秦皇帝苻坚派他的大将吕光前往龟兹，迎请鸠摩罗什。吕光当时就驻守在敦煌。所以吕光从敦煌出发，沿丝绸之路北道绕行到龟兹国，路途并不算遥远和艰难。

如果中央政府足够强大的话，会以敦煌为据点，把军事行政控制进一步向前推。比如唐代在吐鲁番建立的安西都护府，又以安西都护府为根据地，继续西进，甚至翻越天山，进入哈萨克草原，在碎叶城建立都督府（学界有一种较为主流的观点，认为唐代大诗人李白就出生在碎叶城）。甚至横穿费尔干纳盆地，到达世界的十字路口，就是今天的撒马尔罕，建立康居都督府，这些都督府就都隶属于安西都护府。

然后在天山北麓，现在乌鲁木齐这边，就是阿尔泰山将要开始的地方，即今昌吉回族自治州吉木萨尔县，建立北庭都护府，管辖地面是辽阔的北疆地区，额尔齐斯河、伊犁河、叶尼塞河流经地，以及色楞格河和贝加尔湖地区。最初北庭都护府也隶属于安西都护府，后来为了强化对天山北麓的控制，将它升格为与安西都护府并列的军事行政建制，直属于中央政府。

这里介绍两件敦煌地面出土的文物，它们的珍贵之处，实物与内容都与丝绸之路这条横贯东西的物流大道有关。

这第一件是一枚简牍，是一个粮食购买合同。购粮者是一个有名有姓的人，他购买数量如此巨大的粮食干什么用呢？最初，人们百思不得其解，后来，人们在高昌古城出土的简牍中又发现这个购粮者的名字，原来，他是安西都护府的军需官，这些粮食是为戍边的士兵采购的军粮。而再后来，在北庭都护府，即今天的吉木萨尔出土的简牍中，人们又发现了他的名字。原来，他又被调防到这里了。这位军需官后来是客死异乡呢，还是侥幸地回到了内地故乡，就没有这方面的简牍告诉我们了。

第二件是一把精致的骨质尺子。尺子用图案分割成十寸。那图案分明是波斯风格的。这把尺子是怎么量骆驼背上那堆积如山的布帛丝绸的呢？笔者推测，它先用这尺子量出一丈，然后再用这一丈作为标准，将布帛一丈一丈地折叠，OK，很快就丈量出来了。而这波斯驼队又为何如此的不小心，将这精美的骨尺遗落在敦煌，是遇到了某种不测吗？我们不得而知。

古老的丝绸之路

渭城朝雨浥轻尘，客舍青青柳色新。劝君更尽一杯酒，西出阳关无故人。

这是王维的《渭城曲》，也叫《送元二使安西》，还叫《阳关三叠》。王维在今天的咸阳送别友人元二，他将赴安西任职。安西是唐中央政府为统辖西域地区而设的安西都护府的简称，治所在今吐鲁番。

正如"西出阳关无故人"所说，从敦煌出阳关，相遇的就不再是熟悉的面孔，面对的就完全是另一个文化地域。元二任职安西，所走的道路也自然是被行走了上千年的丝绸之路。

这一条贯穿欧亚的陆上丝绸之路被现代学者分为三段。而每一段又都可分为北、中、南三条线路。

从长安到玉门关、阳关为丝绸之路东段。东段各线路的选择，多考虑翻越六盘山以及渡黄河的安全性与便捷性。三条线路都从长安出发，到武威、张掖汇合，再沿河西走廊至敦煌。

丝绸之路东段北线从泾川、固原、靖远到武威，路线最短，但沿途缺水，补给不易。丝绸之路东段南线从凤翔、天水、陇西、临夏、乐都、西宁到张掖，但路途漫长。当年法显从长安出发过西宁出敦煌，走的就是南线。

丝绸之路东段中线从泾川转往平凉、会宁、兰州至武威，距离和补给均属适中。我们此次丝绸之路大穿越选择的线路是从宝鸡出天水，经兰州到武威，大致和古丝绸之路东段中线相近。丝绸之路东段从开通以后，一直处在朝廷相对有力的管控之下，所以人们就选择最为经济实惠的中线通道作为丝绸之路的主要通道，也因此淡化了丝绸之路东段南线和北线的概念。

我们耳熟的丝绸之路南线和北线，或者说南道和北道的概念，主要是用于丝绸之路中段，就是从敦煌出玉门关、阳关到葱岭的这一段道路。因为丝绸之路中段各条路线主要是在西域诸国境内，会不断随着绿洲、沙漠等自然条件的变化而变迁，甚至受到途经区域政治、军事等人为社会因素的变化而时有变迁。

由于西域的中间塔里木盆地是广阔无垠的塔克拉玛干沙漠，是生命的禁地，没有人可以穿越。人们只能沿着它的南北边缘行进。所以丝绸之路南道，就是丝绸之路中段南线，也就是塔里木盆地南部边沿的道路。它东起阳关，过罗布淖尔荒原，过罗南洼地，进入罗布泊古湖泊地区，进入著名的白龙堆雅丹、龙城雅丹，进入楼兰古城，然后从楼兰古城顺着孔雀河古河道，走到若羌县，就是古鄯善，然后到和田（于阗）、叶城、莎车等至葱岭。

而我们常说的丝绸之路北道，就是塔里木盆地北部边沿这条道路。东起敦煌玉门关，经罗布泊（楼兰），沿塔克拉玛干沙漠北缘，从吐鲁番（车师、高昌）西行经过库尔勒、库车（龟兹）、阿克苏（姑墨），到帕米尔高原山脚下的喀什（疏勒），再西出喀什到费尔干纳盆地（大宛）。在唐朝开辟新北道以后，现代学者把这一段道路命名为丝绸之路中段中线。

唐开辟的新北道，我们叫它丝绸之路新北道。这条路线就是从吐鲁番过去，穿越星星峡、达坂城，穿越天山到乌鲁木齐，再往西翻越天山，顺着伊犁河，然后进入辽阔坦荡的中亚草原，而后进入丝绸之路西段。这一段路线，也就自然成了丝绸之路中段北线。

丝绸之路西段从葱岭往西经过中亚、西亚直到欧洲。自葱岭以西直到欧洲的都是丝绸之路的西段，它的北、中、南三线分别与中段的三线相接对应。

丝绸之路西段北线沿咸海、里海、黑海的北岸，经过碎叶、怛罗斯、阿斯特拉罕（伊蒂尔）等地到伊斯坦布尔（君士坦丁堡）。这条路线是在唐朝中期开辟的。丝绸之路西段中线从喀什起，走费尔干纳盆地、撒马尔罕、布哈拉等到马什哈德（伊朗），与南线汇合。丝绸之路西段南线起自帕米尔山，可由克什米尔进入巴基斯坦和印度，也可从白沙瓦、喀布尔、阿什哈德、巴格达、大马士革等前往欧洲。

中亚细亚地面属典型的大陆腹地气候。夏天，一轮大太阳，无遮无拦地炙烤着这一片广阔无垠的荒漠。冬天，西伯利亚的寒流猛烈地掠过。这里的地形地貌随季节变化而变幻不定，行旅者浅浅的脚印很快就会被漠风抹平。所以所谓的丝绸之路的诸条道路，只是一个大致的方向，一个有前面某一座城市、或某一个著名地标作为目的地的道路。那具体的行走，得靠行旅者一步地踏寻，得靠运气。所以说，从一踏上道路的那一刻，死亡就如影随形，时时相伴。

"唯以死人枯骨为标识耳！"法显西行求法时，去时走过那条被后世称为"凶险的鲁克沁小道"。是的，五百里盐碛，如同鬼域，哪里有道路呀。行者有时会遇到那些倒毙在路旁的前人的骸骨，这骸骨就是路标。

记得在我的那一次行走中，在库鲁克塔格山南部荒原，遇到一匹马的尸骸。马四蹄上钉有铁掌，表明这是一匹正在使役的马。这匹马跑到这荒原上干什么来了？它的主人是谁？为什么又倒毙在这里？没有人能做出解释。

吐鲁番及其往事

吐鲁番，是天山东部的一个东西横置的形如橄榄状的山间盆地，四面环山。盆地西起阿拉山沟口，东至七角井峡谷西口，东西长二百四十五公里；北部为博格达山山麓；南抵库鲁克塔格山，南北宽约七十五公里。中部有火焰山和博尔托乌拉山余脉横穿境内，把本地区分成南、北两半。盆底艾丁湖水面，低于海平面一百五十五米，是中国最低的盆地。

吐鲁番是古丝绸之路上的重镇，早在新石器时代，就有了人类活动。据《史记》记载，生活于吐鲁番盆地一带的土著居民是姑师人。他们在吐鲁番盆地上建立了姑师（后称车师）国、狐胡国、小金附国、车师后城长国、车师都尉国。

西汉初期，中国北部的匈奴控制着西域大部，并不断侵扰汉朝。汉武帝建元二年（前139），派张骞出使西域，联合西域各国，以断匈奴的"右臂"。姑师之地是开辟西域的重要通道，战略地位极为重要。由此，西汉王朝与匈奴对姑师展开了多达五次的反复争夺。汉宣帝神爵二年（前60），匈奴内乱，匈奴日逐王率众降汉。车师之地随之归属汉朝。西汉在统一西域的同年（前60），在西域设立都护府，郑吉为首任都护。从此，西域归入汉朝版图。

我们追随玄奘西行的路线，到达哈密。哈密是座古城。这一次去，我们住在哈密的高档宾馆。我们停车登记后吃饭，饭菜很丰盛。在这里住过一夜，天蒙蒙亮，我们就出发了，赶往吐鲁番。

　　无论是丝绸之路北道、新北道，还是现在学者命名的丝绸之路中段北线、中线，它们都以现在的吐鲁番为起点分道西进。这也就是大唐王朝把安西都护府设在现在吐鲁番地区的原因，因为它扼丝路之两道。

　　我们进行丝绸之路大穿越的车队也在吐鲁番做了停留，吃了饭。虽然不像《西游记》所渲染的唐僧师徒途经火焰山的经历那样传奇，但是吐鲁番依然发生有玄奘西行求法的真实故事，甚至还在离开吐鲁番之后又折返，成为他西行路线中最为离奇的行进。关于他折返的原因，至今还没有被破解。

　　玄奘西行所到的吐鲁番地区，当时是高昌国。在西汉元帝时候，在当地建筑军事壁垒，因为"地势高敞，人庶昌盛"，称为高昌壁，又称高昌垒。高昌的名字便一直沿用下来。那里有我们现在熟知的葡萄沟、火焰山，还有很多古墓葬。新疆给我寄了二十四卷本的《新疆文库》，里边记录了很多满布吐鲁番盆地的古墓葬。这些古墓葬近代的以伊斯兰风格的居多，远古的则不知其民族为谁，抑或是突厥，抑或是大月氏，抑或是更遥远的塞种。值得提一笔的是，高昌遗址、交河遗址之上，还有许多汉、唐戍边将军墓。在一个开放的墓室中，天穹上面，竟然画着一幅伏羲女娲人首蛇身交媾图。专家认为，这是中华民族初民时期的生殖崇拜图腾。

　　玄奘到高昌国挂单，把他的度牒，相当于我们现在的通关文书，呈递上去，说明他是来自东土大唐的僧人，叫玄奘，请见高昌王。高昌当时跟大唐交好，高昌王就设宴招待玄奘。就在宴席的时候，突然从屏风后面转出来一位老妇人，白发苍苍的贵妇人走到玄奘跟前，执着玄奘的手，恫问：高僧啊，你知道我是谁吗？玄奘不解地问：老人家你是谁啊？老妇人接着说：我姓杨，我是大隋皇帝杨广的妹妹，我远嫁到高昌国已经三十多年了，我现在是这里的老王后。亲爱的东土高僧啊，我的哥哥杨广可好？我的国家可好？玄奘听了，木讷半天，说：隋朝皇帝杨广已经不在世了，大隋也已经被取代了，那一页历史已经翻过去了，现在是大唐李氏享国，皇帝叫李世民。然后老王后泪流满面，陪坐着问他一些东土情况。

很得老王后垂青的玄奘，再加上他出奇的机变能力和演讲才能，这些能力对于他在天竺学习梵文佛法、舌战群僧，最终成为公认的佛门高僧有很大作用，他很可能对高昌王夸口说：我跟大唐皇帝李世民是结拜兄弟，您和我结拜了，就等于和李世民也成了结拜兄弟了。在玄奘的鼓动下，高昌王甚至与僧人玄奘举行了十分隆重的结拜仪式。按照现在学者的考证，玄奘在高昌国居留了一月有余，在离开高昌国西行很远之后，他又返回了高昌国。学者对此一直没有给出一个合理的解释。我个人推测，是不是这样一个原因：就是玄奘在离开高昌国，西行了很远以后，他发现西行路上，国家众多，关卡重重，一路通关行进并不像高昌国那样顺利；同时可能也从同样西来的商队那里了解了这一路通关过检的各种情况；高昌国是当时丝绸之路上重要的富庶佛国，在整个西域都有很大影响；他可能也需要高昌国为他开具一个足以畅通西域的通关文牒，相当于我们今天的护照。所以他又返回，很可能就是想拿到高昌王的介绍信，通过高昌王这个异姓兄弟的西域声誉，保证他顺利西行。玄奘在之后的行程中，每经过一个国家，都受到了国宾级别的接待。不论是在寺院里面，还是在皇室王城，都受到很大的礼遇。其原因就是手里拿着高昌王的路条。

吐鲁番这个地方发生过很多故事，这里我们还浅浅提到近代史上发生的一个故事。同治年间，在我国西北地区曾发生过一次较大规模的回民起事，其中一个主要首脑人物叫白彦虎。白彦虎所率领部众在大清委任左宗棠担任陕甘总督之后，节节败退，从陕甘地区一路顺河西走廊溃退到新疆，并且投靠了盘踞新疆的中亚军阀阿古柏。阿古柏就是中亚乌兹别克斯坦塔什干人，他后来翻越帕米尔高原，进入塔里木盆地，在喀什噶尔建立了伪政权。让人更不能容忍的是，他投靠沙俄，出卖并分裂国家。

阿古柏接受白彦虎投降并任命他为大将继续统领旧部，让他镇守乌鲁木齐。这时候陕甘总督左宗棠已经委任刘锦棠为先锋，进军新疆，追剿白彦虎。刘锦棠采用缓进急攻的战略，就是每天慢腾腾地进军，因为内地人不适应边疆的气候，急进猛追容易造成非战斗性减员，而且后勤辎重也容易跟不上。但一旦大部队开拔到指定地点，乘着大军锐气一阵猛攻，往往旗开得胜。就这样，刘锦棠步步为营，一路逼进，包围了乌鲁木齐（迪化），白彦虎弃城而逃，又逃到吐鲁番。刘锦棠回师，依然缓进急攻，又把吐鲁番包围了，白彦虎见大势已去，就又往南疆逃跑。在白彦虎企图远遁喀什的过程中，阿古柏突然暴毙。至于怎么死亡的，有两种说法，一种说法是被手下杀死了，甚至被他的儿子杀死了，一种说法是得了急病不治身亡。阿古柏的儿子就领着白彦虎和他的部众，从我们行将翻越的山口重新翻越回去，进入中亚草原。

应该是在一个冬天，哈萨克人听见外面有人敲门，把门打开就发现，浑身血淋淋的一群人站在门外。好客的哈萨克人就把他们迎进来，烤火取暖，给水喝，给饭吃，让住宿。后来这一群人就在这里安顿下来，形成了现在称之为东干人的族群。现在中亚有十五万左右东干人，大约六万多人住在哈萨克斯坦，六万多人住在吉尔吉斯斯坦，就在两国的边境线上，相互挨着。

我们这次丝绸之路大穿越翻越帕米尔高原，进入吉尔吉斯斯坦的第二大城市，叫奥什。给我配的司机叫艾迪，他就是来自陕西村的东干人。我们其他车辆的司机也好像都是东干人，因为他们跟我们方言相通。我说："你抽烟！"他说："额（我）不吃烟！额大（爸）不让额吃烟！"一口陕西话，乡土味十足，叫远在异域的我们，顿生亲切之感。

在中亚西行的一路上，我就给他们讲，历史那一页已经翻过去了。现在历史进入了新的一页，你们应该理性冷静看待。你们是新时代的青年，要从民族仇恨的怪圈中走出来。

现在中国政府对年轻一代的东干人都很好，给予他们很大的政策扶植和倾斜，他们有很多都在西安的西北大学、陕西师范大学上学。先上一年的预科，然后再往北京，到诸如中国外交学院这样的高校深造。

石窟与佛洞

　　石窟原是印度的一种佛教建筑形式。佛教提倡遁世隐修，因此僧侣们选择崇山峻岭的幽僻之地开凿石窟，以便修行之用。印度石窟的格局大多是以一间方厅为核心，周围是一圈柱子，三面凿几间方方的"修行"用的小禅室，窟外为柱廊。中国的石窟起初是仿印度石窟的形制开凿的，多建在中国北方的黄河流域。多是依山就势开凿而成，窟内雕有佛像及宣扬佛教教义和佛教故事的壁画等。

　　中国石窟艺术是一种宗教文化，取材于佛教故事，兴于魏晋，盛于隋唐。它吸收了印度犍陀罗艺术精华，融汇了中国绘画、雕塑的传统技法和审美情趣，反映了佛教思想及其汉化过程，是研究中国社会史、佛教史、艺术史及中外文化交流史的珍贵资料。

　　昆仑山脉，高大险峻，终年积雪，一座座突兀的冰峰在阳光下晶莹剔透，寒光闪闪。这里号称世界屋脊，这里又被称为"千山之祖，万水之源"。昆仑山又叫南山，接下来的喀喇昆仑山又叫美丽的南山，再下来是天山，是阿尔金山，然后东向，是横穿长长一条河西走廊的祁连山（突厥语"天山"的意思），最后，是高峻险拔，像一条青龙一样昂头向东，直到黄河岸边才终止行走的终南山。美丽的南山到这里终止，所以叫终南山。而自秦王朝之后，人们又称它为"秦岭"。

在那遥远蛮荒的年代里，佛教是怎样翻越崇山峻岭，进入昆仑山这一边的塔里木盆地的呢？那简直是一个谜。

可是佛教传入，在跨越了喜马拉雅山、昆仑山，进入塔里木盆地以后，它东行的路线，却是明白无误的。

是的，佛教进入东方，是用开凿一个又一个佛窟的形式而推进的。人们依着山冈，凿出一个又一个千佛洞、万佛洞，在佛窟的中央，雕刻或泥塑上释迦牟尼的尊者之像，分列他左右的是诸多菩萨。而在四周的墙壁上，雕刻或绘制上释迦牟尼的投胎、降生、成长、出家、成道、说法、涅槃以及涅槃后众弟子的弘法传教故事。这些雕刻和壁画，还像那些连环画小人书一样，在墙壁上记录下佛家那些流传久远，或真或虚的本生故事。

那建在昆仑山这一面的佛窟，也许那最早的一个，是建在拜城县境内的克孜尔千佛洞。险峻的凄凉的红色的或栗色的山岩上，凿出一个千佛洞，人们用木质的楼阁，顺着山岩搭建成屋，攀缘直上。千百年来，朝圣者供养者络绎不绝，来这里上香礼佛，来这里安妥自己的灵魂。克孜尔千佛洞下面，就是那当年著名的西域佛国，古龟兹城了。在一段时间内，它曾是西域佛教，尤其是大乘佛教的中心之一。

克孜尔千佛洞在渭干河河流阶地上，它背依明屋达格山，南临木扎提河和雀尔达格山，坐落于悬崖峭壁之上。共有石窟二百三十六个，其中保存壁画的洞窟有八十多个，壁画总面积约一万平方米。它是我国开凿最早、地理位置最西的大型石窟群，大约开凿于公元3世纪，在公元8—9世纪逐渐停建，延续时间之长在世界各国是绝无仅有的。

克孜尔千佛洞集中了最多的佛教本生故事和因缘故事，比如在佛窟的进门处，镌刻着这样一个故事：一个一贫如洗的柯尔克孜少女从佛窟下的河边走过，看见满山的佛窟，善良的少女发心给佛菩萨供一点布施，但是她一无所有。她就从山脚下采一束野花，为佛菩萨献上。佛祖十分感动，说，这是一位可尊敬的施主，佛祖有理由赞美她、感谢她、佑护她。

无独有偶，在穿越了塔里木盆地，穿越了塔克拉玛干大沙漠，遥远的地隅的这一头的敦煌莫高窟，第三二九窟中迎门的那幅壁画，正画着这样的一个女子，长裙曳地，脖颈高挺，一只脚踮起，一只脚平伸，高绾的发髻，向前伸出的前额，两手平举，手执花篮的形象。她的花篮里也许是花，也许是供果，也许只是一些象征性的物什。这大约描绘的是这个佛窟的一位供养人的形象。莫高窟的管理者给这幅壁画命名为"敦煌莫高窟第三二九窟唐代供养菩萨"。

供养人现象也许是这些佛窟能够以数百年的耐心艰苦开掘的重要原因，除了信仰的力量外，物质的保障是必须的。克孜尔千佛洞的开掘，大约除了龟兹国皇家提供的财力以外，大量的经费支出，正是来源于龟兹城中富户人家以及塔里木绿洲地面上信众们的馈赠和供养。

敦煌莫高窟大约也是这样，旁边的敦煌、阳关、嘉峪关的居民们，一定是源源不断地来供养它的。

而一旦佛窟建成，供养却还在继续。甚至，某一个佛窟，就是由就近城市中的某大户人家世世代代供养的。佛教所以能够在中国落地生根，大行其道，而在它的发源地印度，却日趋衰落，这大约是一个重要原因。而第二个重要原因则是，中国的僧人们自己耕田，自食其力，那每一个或大或小的寺院，都有几亩到几十亩薄地不等，这种自食其力、自给自足的生存方式，在印度国则是没有的。

佛教传入中国，是以修凿佛窟为一个一个的跳板，跳跃着向前走的。克孜尔千佛洞是最早的跳板，下一个大的标志性跳板即是敦煌莫高窟。其实，在这两个跳板之间，还有许多的跳板，例如法显高僧、鸠摩罗什高僧、玄奘高僧都曾歇息和长久滞留过的楼兰佛塔，例如于田古城、高昌古城、交河古城中那些石窟和寺院建筑，只是，人们省略了那些，忽略了那些而已。

这时候的佛教，还强烈地保留着印度本土佛教那种崇高感和神性。那是天上的东西，云端中的东西，那是来自星星的你。而随着大教东流，佛教一步一窟地走向中原，这天上的东西逐渐地落到地面，落到实处，沾上人间烟火，而寺院中雕刻或绘制的那些深目高鼻的佛陀菩萨形象，悄无声息地逐步变成中国人的扁平面孔。

顺着这东南而向的绵绵山脉，佛窟一个一个走着。横穿河西走廊的祁连山，北麓被冰雪融水形成的众多河流切割，形成了许多有着断壁绝崖的河谷地貌，也为石窟开凿提供了绝佳场所。

河西走廊作为古丝绸之路的黄金路段，中西文明交流的前沿阵地，特殊的区位优势使它成为佛教传播的中心地区和中转站，是石窟艺术的集中地段，拥有众多壮观的石窟。

除了著名的敦煌莫高窟和天水麦积山石窟之外，还有张掖马蹄寺石窟、玉门昌马石窟、瓜州榆林石窟等五十多处石窟。河西走廊石窟群不仅开凿时间早、分布地域广、造像华丽、壁画精美，而且延续时间长达一千五百年之久。

在佛教东传、石窟东进的过程中，武威的天梯山石窟尤为特别。它虽不在中国四大石窟之列，但因为它对大同云冈石窟、洛阳龙门石窟、敦煌莫高窟都有一定的影响，堪称中国石窟鼻祖。

从公元304年至439年（西晋永兴元年至北魏统一），趁西晋"八王之乱"，国力衰弱之际，众多游牧民族向中原发起了大举进攻，洛阳、长安相继被攻破。在那"皇帝轮流做，明年到我家"的百余年间，北方各少数民族和汉人在中华大地上建立了数十个强弱不等、大小不一的国家和政权，其中存在时间较长和具有重大影响力的有十六国。而入主中原的五个主要部族即由匈奴、羯、鲜卑、氐、羌五个草原少数民族组成，习惯上称之为"五胡乱华"或"五胡十六国"。

公元412年，十六国的北凉定都姑臧（今甘肃武威）。笃信佛教的国君沮渠蒙逊除了资助翻译佛经外，还大兴土木，修建寺院。而且沮渠蒙逊意识到，相对于土木建筑，石头无疑更为坚固持久，建造石窟可以令佛教长久留存。于是召集凉州高僧昙曜及能工巧匠劈山开路，开凿天梯山石窟，大造佛像。这位国主一定不曾意识到，他在突然之间开启了中国石窟营造的一个重要模式——皇家模式，也就是朝廷推动石窟的开凿。后世汉地最重要的两处石窟——云冈石窟和龙门石窟，也正是在皇家的大力推动下，才迎来了石窟建造的高潮。

天梯山石窟位于武威市城南约五十公里的张义镇灯山村。因山道崎岖，峰峦叠嶂，形如悬梯，故名。天梯山石窟的开凿，引起佛教界注目，使西域高僧接踵而至，他们在凉州讲经说法，翻译佛经，使天梯山石窟更具盛名。

那自五印大地翻越葱岭而来、进入塔里木盆地的佛教，顺着这条伟大山脉，在这里开创了皇家模式之后，又大跨步前进。它又沿着陕甘分水岭子午岭，直奔东北，在那里有一个重要的跳板——大同云冈石窟，而从云冈石窟，再一跳，折身回到中原，在华山的东面，黄河南边，一个名叫洛阳城的地方，建立汉传佛教的另一个标志性建筑——洛阳龙门石窟。尔后，中心开花，花开四野，梵音阵阵，弥漫整个中华大地。

那子午岭，岭的东边是陕西，岭的西边是甘肃。子午岭险峻，林木葱茏。岭的中央最高处，正是前面我们说到的秦始皇削山填谷修筑的著名的秦直道。

那秦直道两侧，林木遮掩处，大大小小的佛窟密密麻麻，不计其数。仅在富县张家湾镇一处地面，前不久官方做文物考察，就从林木遮掩处，搜出业已湮灭，不为时人所知晓的五百多座佛窟（富县张家湾镇和尚塬）。佛窟大小不等，有的如石泓寺石窟，佛窟规模宏大，香火千年不断。另有一些小的、中等的佛窟，满山遍野分布，拨开一拨灌木，压倒几棵蒿草，便可觅得小佛窟来。由此可以想见当年子午岭秦直道佛事活动之盛。

佛教从天梯山石窟跳到大同云冈石窟，而这沿着秦直道的大小佛窟，则如群珠散落在路过的子午岭山间。佛教之所以沿秦直道这条道路进入大同，与一个伟大的草原帝国有关。这个草原帝国叫北魏，鲜卑族政权。它最初的国都就在大同，所以通过这条道路，迎接佛光梵音，来到它的国家，并且修凿云冈石窟，以示其将北魏建成佛国的决心。嗣后，强盛的北魏一步一步进入中原，它每到一处，便将佛窟修到那里。它从大同开始，占了邯郸，占了开封，占了洛阳，占了南京，占了长安。它在将洛阳作为都城的时候，给那里留下了著名的龙门石窟。

公元439年，北魏灭北凉，结束了河西地区一百四十余年割据而繁荣的局面，曾经盛极一时的凉州佛教及艺术受到重创，凉州僧人纷纷外流，从姑臧迁宗族吏民三万户到平城（大同），其中有僧侣三千多人。这三千僧人实际上就是佛窟"凉州模式"的创造者，正是他们推动了北魏崇佛风气日渐兴盛。

据《释老志》《世祖纪》《高祖纪》记载，北魏灭北凉，凉州僧人师贤到平城之后，任道人统（管理宗教事务的官职），并在公元452年建议并亲自主持，开始造帝王化佛教石像。公元460年，师贤去世，凉州高僧昙曜继任，改道人统为沙门统，继续主持造像工作，并在平城近郊开凿云冈石窟。他只用短短几年就完成云冈石窟的代表作品"昙曜五窟"的建造，其第五窟大佛是云冈石窟最宏伟的雕像与代表作。后经历代开凿，使云冈石窟成为中国最大石窟群之一，雕造富丽，为全国石窟之冠。之后陆续兴建，前后历六十年，无数雕塑家在五十三个洞窟里雕刻佛像、飞天等五十一万多件。其间最主要工程完成在太和十八年（494）迁都洛阳之前。这些宏大精美雕塑，是雕塑家们智慧和艺术才华的结晶，而凉州僧人及工匠起到了极其重要的作用。

云冈石窟是石窟艺术"中国化"的开始。云冈中期石窟出现的中国宫殿建筑式样雕刻，以及在此基础上发展出的中国式佛像龛，在后世的石窟寺建造中得到广泛应用。云冈晚期石窟的窟室布局和装饰，更加突出地展现了浓郁的中国式建筑、装饰风格，反映出佛教艺术"中国化"的不断深入。云冈石窟形象地记录了印度及中亚佛教艺术向中国佛教艺术发展的历史轨迹，反映出佛教造像在中国逐渐世俗化、民族化的过程。多种佛教艺术造像风格在云冈石窟实现了前所未有的融会贯通，由此而形成的"云冈模式"成为中国佛教艺术发展的转折点。

太和十八年，北魏孝文帝迁都到洛阳，从这时起，历经东魏和西魏、北齐直至明清，营建规模宏大的龙门石窟群，同时还开凿巩义石窟和附近的几座石窟。

到了龙门石窟，单在雕刻手法上，就出现了由云冈石窟的直平刀法向龙门石窟圆刀刀法过渡的趋向，艺术风格也从云冈的浑厚粗犷转向龙门的优雅端严，使外来佛造像与本土传统艺术相融合，从而创造出了一种新的民族雕刻艺术形式。

龙门石窟之前的石窟艺术均较多地保留了犍陀罗和秣菟罗艺术

的成分，而龙门石窟则远承印度石窟艺术，近继云冈石窟风范，与魏晋洛阳和南朝先进深厚的汉族历史文化相融合开凿而成。所以龙门石窟的造像艺术一开始就融入了对本民族审美意识和形式的悟性与强烈追求，使石窟艺术呈现出了中国化、世俗化的趋势，堪称展现中国石窟艺术变革的里程碑。

到了唐代，龙门石窟造像已普遍采用现实生活中的人物作为蓝本，更趋向人间化和女性化。她们大多以唐代贵族妇女，特别是家伎等女艺术家为模特儿，体态丰腴健美，仪态温婉，头束当时流行的高发髻，佩戴钏镯饰，身穿薄纱透体的罗裙和锦帔，"慈眼视物，无可畏之色"，给人一种亲切感。菩萨像的女性化为群众所喜闻乐见，因而得到了广泛的认可。这种将人间美感引入佛国世界的表现手法为当时朝野所接受，因而也就具备了较强的生命力。这不但有利于佛法深入人心，也可以起到教化众生之作用。如果魏晋时期的佛像造型给人们更多的是高迈、超然和神秘，那么唐代造像让人更多感受到的是生命的鲜活和蓬勃，同时也完成了来自异域佛教艺术的本土化转换。

当然，随着北魏孝文帝再次迁都洛阳，一批官宦、僧侣与工匠再次进入河西走廊，具有中原汉风的石窟造像在敦煌开始流行，使敦煌成为继凉州之后河西佛教中心，并推动河西走廊石窟文化发展的第二个高峰，这都是后话了。

所以说，佛窟，不仅是佛教渐传的跳板，也是佛教不断中国化和世俗化的缩影。

喀什噶尔，你早

　　喀什全称喀什噶尔，意为"玉石集中之地"，喀什地区三面环山，一面敞开，北有天山南脉横卧，西有帕米尔高原耸立，南部是喀喇昆仑山，东部为塔克拉玛干大沙漠。诸山和沙漠环绕的叶尔羌河、喀什噶尔河冲积平原犹如绿色的宝石镶嵌其中。整个地势由西南向东北倾斜。

　　喀什地区境域，秦汉之际，有西域三十六国的疏勒、莎车、尉头、子合、西夜、蒲犁、依耐、乌禾宅、捐毒、休循等诸国，其中疏勒、莎车较大，张骞出使西域时曾到这里。西汉神爵二年（前60），汉朝在乌垒（今轮台县）设置西域都护府后，疏勒、莎车等国属其管辖，标志着境域正式纳入中国版图。东汉初年，莎车一度称霸西域，时五十五国咸听其号令。永平十七年（74）起，班超驻守疏勒长达十七年，使封闭六十五年之久的丝绸之路再度开放。喀什作为古丝绸之路的交通要冲，是中外商人云集的国际商埠。

　　库车西行到阿克苏，阿克苏西行就到喀什噶尔。我们走的是沙漠高速公路，这就是专家们所说的丝绸之路中线。

　　我们的车队就像脱缰的野马，清晨从阿克苏出发，黄昏时分抵达喀什。进喀什城之前，好像过了几条河流。河流湍急，水是浑浊的，泛着白光，绕了喀什城而过，而后就在戈壁滩上撒野。河床上有明显的发过洪水的痕迹。这些河流都发源于帕米尔高原，后来汇成一条喀什噶尔河。大约在喀什噶尔城还没有建成之前，这条河叫葱岭北河，它是塔里木河的主要源头之一。

按照徐松在《西域水道记》中的说法，喀什城距离遥远的长安城，即我们出发的西安的距离，是九千三百五十华里。也就是说，我们的车队已经行驶了九千三百多华里。我个人感觉，徐松的这个用脚步测量出来的判断，还是比较靠谱的。他那时候是新疆伊犁将军府的官员，他的踏勘带有官方性质。

当年的玄奘，也就是我们所说的唐僧，也用脚步丈量过这段路程，他给出的答案是四千五百华里。他的这个判断显然是不准确的。仅从嘉峪关到喀什，就该有这么远了吧！

这里是帕米尔高原的东北沿。帕米尔高原过去叫葱岭，还有个别称叫"不周山"。为什么叫"不周山"呢？古人告诉我们，葱岭的山脚，这边伸向塔里木盆地，那边伸向费尔干纳盆地，整个边缘是不规则的，时而冲向盆地，时而又缩为山凹，不周正，所以叫"不周山"。

至于为什么叫"葱岭"，张骞说，山阴一面，生长着许多小葱，所以叫葱岭。笔者总觉得，这个说法有些牵强，地表上有几拨小葱小蒜，在那个大而化之的年代，很难入匆匆行旅者之眼。所谓葱岭者，跃上葱茏四百旋，头上是终年不化的白雪铠甲，山腰间是铺天盖地的青葱的雪松。"多么青葱的一座拔地而起高耸入云的山岭呀！"人们这样感慨。

我们在黄昏时分进入喀什市区。我们的车在低洼处行走，这里过去可能是一条穿城而过的古河道。很快，我们发现，右手的位置，有一面面高高的城墙在那古河道右岸的高地上。城墙高约百米，黄土夯筑，一直沿河道摆开，大约有十几公里长吧。我之所以说它应该有十几公里的长度，是因为我们的车，行走这一段大约用了半个小时。

城墙之上，就是著名的喀什噶尔老城，或者说叫喀什噶尔王城。城墙有多处修补，城里的房子也修旧如旧，据说这里将会辟成旅游区，当然也是重点文物保护单位。喀什噶尔，回语是有五颜六色屋顶的建筑物的意思。在既往的年代里，老城的房屋，屋顶上大约五光十色，猩红色、赭石色、金黄色、乳白色的琉璃瓦根据房主的爱好而苫、用途而苫，因为房屋不可能是同一时期盖成的，有个先后，而每一个时代的风尚又不尽一样，所以苫着在屋顶的琉璃瓦的颜色也就不一样。总之，在灰蒙蒙的天空之下、大地之上，在阳光闪闪烁烁之中，出现这么一堆居于高地的建筑物，那么，把这座城叫"喀什噶尔"就是顺理成章的事情了。

第二天北京时间十一点，乌市时间九点，举行入城式。厚厚的城墙上，开了一座城门，大约五十米宽。从马路往城门跟前走，人们用夯土夯筑了一条道路，穿过壕沟。前面我说过，城墙的下面是一条古河道，现在我突然觉得当年会是护城河，现在水干了，成了沟渠。这垫起来的土路有一百五十米高，也就是说，河渠应当有一百五十米深了。城门现在紧闭着，入城仪式结束后，城门才会开，要造成一个万头攒动的热闹景象作为城门开启的仪式。那城门楼子及两边的堆子，是阿拉伯风格与中国风格的混搭。

仪式开始了，大约有五六十名维吾尔族和汉族妇女头戴花帽身穿坎肩和裙子，脚下蹬着马靴，在城门到马路这一段旱桥上翩翩起舞。她们都是业余的，大约是老城里边摆摊的业主。因此她们的舞蹈都不专业，你需要仔细地看，才能从她们的一招一式中、一盼一顾中，看出当年西域胡旋舞、胡腾舞的某些影子。

舞蹈的灵魂在腰肢上。脚尖踮起，舞步移动，在移动中手指指向无限的高处，眼睛则随着指尖走，心则随着眼睛走。这叫手到、眼到、心到。

在喀什老城入城式的舞蹈队伍中，有几位头戴花帽，身穿白衬衣，腰板挺得笔直的男性舞蹈者，他们应当是这座老城的管理人员。还有一位瘦小一些、年长一些、衣服穿得邋遢一些的褐色面孔的舞者，在姑娘群中穿梭、旋转，一个手鼓打出节奏，他应该是喀什街头的卖艺人。他的形象令人想起唐人传奇中的那些昆仑奴形象。

八家电视台的编导，都在人群中架着机位，主持人喋喋不休地讲着，录下这些场面。

我不喜欢热闹，所以离开人群，在土桥边上的土围墙上靠着，不时地有采访团的人来，要我对着摄像机或手机，说一段话，录制成抖音视频。

记得我说了：这座喀什噶尔是一座发生过许多故事的城。我的陕西乡党、定远侯班超，曾在这里任职西域都护，具体的位置在距离老城约四十公里的疏勒县，那时似乎还没有喀什噶尔。

我还说，成吉思汗西征，走到这里的时候，包围了喀什噶尔，准备在第二天早晨太阳升起后开始攻城。早晨，当成吉思汗大军云集，来到我们站着的这个地方的时候，一件意想不到的事情发生了。沉重的城门吱吱呀呀地打开了，喀什噶尔王率领城中百官，走出城来，齐刷刷地跪倒在地。喀什王举着一个金盘子，中间放着一把金钥匙。他径直走到成吉思汗的马前，跪倒，把金盘子举过头顶。喀什王身后的文武百官也应声跪倒，双手撑地，头不敢抬，额头贴着地面。

这叫献城以降。成吉思汗见状，于是哈哈大笑，放弃了一次血腥的屠城。这样黑汗王朝逃过一劫。成吉思汗还有更重要的事情要做。他将从这里翻越帕米尔高原，然后西征花剌子模，然后直扑莫斯科城下，他大约无意于在这块地面逗留太久。

约有四十分钟的入城仪式结束了。随着一声号令，三声炮响，沉重的城门吱吱呀呀地向两边张开。我的脚步迟缓一些，当我迈脚走进喀什噶尔老城的时候，刚才那些载歌载舞的人群，一个人影也没有了，好像雨水落在地上，瞬间被大地吸收了一样。于是我迈动双腿，进了这制造无数传说的老城。

应当有一条主要的街道，宽一些，可以通车。其余的街道，属于步行街之类，再顺着这主街道通向四面八方。民房都不高，土房子有一些，但大部分都是砖结构的。我特别注意了一下那屋顶，屋顶和别的中亚城市的屋顶差不多，五颜六色琉璃瓦并不多见。当然也有一些的，这是仿古建筑，为老城的旅游性质服务。

在我阅读过的一些关于这座老城的文学描述中，19世纪末20世纪初的那几十年时间，这里曾是中亚的一座十分繁华热闹的所在。那些来自世界各地的探险家们，来到喀什，居住在英国东印度公司驻喀什办事处，然后以喀什为中心，前往塔里木河流域探险。探险家有时还是文物贩子、盗墓者、寻宝者、奸细。那一阵子的塔里木盆地，仿佛开了锅的水一样，一直在沸腾。更有那些列强国家的间谍，拿着三角尺和图纸，在这里勘查这一块区域，为他们的政府效力。还有那些白俄贵族，十月革命后跑到了这里，带着家眷和财富，在这里避风头。还有数不清的各种肤色的妓女，混杂在这些外国人中间。夜来，喀什噶尔城的每一条巷子，每一个小酒馆，都挤满了人。萨克斯的声音，手风琴的声音，加上那些外国游客因为离乡日久，而怀念家乡的忧伤歌声，加上这些坐在游客大腿上，喝着伏特加，发出浪荡笑声的各种肤色的女人们，都汇聚在这座老城里，一直持续到夜半更深。

街道两侧，靠近入城式的那地方，有一些售卖首饰、玉石、挂件之类的小摊。女老板很热情，这样我就在这些小摊前逗留了很久，买了一件又一件的东西，把它们装进口袋。还有大一些的摊子，卖那种死亡了的胡杨树干做成的舀饭的勺子、盛水果的果盘、木桶、独木舟造型的摆件等等。这些摊子用作招牌的，是竖在摊子两侧的两个高大的胡杨木树身。那样粗壮的胡杨木树身，大约是从塔里木河中段的一片死亡了的胡杨树林中采购来的吧！树干沧桑、斑驳、古老。这些树干，少说也有三五百年了。

我遗憾自己没能买几件胡杨木带回家来。维吾尔族人说，胡杨树是中亚地面最令人尊敬的树木，它们生长不死一千年，死而不倒一千年，倒地不朽一千年，所以它有三千年的命。我曾经见过内蒙古额济纳旗地面那大片死亡的胡杨林，也曾经见过塔里木河中段因塔里木河断流而死亡了的大片胡杨林（那地方叫野猪沟），死亡了的胡杨树端立在那里，成片成林。它们的树皮已经全部脱落，那树干雪白雪白的。置身其间，那种世界末日般的景象叫人惊骇。

我没有购买，一是觉得这些物件有些大，而我还有漫长的路要走；二是我不知道前面还有什么稀罕之物在等待着我，钱要省着点花。但是说实话，一离开老城，回到下榻的宾馆，我就后悔了，因为宾馆的人说，可以邮寄，很方便。而我在后来的行旅中，就再也没能碰到这样的崇高之物、心爱之物了。

我迈着骑兵的罗圈腿，恍恍惚惚，步履蹒跚地从街的这头一直走到那头，直到眼前变得空空荡荡了，才折身回来。有一个小饭馆，我在门外的桌子旁坐下，要了一盘拉条子拌面。我正吃着，有电视台的姑娘们转街过来，于是我又要了几盘，招呼她们一起吃。

离开老城的时候，大家说，不坐车了，逛逛街，溜溜达达就回宾馆了。当年盗窃敦煌藏经洞经文的斯坦因、发现楼兰古城的斯文·赫定、命名普氏野马的普尔热瓦尔斯基、为丝绸之路命名的李希霍芬等等，这些人物他们也是以喀什噶尔为大本营，就住在我们住的那个宾馆里的。大约夜夜在老城里喝酒喝得醉醺醺以后，也是这样徒步回到下榻之处的，说不定有的白俄士兵，臂弯上还挽着个半醉的女人。

这样我们离开老城，开始在街道上行走。街上车辆川流不息，人流也明显多了一些。这大约才是这座南疆第一名城的真实面貌吧。我们糊里糊涂地穿过马路，来到一个广场上。广场的西北角停着几辆马车，那马拉车好像是雕塑。还有几匹骆驼、几匹马也都是雕塑。不过倒真的有几匹马，几峰骆驼，还有带着篷子的马车，是真实的。那拉着一匹枣红马的，过来把缰绳递给我，要我照相。我说就不照了吧，这马不威风，我是中国的最后一代骑兵，我的胯下曾经骑过一匹伊犁马，伊犁马具有汗血宝马的某些基因，它漂亮极了。众人不容我再说话，要我拉着马照了张相，在照相的时候，我突然明白了，这是一个旅游点。

照完相，我要离开的时候，看见广场的石台阶上坐着一溜穿着长上衣、戴着花帽的老人，他们向我招手、微笑，而我也回应笑一笑。这样，就近的那个老人走过来了，牵起我的衣袖，我说"照相"，他说"照相"，这样同行的电视台记者，便给我们照了一张相。

他的衣着，他的气质，他的佝偻着腰的神态，他的矮矮的身个，都叫我想起骑着毛驴上北京的库尔班大叔。想起协助斯文·赫定发现楼兰古城的那个罗布人向导奥尔德克，想起民族传说中那个亦庄亦谐的智慧人物阿凡提。

我握手，付了一百元小费，算是感谢。谁知，就在这时，石台阶上那七八个坐着的阿凡提们，都站了起来，过来有的拽衣袖，有的拽衣襟，都要和我照相。我有些吓蒙了，不知道怎么回事，自己错在了哪里。

电视台的年轻人见了，说声"快跑"，把我从人群里拉出，一溜烟儿跑过马路。我扭头一看，七八个阿凡提在我的后面跟着，扬着手，也跑过了马路。

也许，他们就是在这里，陪人照相，充当风景来讨生活的。这是我后来的判断。

我说，我的口袋还有钱的，不要叫这些老人失望，电视台的人说，你看远处广场上还站着一些人的。

跑过马路以后，是一个地下商场的入口。我们钻进了地下商场。而商场的门卫挡住了这些跟随者。半个小时后，我们从另一个出口转出来了。我仍有一些心悸，往街面上看了看，已经不见这些老人的身影了。

拜谒香妃墓

香妃墓坐落在喀什市东北郊五公里的浩罕乡艾孜热特村，是一座典型的伊斯兰古建筑群，也是伊斯兰教圣裔的陵墓，占地两公顷。据说墓内葬有同一家族的五代七十二人（实际只见大小五十八个棺椁）。第一代是伊斯兰著名传教士玉素甫霍加。他死后，其长子阿帕克霍加继承了父亲的传教事业，成了明末清初喀什伊斯兰教"依禅派"著名大师，并一度夺得了叶尔羌王朝的政权。他死于1693年，亦葬于此，由于其名望超过了他的父亲，所以后来人们便把这座陵墓称为"阿帕克霍加墓"。

传说，埋葬在这里的霍加后裔中，有一个叫伊帕尔汗的女子，是乾隆皇帝的爱妃，由于她身上有一股常有的沙枣花香，人们便称她为"香妃"。香妃死后由其嫂苏德香将其尸体护送回喀什，并葬于阿帕克霍加墓内，因而人们又将这座陵墓称作"香妃墓"。

入住喀什的第二天，按照拍摄安排，我们去拜谒香妃墓。香妃是一位浑身充满美丽传说的维吾尔族女子，她的家世显赫，曾祖父为和卓（宗教首领）后裔，名叫阿帕克霍加，统治着喀什噶尔、叶尔羌、和田、阿克苏、库车、吐鲁番等六城，号称"世界的主宰"。香妃应当是这个叶尔羌王的重孙女。香妃墓在城的东郊，距城中心大约有五公里的路程。我们去时开着车，停在村口的广场上，而后坐上他们提供的驴拉车，穿过约二百米的长长通道，来到一座有着鲜明伊斯兰风格的建筑物跟前。

建筑物就地铺开，可能就一层或者两层高吧！建筑物的四个角上，有四根高大的石柱，石柱半镶在墙壁里，柱顶各建一座精致的圆筒形邦克楼。建筑物由门楼、大小礼拜寺、教经堂和主墓室几部分组成。

主体陵墓是一座长方形拱顶的高大建筑，高二十六米，底长三十五米，上面高擎着一弯新月。主墓室顶呈圆形，其圆拱直径达十七米，无任何梁柱支撑，宛若穹窿。

据说在这个墓室里，葬有这个显赫家族的五代七十二人。我们屏住呼吸，从正门缓步踏入墓室，映入眼中的，是一长溜一字儿摆放着的棺椁。迎门的、被放在最重要最醒目位置的，正是这香妃的棺椁。一个奇异的，据说身上带着沙枣花香味的维吾尔族女子，安静地躺在家族的怀抱里，故乡的土地上。红色的锦缎遮掩着棺椁。棺椁好像是透明的或半透明的。因此，依稀可见这位美人的一张俏丽的小脸。皮肤白皙，面容秀丽，脸上的每一块肌肉都绷得很紧，都生得恰到好处。这正是这些西域女子的特点。喀什、和田、吐鲁番都是出美女的地方。

但是这三地的女子，相貌浑然不同。吐鲁番的女子，脸圆如满月；和田地面的女子，头发乌黑，尖下巴，褐色的眼睛；而我们说的这喀什地面的女子，有着高贵的前额和细长的脖颈。

她一定是一个极度聪明的女子。她二十七岁入宫，据说之前曾有过婚史，是作为战俘或者联姻性质进宫的。她最初的身份是"贵人"，封号叫"和"，也就是"和贵人"。大约贵人这个角色，就相当于唐朝时期武则天那个"才人"。再后来她提升一级，叫"嫔"，"嫔妃"的"嫔"，最后，再封为"妃"，叫"容贵妃"，所以这个墓园，又叫"容妃园"。

女人是一种极其聪明的高级动物，她有一种极强的意会能力和适应环境的能力，当她明白了历史派给她的角色是什么样子时，她会得心应手地将这个角色扮演好，一直扮演到谢幕的那一天。

她先后两次随乾隆下江南。她的惊人的容貌，高贵的举止，小鸟依人式的一张俏丽面孔，待人接物的人情练达，这些都得到老皇帝的赏识。所以乾隆两次出行，作为随侍的她，地位都得到提升。

她死后，据说人们用香车载着，用了三年时间，才将灵柩运回到这喀什噶尔。乾隆御批，给她的安葬处，棺椁前端刻上一行《古兰经》文字。这是对他的容妃的尊重，也是对这个民族的尊重，亦是对宗教和文化的尊重。

她做姑娘时，名字叫伊帕尔汗。沙枣树在每年暮春季节会开满一树白花，树一般会长在沙漠和沼泽地相接的那个位置。一半根在黑沼泽里，一半根在沙漠或盐碱里。小风一吹，那花会散发出一种浓烈的香味，十里八里都能嗅到。说它浓烈，好像叙述得还不到位，当你骑着马，从一片沙枣林走过，你的马会因为这奇香沁入肺腑，不停地打着响鼻，而骑手的你，也会不停地打着喷嚏。沙枣应当是一种野生的枣儿，花期一过，便开始坐果，果实不大，上面生满白绒毛，秋天霜一杀，会变成赭色。沙枣可食用，不过味道要生涩一些。

我们在这墓室里逗留了很久。除了香妃，我们一行也向她的那些家族人物注目以礼。墓室里不准拍照，我给电视台的人偷偷说了说，于是一个摄影师把摄影机藏在衣襟下面，腿翘起，趁讲解员不注意时，为我拍下一张与香妃的合影。

香妃墓后面，是一个很大的庄园，建筑物平摊在地上。要过许多门以后，便是一座大的清真寺。我们都有些累，走到这里，也就停下了脚步，返回。

库车追忆

库车位于天山南麓中部、塔里木盆地北缘，地形北高南低，自西北向东南倾斜。库车系突厥语译音，维吾尔语地名乃胡同之意。"因其地为达南疆腹地之要街，故名"。"库车"一名自古有多种写法，有"丘慈""屈兹""曲先""鸠兹""库叉"等，清乾隆二十三年（1758）定名为库车。另有说法称，"库车"系古代龟兹语，意为"龟兹人的城"。

在历史长河中，龟兹是丝绸之路中段塔克拉玛干沙漠北道的重镇，宗教、文化、经济等极为发达，龟兹拥有比莫高窟历史更加久远的石窟艺术。龟兹人擅长音乐，龟兹乐舞发源于此。此外尚有冶铁业，闻名遐迩，西域许多国家的铁器多仰给于龟兹。唐贞观十四年（640），唐军攻灭高昌，设置西州（今新疆吐鲁番）、庭州（今新疆吉木萨尔），并设安西都护府于交河城，贞观二十二年（648），唐军攻灭龟兹，将龟兹纳入统治。显庆三年（658），唐朝移安西都护府于龟兹。

从库尔勒沿塔克拉玛干沙漠西行，我们的车行在焉耆至库车的途中，经过轮台。这是一块无遮无拦的荒原地带，荒蛮、古老、死寂。灰蒙蒙的天空，灰蒙蒙的大地，从我们的脚下一直铺展到遥远的天际线。偶尔有风吹过，大漠便灰暗苍黄一片，视线不及百米。

轮台这个地名，让人想起唐朝边塞诗人岑参的《走马川行奉送出师西征》中"轮台九月风夜吼，一川碎石大如斗，随风满地石乱走"的诗句。一千两百多年岁月过去了，当年那大如斗的一川碎石，经岁月的刀工，日晒雨淋，一碎再碎，而今业已成为小小的砂砾了。

到达轮台，想起岑参的另一首《白雪歌送武判官归京》，描写的就是这里的情况。

轮台继续西行，就到库车。库车古称龟兹，乃西域三十六佛国中著名的龟兹国。在龟兹附近有著名的克孜尔千佛洞，它被认为是佛教进入西域的第一个著名的洞窟，也是完全保留了佛教进入塔里木盆地初始状态的一个石窟。克孜尔石窟前矗立着一尊鸠摩罗什铜像。因为龟兹是鸠摩罗什无比辉煌的一生最初开始的地方。在龟兹发生着他很多伟大又传奇的故事。

鸠摩罗什出生在龟兹。他的母亲是龟兹王白纯的妹妹。他七岁出家，九岁跟随母亲到了北天竺，在名僧盘士多达多处学习佛经。十二岁时，同母亲一起返回龟兹。龟兹王听说他回来了，亲自远迎，并专门为他造了金狮子座，铺着大秦锦褥，并请他升座说法。西域各国国王一见他升座，都在他的座侧听讲。

后来前秦皇帝苻坚派镇守敦煌的大将吕光到龟兹国迎请西域名僧前往长安讲经弘法。吕光却以武力的方式攻破龟兹城，把鸠摩罗什绑在白马上，把他押往长安。在鸠摩罗什被绑缚东行的同时，有三万名龟兹老百姓跟随鸠摩罗什一路向东，一直跟到长安城。

公元401年，后秦皇帝姚兴在长安城南门尊鸠摩罗什为国师，并安排他在皇帝的逍遥园行宫居住。鸠摩罗什指着城外对后秦皇帝说，君王啊，你看城外跪着三万龟兹国的亡国百姓，他们随我一起来，如今我已经有了归宿，能不能给他们也施赏一块容身之地？后秦皇帝就说，那就让他们到北方去。北魏拓跋焘屠灭代来城，代来城已经成为废墟了，就让他们在代来城安居。

就这样，这三万龟兹遗民就在今天榆林城东北三十多公里的地方安家，新建龟兹国那个地方现在叫古城滩。龟兹国遗民就在这里世代繁衍生息。

陕北高原是一个神秘的存在，它不断地给这个世界送出来一个又一个的文化大秘密。我们之前提到过的神木石峁遗址，全世界学者都说这是一个石破天惊的大发现。

在龟兹乐舞随龟兹人进入中原之前，中原基本上可以说是没有真正舞蹈的，我们的舞蹈只是一些敬献鬼神祖先或者愉悦皇室王侯、达官显贵的扭扭捏捏的宫廷舞蹈，没有那种充满活力和生命张力的民间舞蹈。龟兹乐舞进入中原后，胡腾舞、胡旋舞融入中原人的生活，才形成全面的，甚至是真正意义的舞蹈。大唐李氏发源于陇西、起家于晋北，都是古来西域草原文化融入之地，所以皇帝王孙都能歌善舞。

胡旋舞眼睛盯住一个地方，以腰部为轴，身体像风一样地就地快速十八旋，迸发出强烈的生命力，洋溢着无比酣畅的生命激情。唐朝许多大诗人都描写过胡旋舞的场景。而历史上胡旋舞跳得最好的人是谁呢？所有人都想不到。这个人体重三百六十斤，他就是安禄山。安禄山作为渔阳节度使进京面圣，他在临潼华清池为唐明皇和杨贵妃跳舞助兴，三百六十斤的大胖子，就地十八旋，看得杨贵妃惊诧万分，称叹不已。安禄山趁杨贵妃兴起之时，跪倒在前，把杨贵妃认作干妈。"安史之乱"就从这里埋下祸根。

龟兹乐舞带来音乐，也带来乐器，比如唢呐，陕北的大唢呐，明白无误地就是从西域传来的。吹唢呐的人，陕北叫他们"龟子"，这明显说明他们和龟兹的历史渊源。陕北人讲究不和以吹唢呐为职业的世家通婚，就是这个原因，就是因为最先吹唢呐的就是这些龟兹人，他们是异族人士。还有陕北的三弦、说书、腰鼓甚至剪纸，很可能都与龟兹国遗民的文化输入有关系。

边关掠影

新疆是古丝绸之路的重要通道，自古以来与中亚、西亚、南亚及欧洲等地有着密切而频繁的经济、文化交往，有着许多传统的商道和口岸。随着沿边开放战略的实施，新疆已成为中国西部对外开放的前沿，国家批准新疆对外开放的十七个口岸中，有航空口岸两个、陆地边境口岸十五个。

从中国、俄罗斯、哈萨克斯坦、蒙古四国交界的友谊峰，沿中哈边界往西南大概有二百多公里的地方，就是当年我当兵的地方，额尔齐斯河从这里流出国境进入哈萨克斯坦，并在二百里外形成了一个大的湖泊，叫斋桑泊。这里曾经是一个很大的口岸，这个口岸当年可以通货轮。货轮从斋桑泊装载货物，沿额尔齐斯河溯流而上，到达中国边疆口岸县城布尔津，就是布尔津河汇入额尔齐斯河的地方，在布尔津有个大的码头，从这里的码头卸货，再转内地。所以现在新疆境内的北疆，有许多日用品的名称是俄语叫法，例如：茶壶、茶杯、手枪，甚至额尔齐斯河上行驶的汽艇。当地把汽艇叫普利模特，这就是俄语。额尔齐斯河上这样繁荣的通商，也应该属于丝绸之路性质的通商吧。这个口岸后来随着中苏关系恶化和额尔齐斯河水量下降，不再通航了。

流行歌《可可托海的牧羊人》中说的那个可可托海，是个矿区，属于新疆维吾尔自治区阿勒泰地区富蕴县。苏联人当年在可可托海开矿，矿石采下来后，就用卡车运到这布尔津码头，然后装船，再顺额尔齐斯河顺流而下，运走。

喀纳斯湖在友谊峰山下，湖水外溢形成布尔津河，在布尔津城注入额尔齐斯河。另一条河叫阿克哈巴河，从阿尔泰山流下，经过哈巴河县城，也注入额尔齐斯河。苏联解体时，俄罗斯人在友谊峰下面，留了从蒙古国至哈萨克斯坦三十多公里与中国接壤的边界，理由是将来要在这里设一个口岸。

顺着中哈边界再往南走，又有一个吉木乃口岸。吉木乃口岸在额尔齐斯河还能通航通商的年代，它没有那么重要。它仅仅是一个边防会晤站。咱们中国这一侧是一个营级单位，对方也是一个营级单位，中间一座木桥连接，木桥上划一条象征性的白线。中国这边有事需要商量，就把边防站的国旗升起来。对方看见我们这边国旗升起，知道我们有事会晤。两国边防站会晤三次仍旧不能解决问题，就进行双方上一级的会谈。这个口岸我也很熟悉。吉木乃口岸后来成为北疆主要的货运口岸之一，2000年的8月1日，我在吉木乃口岸看见载重货车入境，足足有二百多辆，都装载的是大家伙，可能是把外国某一个钢铁厂或者什么大型重工设备拉回来，经乌鲁木齐转运内地。我也从这个口岸出过国境，办了一张护照，从吉木乃出境，到对面的哈萨克斯坦的集体农庄转了一转。

两国边境有一条小小的浅浅的界河相隔，界河上拉着铁丝网。我在那里的那些年月，兵团人给界河上修个厕所，大便时，大白屁股对着对方哨楼。对方因此提过多次抗议。后来，兵团团场后撤十里，吉木乃县城也后撤十里，这里纯粹成为一个边防口岸和通商口岸。

沿中哈边界再往南走，下一个口岸就是著名的阿拉山口，它的口岸名字叫多斯托克。这个口岸对内有直通乌鲁木齐的火车，对外有直通阿拉木图的铁路。阿拉木图是苏联很大的一个城市，应该是苏联时期中亚的第一大城市吧。苏联有一个重要作家叫左琴科。中国人不一定人人都知道左琴科，但一定都会说"马大哈"这句口头禅，实际上，马大哈就是左琴科小说《猴子奇遇记》里的人物形象。左琴科其实是一个很严肃的作家，二战时期，他要上前线，斯大林说你是一个作家，你的使命是用笔给国家留下更宝贵的精神遗产，打仗的事就交给我们这些粗人吧。

左琴科就这样避居在阿拉木图，写了一本书叫《日出之前》，就写一个得了忧郁症的人的故事，其实就是他自己，他得了严重的忧郁症，医生已经判了他死刑了，但是他自己说他是一个大写的人，他一定要战胜来敌，战胜自己。然后他就一点一点反思深省自己，就像剥洋葱一样，一层层地解剖自己，最后剥到核心。核心是什么呢？核心是当年她母亲还怀着他的时候在田间劳作，曾遭遇了一次很严重的雷击，被击倒昏迷了几分钟。就这个沉重的精神创伤，从他还在娘胎时候就埋下祸根，他的忧郁症就是从这里来的。等到他剥剖自己到达这个核心以后，他的忧郁症也好了。这就是左琴科在阿拉木图完成的《日出之前》的主要内容。

阿拉木图还是中国音乐家、《黄河大合唱》的曲作者冼星海二战时流落的城市。他好像从延安到莫斯科，再由莫斯科到阿拉木图。现在阿拉木图还有一条街道以这位音乐家名字命名。

苏联解体以后，阿拉木图成为苏联加盟共和国哈萨克斯坦独立后的首都。后来哈萨克斯坦可能考虑到阿拉木图离边界太近，离吉尔吉斯斯坦太近，离我们中国的伊宁市也太近，才三百多公里吧，后来哈萨克斯坦就把首都内迁，在阿斯塔纳建立新首都。

沿着漫长的中国西部边界再往南，就是最著名的霍尔果斯口岸。它现在是中国通往中亚甚至欧洲最重要、最繁忙的口岸。它的旁边就是伊宁市。二十年前，新疆修了一条吐乌大高速公路，从吐鲁番经乌鲁木齐到大河沿。现在又修了一条独库高速公路，就是从独山子到库车，途中翻越天山的高速公路。我曾经从霍尔果斯出境到哈萨克斯坦，也走过这条公路。从乌鲁木齐到独山子。北疆准噶尔盆地有号称金三角的三座城市，一个是有炼油厂的独山子，第二个是有油田的克拉玛依，第三个是奎屯（现在叫胡杨河市）。

当年成吉思汗西征花剌子模就是从这里兵分两路，一路北上阿尔泰山，翻越阿尔泰山冰达坂，进入西亚、小亚细亚。另一路就是打通伊犁河谷果子沟，直扑伊犁。霍尔果斯口岸就是这么个性质，大量的货物从这里出境。

沿西部边界再往南，就是我们此次"欧亚大穿越丝路万里行"活动出境的口岸。在喀什附近，有三个可以出境的口岸。一个是吐尔尕特口岸，这个口岸翻越天山，可以到达中亚哈萨克斯坦的阿拉木图、吉尔吉斯斯坦的比什凯克、乌兹别克斯坦的塔什干、乌兹别克斯坦的撒马尔罕，再有一条公路通往塔吉克斯坦的首都杜尚别，通往阿富汗。一个是伊尔克什坦口岸，即我们此行出境的口岸。从该口岸至吉尔吉斯斯坦奥什州仅二百一十公里，比从吐尔尕特口岸出境到奥什近八百公里。第三个是卡拉苏口岸，卡拉苏口岸是中国与塔吉克斯坦两国间开放的唯一陆路口岸，海拔四千多米，位于新疆维吾尔自治区塔什库尔干塔吉克自治县西北部。

在我参与的这次活动的前一年，2017年"丝绸之路万里行"活动主办方选择的道路就是从阿富汗前往印度。但是因为当地战争局势，阿富汗境内道路不通，只能返回，在兰州改乘飞机，直飞新德里，再到玄奘求法的那烂陀寺。

帕米尔高原再往南，就是我们说的叶尔羌河的源头附近，有一个红其拉甫口岸，这个口岸现在也有人不断地在走，翻越帕米尔高原，就到了印巴争议的克什米尔地区。然后沿恒河而下，经过印度到孟加拉国，出印度洋。

2019年的"丝绸之路万里行"活动，就是要沿着这一条线路，进入印度洋，经斯里兰卡到马来西亚、印度尼西亚等东盟国家，最后返回广州。这个行程在2019年也完成了，当时他们继续聘请我担任文化大使。因为我对海洋文化并不是十分地热衷，再考虑到一路上海陆空频换交通方式，实在过于颠簸，所以我就回绝了。

大西北边境，还有一些不太知名的口岸，行载货物的口岸，我这里就不一一叙述了。另有些历史原因形成的，边民贸易、狩猎、通婚而形成的通道，它们当不在叙述之列。所谓的国家、国界、口岸，是人类社会在发展过程中，细化过程中，逐步形成的东西。俄罗斯天才诗人莱蒙托夫在流放的途中，望着天空列队而过的流云，曾这样吟唱道：

> 天空的浮云哦，永恒的流浪汉！
> …………
> 你们永远冷漠无情，永远自由自在，
> 你们没有祖国，你们也不会有流放。

阿 尔 泰 山

　　阿尔泰山脉，呈西北—东南走向，斜跨中国、哈萨克斯坦、俄罗斯、蒙古国境，绵延两千余公里；中国境内的阿尔泰山属中段南坡，山体长达五百余公里，海拔一千至三千米。主要山脊高度在三千米以上，北部的最高峰为友谊峰，海拔四千三百七十四米，与天山山脉、昆仑山脉、塔里木盆地、准噶尔盆地形成"三山夹两盆"。

　　阿尔泰山山地植被、土壤垂直分布显著，富森林和矿藏，以产金矿著名，故有一说称，阿尔泰山，蒙语的意思是"金山"。又有一说认为，"阿尔泰"在哈萨克语中意谓"六个月"。阿尔泰语系即以阿尔泰山得名。

　　英国人类学家汤因比是世界公认的20世纪最重要的人类学家之一。他毕业于牛津大学，并且很长时间在这所大学服务，生前曾经担任英国皇家科学院院长，于1975年去世，他用毕生的精力写了两本书，一本叫《历史研究》，一本叫《人类与大地母亲：一部叙事体世界史》。

　　在《人类与大地母亲》一书中，他以讲故事的形式，将人类文明各板块的过往——它们的发生、它们的发展、它们的强盛、它们的盛极而衰、它们的消失这五个阶段，理出思路，逐个分解。汤因此在这本厚厚的著作的结束语中说：也许经历过漫长时间流程考验，至今仍郁郁葱葱的中华文明，会是人类的福音，会给这个四处起火冒烟的当下世界，带来一剂良药！但是，这个文明必须时时保持清醒，以免陷入他们千百年来那种轮回往复的怪圈中去。

汤因比1975年去世，这些话当然是这位学者去世前说的。一位名叫池田大作的日本人，好像是摄影家，亦是作家。他拜访汤因比，拿了一张纸，纸上有各种问题，类似今天的人们玩的那种脑筋急转弯。那些年好像很流行这个。池田大作问了汤因比这样一个问题：假如让你重新出生一次，你愿意出生在哪里？出生在世界的什么地方？阿德诺·汤因比给出一个比尔乔亚式的回答：假如让我重新出生一次，我愿意出生在中亚，出生在阿尔泰山山脉，那是一块多么令人着迷的地方啊！那里是世界的人种博物馆，世界三大古游牧民族，古阿尔泰语系游牧民族、古雅利安游牧民族、古欧罗巴游牧民族。前两个都永远地消失在这块土地上了，而古欧罗巴人则迁徙到地中海沿岸，从马背上跳下去，开始定居，后来则砍下树木，以舟作马，开始人类的大航海时代。

我们的这次"欧亚大穿越丝路万里行"，将结束于英国牛津大学。这是距英国伦敦一百三十公里的一座大学城，由四十个学院组成。整个大学像一个铺在平坦地面上的公园，每开一个门洞进去就是一所学院。

记得在这所大学城的十字路口，那个跨街的"叹息桥"的下面，我曾做了一场视频直播。我对我们这次行程做了简短的总结，我在向这所大学致敬的同时，也提到了已经故世的阿德诺·汤因比先生。

汤因比先生提到的那个阿尔泰山，是准噶尔盆地东沿、北沿的一座绵延悠长的山脉，直达西伯利亚。它有一段行程与天山山脉并行。天山山脉行进到塔城地面以后，为两座短一些的山脉所接替，这两座山一座叫阿拉套山，一座叫木扎尔特山。

在天山北麓的臂弯处，如今的昌吉回族自治州吉木萨尔县境内，唐王朝曾经建北庭都护府，就管辖着阿尔泰山中西段南麓的广大区域。该都护府开始属安西都护府辖管，后来因为地位重要，上升为中央直辖，与安西都护府并立，分治天山南北。天北以北包括阿尔泰山和巴尔喀什湖以西的广大地区归北庭都护符统辖；天山以南直至葱岭以西、阿姆河流域的辽阔地区，则属安西都护府管辖。

辑五　丝路行者

阿斯塔纳，你早

哈萨克斯坦位于亚洲中部，是一个中亚内陆国家，也是世界上最大的内陆国。该国首都原来在阿拉木图（距霍尔果斯口岸三百七十八公里），1997年被新首都阿斯塔纳所取代。

阿斯塔纳是一座建在旷野上的城市，所有的建筑物几乎都是新的，道路开阔。云彩在城市的上空飘浮，安详、静谧。这些建筑物可以说是五花八门，有欧罗巴风格的建筑，有亚细亚风格的建筑，有东正教的教堂，有中亚最大的清真寺。有一座穹庐式的建筑，人们说那是塞族纪念馆，是为了纪念两千年前后在这片土地上生存过的塞族人。还有一座巍峨楼房的顶端，有个北京天安门式的建筑，人们说那是设在阿斯塔纳的北京饭店。街上的行人行色匆匆，当我从一个购物中心出来时，突然下起瓢泼大雨，一个哈萨克男人正在天桥下面拉着手风琴。"你为我拉一曲《喀秋莎》吧。"我说。于是这位民间艺术家吱吱呀呀地拉起来。匆匆过往的美丽少女不时地弯下腰来，往他的琴盒里扔两枚硬币。

有一条河流名叫伊什姆河，从阿斯塔纳的城中心穿城而过。地理书告诉我们，伊什姆河是额尔齐斯河的一条重要支流（左岸支流），全程一千四百多公里，后来注入额尔齐斯河。做过中国边防军士兵的我，曾经有五年的时间，抱着一支半自动步枪在中国境内的额尔齐斯河流入苏联的河口驻守过，因此对这条河有着很深的感情。额尔齐斯河从我驻守的那个地方向北流淌二百多公里以后，注入一个西域大泽，这个大泽叫斋桑泊，又叫斋桑淖尔。而后又继续流淌，进入俄罗斯西伯利亚地面以后，与鄂毕河汇合。以鄂毕河为名，继续向西北流淌，一直注入遥远的北冰洋。由于这个缘故，所以我来到这个名叫伊什姆河的河边，望着它一江春水，匆匆北向，心中生出许多的感慨，它从理论上讲也属于额尔齐斯河流域。

我是率中国作家学者代表团，应邀来哈萨克斯坦访问。同行者还有两位西北大学的中亚史研究专家，两位年轻一点的作家朋友。4月23号世界读书日，我们参观了建在阿斯塔纳的国家图书馆，我在图书馆的留言簿上说，这个高贵善良勤劳勇敢的中亚古游牧民族，走过了数千年的时间流程，走到今天。致敬哈萨克光荣的兄弟，敬畏图书馆里每件珍藏。

而在随后纪念世界读书日及国家图书馆建馆十四周年活动上，我讲话说，今天，全世界每个图书馆，都在举行类似的活动。提倡全民阅读，敬畏书籍典藏。我来自中国，我是一位写作者，中国最优秀的小说家之一。在我们的国家，大大小小的图书馆都被阅读者挤满。除了阅读之外，人们还亮起嗓子来朗读。在中国的一些图书馆里，大约会朗诵我的书，例如在我们陕西省的图书馆里，他们正在朗读我的《最后一个匈奴》，而在另外一个民间性质的沙龙里，一群年轻的朋友正在朗读我的《统万城》。他们给我发来了短信，我回短信说，我正在遥远的中亚城市阿斯塔纳，哈萨克斯坦的首都。作为对我此行的纪念，作为对这个善良而高贵的中亚游牧民族的祝福，请一个叫"豆豆静华"的朋友朗诵我早年的一部作品《遥远的白房子》。

哈萨克朋友向我们屡屡推荐他们的民族诗人，现当代文学的奠基者阿拜（伊布拉希姆）胡那巴依。他们还将中文版的《阿拜诗选》送我们人手一本。哈萨克文对中国作品的翻译，也在进行。比如这一次，我们当中一位女作家的书就在这次阿斯塔纳欧亚国际图书展上展示。该国一位欧亚大学的教授翻译了厚厚的鲁迅的文集、茅盾的文集，还在报纸上翻译出艾青、余光中的诗歌等等。作为中哈文化交流的一部分，同行的两位西北大学教授告诉大会，他们正计划出一套六卷本"哈萨克斯坦研究"丛书。

我在中哈作家论坛上演讲时，开头正是用了艾青的诗起头。我说，我从东方来，从山的那边来，踩着早晨的第一滴露珠来，循着天空中神鸟飞行的轨迹，来到我们的兄弟邻邦哈萨克斯坦。向哈萨克斯坦同行致敬，向正雄心勃勃迈向世界经济三十强的这个中亚重要国家致敬。我还说，一位哈萨克作家朋友对我说，高老师，你像写《最后一个匈奴》一样为我们哈萨克民族写一部史诗吧。我回答说，这得你们本民族的作家来写，一个过路客、观光客是很难走进一个民族的心灵的。当一位哈萨克牧人头戴三耳塔帽，身穿宽大的黑灯芯绒外套，腰间扎着宽皮带，下身穿着动物血染成的皮裤，脚蹬马靴，骑在一匹黑走马上，在旷野上、在雪地里长时间的一动不动地矗立在那里，守护着他的羊群，你永远不知道他在想什么，一个观光客很难走进他的内心。

我还说，一个民族要让自己的心灵变得广阔起来、强大起来、深邃起来，需要有两百个哲学家、两百个艺术家、两百个科学家来支撑。在座的朋友们，希望你成为那样的人，希望哈萨克斯坦在中亚细亚这块土地上光荣地站立。

在主人的安排下，我们开着越野车一直向北，到哈萨克斯坦著名的旅游胜地布拉拜国家自然公园去参观。道路像箭一样一直向北，已经接近5月了，草原上还留着点点的残雪。中亚细亚栗色的土地啊！走了约两百公里之后，进入茂密的森林地带，白桦林、塔松铺天盖地，无边无沿。后来是冰封的湖泊和低矮的群山。主人介绍说，这里是哈萨克民族一位大汗的龙兴之地。在一个广场上，竖立着一个高高的纪念石柱，石柱的四周布满了草原石人。整个中亚细亚的草原上，有许多这种石人，当然这一组石人是旅游点上的象征物。陪同的导游带我来到一个石人旁，告诉我这个石人是匈奴人的。北匈奴在从亚洲到欧洲迁徙的途中，曾经在黑海到里海这个区域流连过将近两个世纪。导游的这句话让我生出许多的感慨。天下着蒙蒙细雨，我来到一个石人的旁边向石人敬礼，并且在视频直播中说了下面的话：

> 这是草原石人，在欧亚大平原辽阔的地带有许多这样的草原石人，按照当地人的说法，这些是匈奴人从这里迁徙过来而留下的。专家们认为草原石人有三种用途，第一种是牧民在游牧的时候用来祭拜的草原神，第二种是牧民从平原牧场向高山牧场转场时，用作牧道上的路标，第三种就是一个部族和另一个部族游牧时候的分界线。

这些年，随着我在西域地面的游历，我把自己当作一个世界主义者。当我从额尔齐斯河流域一路走过时，我向途经的每一座坟墓致敬，我把它们当作我们人类共同的祖先，我把自己当作他们打发到21世纪阳光下的一个代表。

OK，阿斯塔纳，再见！别克兄弟，再见！

老梅尔夫古城

老梅尔夫古城即梅尔夫古城，位于土库曼斯坦马雷市附近，是中亚地区丝绸之路沿线最古老、保存最完好的绿洲城市。这片宽阔的绿洲横跨了四千年的人类历史，至今仍保留着许多纪念性的建筑，尤其是过去两千年来的建筑。梅尔夫曾是宗教信仰和不同民族的大熔炉。绿洲上矗立的砖质建筑包括宫殿、清真寺、车店和数千幢民居。

离开乌兹别克斯坦城市撒马尔罕，我们仍是沿着高速公路行进，我们是中午休息的时候赶到布哈拉的，在那里吃了午饭，也做了短暂的停留。看见在布哈拉老城，当地用黄土夯筑了一些墩台建筑，可能是要搞旅游吧，我们去看了一看。整个城市就像一个乡镇一样，有些低矮的民房，有些小酒馆。在小酒馆的门前就坐着一个漂亮的、长相有俄罗斯血统的美女，金发碧眼，肤色很白，细胳膊细腿，抽着当地的劣质的细嘴香烟。

离开布哈拉，车队前往土库曼斯坦城市马雷。马雷再往前走三十公里，就是中亚最早的城市，叫老梅尔夫古城。老梅尔夫古城是丝绸之路上一个重要的节点，它的建城时间距今已经有二千八百多年，它是中亚的第一座城市，也是伊斯兰教进入中亚建立的第一座清真寺城市。老梅尔夫古城城治非常大，就在大沙漠里、戈壁滩上，四面的城墙，有的是以原有山冈就势而为，有的又是在沼泽地或者碱滩堆砌而成。在城的四个角上建有四个角楼，在城的西南方向，就有当年所建的第一个清真寺，在清真寺里有两处相隔离的住宅式建筑，供男女信徒分别起居。

老梅尔夫古城和位于陕北、匈奴末代王赫连勃勃所建立的统万城一模一样，都是建在荒凉的戈壁滩上，四角都有城楼，都曾借助城治周边的土包、土丘等天然地势来构筑城墙，而且还有一个重要的相似点，就是它们的城墙上都有马面设置。马面就是在构筑城墙的时候，预留一些窑洞一样的空间，一半在城墙墙体，另一半突出于城墙，并砌封成密闭的隐藏空间，这里面通常可以暗藏三十六个士兵，以及必要的武器、粮食、水等战备物资，一旦敌人即将登上城头、攻破城池了，这个时候把这个空心马面打开，"哇"的一声喊杀，冲出躲藏的勇士，或使钩镰枪专钩马腿，或者手拿大砍刀，连人带马一齐砍杀，往往能以这样的奇兵扭转战局或者制胜。现在在统万城残存的城墙上找到十三个马面，在那些已经残破了的城墙上，也一定有马面存在，只是坍塌了而已。我曾专门钻到统万城的马面里面去过，就从城墙的城头上下来，钻进马面里，然后再从马面的侧边小门走出来，很巧妙的城防设置。

我曾经一直以为这种空心马面设置，就是匈奴末代王赫连勃勃创造的。后来又在史书上知道，赫连勃勃统万城所采用的这种城防设置是在他攻破秃发傉檀南凉都城西平城以后，从那里学来的。直到后来我到了中亚，看了老梅尔夫古城以后，我才明白，原来草原民族的这种筑城设置早在两千八百年前就有了。谁知道到了后来，我又到了榆林神木的石峁遗址，就是距今四千二百年到三千八百年的石峁遗址，它的城治竟然也有马面这种设置，这说明了，就在黄帝部落游走于黄河中上游的时代，很可能就是和草原文化沟通着的。

老梅尔夫古城和统万城唯一的区别就是它比统万城大得多，因为中亚实在太辽阔了，可以很舒展地建设这样一座城。我们的车队从西北角进城，从东南角穿出，汽车全速经过，用了大概半个多小时。在城的北面，有很大两处墓地。其中一块据说是最后一代土库曼王的长眠之地，他们把王叫苏丹。土库曼末代苏丹被中亚枭雄跛子帖木儿所杀，土库曼国土也被统入他的麾下。而另一块墓地，则是土库曼王的两个追随者的墓地，他们为土库曼王修建了陵墓之后，自己也陪葬在附近。而老梅尔夫古城的东南城外，则主要是后来伊斯兰教徒的坟墓。

老梅尔夫古城还有一项很大的荣光，它就是一个名叫雅利安的古游牧民族的发生地，这里是雅利安人最原始的故乡。后来我们知道雅利安人就是从这里四散外迁。雅利安这个词，一种说法说它源自伊朗的波斯文，指"有信仰的人"；另一种说法说它源自梵文，"高尚"的意思。希特勒曾经说他们日耳曼人是纯种的雅利安人，现在随着科学发展，人们可以通过基因鉴定来确认基因来源，鉴定发现，其实德国人身上只有一部分雅利安人的基因（4%），反而是中亚五国和北印度土著居民拥有雅利安人基因要多一些，大概有百分之四十吧。

伊朗人身上也有一部分，伊朗原名叫波斯，20世纪30年代改称伊朗。伊朗就是"雅利安人的家园"的意思。目前已知的雅利安人基因最多的民族是塔吉克斯坦人。

我们在老梅尔夫古城休整停留，各家电视台都很想做一期节目，但都没有被允许。土库曼斯坦是一个奇怪的国家，被称为"中亚的朝鲜"，不许拍照，不许摄像。陕西卫视曾交涉当地，说让笔者做一期节目，也没有被许可，就连使用手机照相也不被允许，微信也无法使用。后来倒是他们国家随行的电视台，让笔者做了一期节目。我们便商量说，能否将高先生的这一期节目，也传给我们中国的电视台。他们的工作人员说不行，称他们国家有严格的规定。

从老梅尔夫古城到阿什哈巴德，还有八百公里的路程。离开老梅尔夫古城，我们的车开始沿着高速公路，一路狂奔，当晚我们将歇息在阿什哈巴德。

在越野车风驰电掣般的行走中，我们的左手是苍凉的伊朗高原（公路行走中距离伊朗边界最近处仅三十多公里），我们的右手则是烟雾升腾、飞沙弥漫的干涸了的咸海。

车队行进了五百公里后，在一个大的土库曼集镇用餐。一块宽敞的空地，搭个塑料大棚。大棚里一行一行堆满了煮熟的牛肉羊肉。大家都进去了。我太累了，就在大棚门口那个大毡上蜷曲着睡了一阵。大毡上有四个当地人正在喝酒，一边喝酒一边用手抓着吃肉。

见我们是中国人，他们打趣说，他们是让牛羊吃草变成牛羊肉，然后他们再吃肉，你们中国人真奇怪，直接吃草。中亚五国有很多到中国留学的学生，回到本国以后，现在服务于国家各个部门。他们留学一般是到西安，先在陕西师范大学上一年预科班，然后再考到中国各地的大学去。

土库曼斯坦

　　老梅尔夫古城离伊朗太近了，我们所行高速公路左边三十公里以外就是伊朗高原，可以看见著名的兴都库什山，它绵延一千三百多公里，从帕米尔高原发脉，一路作为伊朗高原的北缘，延伸到土库曼斯坦的首都阿什哈巴德。我们离开老梅尔夫古城望着兴都库什山前行，下一站就到阿什哈巴德。

　　当我们的车在高速公路上行驶的时候，通红通红的落日照耀在伊朗高原上，照在兴都库什山上，历史上很多人都以穿越兴都库什山为荣耀，亚历山大大帝说"我穿越了兴都库什山"，伊斯兰教的星月远征也穿越了兴都库什山，甚至成吉思汗远征花剌子模，也翻越了兴都库什山。

　　兴都库什山作为伊朗高原的北缘，是和阿姆河、锡尔河所在的图兰低地的分界线，也是伊朗与中亚邻国的国界线，所以伊朗就沿着山脉修筑了军事工事，每隔一段有一个碉堡，中间拉着铁丝网。在西边靠近阿什哈巴德附近的山上，仍然建有一些边防设施。

　　土库曼斯坦和中亚别的国家联络都不甚紧密，他们和伊朗人走得比较近，这可能和他们共有雅利安血统有或多或少的关系。中亚这些国家他们共同追溯的祖先是谁呢？就是称为塞人或者塞种的斯泰基人，这个游牧古族活跃在公元纪元开始之前三五百年，就是所谓的中亚古族大漂移时代。哈萨克斯坦就在首都阿斯塔纳修建了一个大的、像蒙古包一样的塞人纪念建筑。后来他们又把六百多年前草原枭雄帖木儿建立的王朝追为他们民族国家的起始。在乌兹别克斯坦首都塔什干的议会大厦后面，他们城市的最中心位置，建设了帖木儿广场，建立了硕大的帖木儿雕像。在下榻塔什干的第二天早晨，我独自走到帖木儿广场，用手机拍下了帖木儿骑着高头大马昂首前进的照片。在乌兹别克斯坦的撒马尔罕，有帖木儿的坟墓，也有他的雕像。但是土库曼斯坦似乎对这样的部族血统和民族国家缺乏认同，因为帖木儿正是杀死最后一代苏丹并吞并土库曼领土的人。

至于土库曼斯坦人崇拜的又是什么，我们无法给出明确答案，但有一种强烈感觉，在我们在阿什哈巴德下榻的酒店前面，有鹿石，要么是把整块石头圆雕成鹿的形状，要么是在一块石板上浮雕一个鹿的形象，并且在好多酒店门口都有置放鹿石的现象，这不仅仅是在土库曼斯坦，甚至到了东欧的许多地方，还能在酒店、饭店门口见到鹿石。

无独有偶，鹿石的形象甚至大量出现在中国新疆的沙漠、戈壁、草原上，从新疆给我寄来的《新疆文库》上，可以发现在不论南疆还是北疆的广阔地域上，都大量分布着鹿的形象，戈壁滩或者草原上用石头摆成各种图案，在图案的前面往往有一个草原石人，这个草原石人是立起的，而近旁又往往横着一块鹿石。所以说，鹿石可能是某一个民族的崇拜物，鹿是一种图腾，至于到底是哪个古民族的图腾崇拜，学界却没有一个恰切的说法。

阿什哈巴德的南面就是兴都库什山，北面是卡拉库姆沙漠，可以看见沙漠的明沙在阳光下蒸腾闪烁，可以看见沙漠中熊熊燃烧着烈火，那就是传说中的"地狱之门"。那是一个直径约七十米的大坑，1971年由苏联地质学家人为原因形成以后，坑内燃烧的大火四十多年从未熄灭。

我们的车行进在高速路上，天热得好像要着火一样，卡拉库姆沙漠的热气一浪一浪地扑来，太阳在那雾气升腾中，都不那么明亮了，大地上一无所有，只是在有小河沟的地方，长点红柳、长点芦苇，或者高速路的路基上长一点野草，更远处就只是茫茫无际的大戈壁、大沙漠。

我的感觉吧，我们整个穿越行程，中亚国家通关比较困难。这些国家还保留着很多苏联时期的官僚主义腐败遗风，在通关的过程中，总是被百般刁难。就比如给笔者开车的司机艾迪，他是哈萨克斯坦籍，他们国家和土库曼斯坦的一些历史纠葛一直延续至今。艾迪从奥什开始担任司机，可当我们的车队行将进入土库曼斯坦的时候，他说他的护照土库曼斯坦不认可，也无法办理签证。艾迪只能把车交还我们的人来驾驶，他又返回阿斯塔纳，从阿斯塔纳坐飞机到莫斯科等着与我们会合，然后从莫斯科开始，再一次担任我们的司机。

进入土库曼斯坦非常艰难，一般游客根本不接待，不允许穿越他们的国家。对我们一行网开一面，让如此庞大的车队穿越他们的国土，是因为中国大使馆特别照会了他们国家层面的主管部门。在海关，就来了两名当地的年轻人，他们说是志愿者，要给我们做导游。其中一个姑娘叫明莉，她说她在中国留学，在陕西师范大学念了一年预科，又到北京语言学院读了四年本科。我说你跟着我们，又不能付给你费用，你靠什么生活啊。明莉说，她别无所求，只是为了复习和练习她的汉语，为了她对中国的热爱。当然这也完全是一个说得过去的理由，起初我们还很感动，在这样的艰难入关的情况下，还能遇到这样的志愿者，实在是受宠若惊了。另外一个志愿者是男的，他说他是一个外科医生，也是在陕西师范大学读完预科，在延边大学学的医学。

就这样，这两名志愿者在土库曼斯坦全程跟着我们，一个在最前车，一个在最后车。直到经过一个礼拜的行程，在里海的口岸，我们即将登上轮船、离开土库曼斯坦的时候，他们告诉我们，他们是国家安全部门的工作人员，随行是为了全程保护我们的安全。我们还开玩笑说，全程保护的另一个意思是不是就是全程监督。他们也笑了起来。两个年轻人其实也很热情，尤其是明莉还很风趣。

在高速路上，因为没有其他车，我们就把车停在路边，想要方便一下。当我们一群大男人，站在车的背侧，对着高速路的栏杆撒尿的时候，明莉从后面溜溜达达过来了，我连忙喊：大家赶快提裤子，明莉过来了。明莉走过来却说：没有关系的，你们中国人的那个小东西，我见得多了，你们尽管继续，我什么也没看见。然后人家吹着口哨，从我们背后，又溜溜达达地过去。

他们的高速路特别好，我们整整走上一天，也见不到几辆车，就我们的车在走着。我们的车一入土库曼斯坦境，车队刚刚摆开，十六辆车加足油，准备猛跑起来的时候，突然轰隆轰隆的声音铺天盖地压过来，大家吓坏了，抬头看见轰炸机擦着我们的头车，压着我们的车队，从我们的头顶上呼啸而过。接着又来一次，反复了好像三次，一次比一次来得低，一次比一次来得凶险，大家都吓坏了，不知道发生了什么。后来我们才明白，这其实是一种警告，警告我们在他们的国土上不要有什么越轨想法。大家都心惊胆战的。

后来在首都阿什哈巴德，在行进的过程中，明莉突然要求我们把右边的车窗玻璃都升起来，不要向外面张望，说这里经过总统府的围墙了。

他们国家的总统，我看那个长相，像是一个五十多岁的中亚人，戴一顶塔式的帽子，穿着西装，到处都有他的海报。羊圈里有他的海报，他怀抱一只羊羔。清真寺里是他祈祷的海报，幼儿园里有他抱着两个孩子的海报，马场里也有他骑着汗血宝马的巨幅海报。

外国货币在他们国家一律禁止使用，我口渴想在路边买一瓶矿泉水，人民币他们不接受，我给他们美元，他们也不敢要，说收了就要大祸临头了。可能觉着我一个老人口渴得可怜，送了我一瓶矿泉水。他们的矿泉水瓶子大，顶我们国内的三瓶。

阿什哈巴德的电视转播塔，就建在兴都库什山的半山腰。而与此毗邻的，则是伊朗的白色边防站，连成一线的哨卡和铁丝网。我为什么能判断出那是阿什哈巴德的电视转播塔，因为夜来，那塔灯火通明，而从市区前往转播塔的弯曲公路上，有许多汽车灯光。阿什哈巴德城中，建有多座清真寺，这些建筑典雅、高贵，富丽堂皇，占地面积广大。而在阿什哈巴德的城中心，矗立着高高的独立纪念碑，纪念这个国家在20世纪90年代初的独立。这种形式的纪念碑，记得在哈萨克斯坦首都阿斯塔纳，笔者在主人的盛情邀请下，也参观过。

中亚的"十字路口"撒马尔罕

撒马尔罕位于泽拉夫尚河流域的山间盆地，东北部有突厥斯坦山的支脉，南部有泽拉夫尚山的支脉，西南方是卡尔纳布楚里草原，北部邻近克孜尔库姆沙漠边缘。撒马尔罕意为"肥沃的土地"。

撒马尔罕是中亚最古老的城市之一，地处古丝绸之路的要冲，丝绸之路上重要的枢纽城市，有两千五百年的历史，为古代帖木儿帝国的首都。当年成吉思汗西征，大汗的大营就扎在撒马尔罕。撒马尔罕连接着中国、波斯帝国和印度这三大帝国，善于经商的粟特人把撒马尔罕建造成一座美轮美奂的都城，也被公认为中亚乃至世界文明的"十字路口"。

我们的行走始终沿着高速公路，从吉尔吉斯南部城市奥什到乌兹别克首都塔什干，再从从塔什干到乌兹别克第二大城市撒马尔罕。

在撒马尔罕，我只停驻了一个晚上。昏暗的夜晚，在干热得叫人喘不过气来的空气里，有散布在广袤原野上简陋的低暗的建筑，还有那遍布在老城和新城四围的古老坟墓。

空气十分干燥，仿佛一根火柴就能点燃。当夜幕降临后，大地一呼一吸，慢慢地吐纳，于是这雾气就慢慢地消退了。接着是满天星斗，像一口大锅一样扣在我们头顶。一轮又圆又大的月亮，从费尔干纳盆地的东头升起来了，十分的巨大，十分的魔幻，仿佛童话一样。那月亮甚至占据了东边的半个草原和半个天空，仿佛一幢矗立在那里的楼房一样。六岁之前的李白，他大约看惯了这样的月亮，就像此处那些敞着肚皮，光着脚丫，暮色中四处乱窜的男孩一样，所以他在后来的诗中说："小时不识月，呼作白玉盘。"

新城区和老城区，隔一条马路。我们的十六辆汽车，加上那辆奇形怪状的卫星转播车，就停靠在路边。然后人从车上走下来，依次迈入老城。

当地的居民，一簇一簇地围在街口看热闹。老人们头上围着布巾，坐在街口的某一个台阶上，抽着烟，面无表情地看着我们。妇女们则叽叽喳喳地，交流着她们对这些不速之客身份的判断。孩子们一群一群地，像捉迷藏一样，绕着街口的建筑物四窜。有几个半大孩子，将自己停在自行车上，一只脚点地，从四面包围着在路边一个台阶上歇息喘气的我，叫我生出许多的怯意。

这里的人，肤色深沉，因为成年累月与风沙对抗，又承受无边无拦的中亚细亚阳光的炙烤，面部的表情因此显得呆滞，褐色的面孔上那白眼仁特别的夸张。那几个半大孩子就用那白眼仁死死地盯着我，突然间暮色中一声口哨，他们蹬着车子离开了。我于是松了一口气，起身拖着沉重的步子，向马路对面的老城区走去。

所谓老城，它的主要建筑是几座大的清真寺，这大约是安拉之剑挥手向东，沿着费尔干纳盆地西沿，兴都库什山北沿，抵达撒马尔罕后，星月远征军留给这里的遗存。说遗存大约是不准确的，因为清真寺目前还在使用，且香火十分隆盛。

我判断不清方向，那太阳落下地平线的方向，应当是西南方。太阳在这座巨大的清真寺的后方，停驻了片刻，便猛然一跳落了下去，于是西边的天边，红霞满天，给人一种奇异的感觉。记得我当时用手机拍了一张照片，注明撒马尔罕老城字样，发了出来。一位大学教授看了后，留言说，他臆想中的撒马尔罕，就该是这样子的，似梦似幻，无限庄严，因承载过那过重的历史而沧桑、疲惫。

我坐在另一座教堂的台阶上，摊开一条蓝色哈达，这哈达是路过塔里木盆地的库尔勒时，当地人送我的。风很大，草原、戈壁地面，大约太阳落山时都会例行公事地刮上一阵这样的风。那风叫我想起一首流行歌的歌词：那里有风有古老的草原！我奋力将蓝哈达铺开，用脚踩住，将这次"欧亚大穿越丝路万里行"所携带的一本书、一个放大镜、一双老布鞋、一只茶碗（建盏）、一饼最好的普洱茶，摊在蓝哈达上。

然后点燃三支香烟，将袅袅青烟腾起的三支香烟，整齐地放在沙赫静达大墓前。大墓建于14世纪和15世纪，由十三座陵墓和一座清真寺组成。沙赫静达意为"永生之王"，是撒马尔罕的执政者及其家属的坟墓。建筑的基调为青色，以彩色陶瓷贴面作为装饰。其中最主要的一座是伊斯兰教创建人穆罕默德的堂弟库萨姆之墓。帖木儿大帝的妻子图玛－阿卡和侄女图尔坎－阿卡也葬在这里。

我双膝跪地，将那本名曰《我的菩提树》的著作，双手举过头顶，我依次向我们光荣的祖先，最初踏勘出西域道的张骞致敬，向自这里翻越大雪山，前往五印取经的玄奘致敬。

撒马尔罕有太多的故事，公元前300年前的世界伟大征服者亚历山大大帝，大约也正是站在我今天所在的这个地方，对他的帝国军队说，世界的尽头在哪里？山的那面是什么风景？且让我们去看一看。说完马鞭一挥，顺着阿姆河河谷，向帕米尔高原走去。

他大约也只走到今天的阿富汗首都喀布尔城，或者说，还没有到喀布尔城，而在距喀布尔还有一百三十多公里的地面。一场大战之后，留下一座名叫亚历山大里亚的城市，然后班师回朝。为了实现他的"世界的尽头在哪里？且让我们去看看"这个梦想，他将他的军队分成了两支，一支顺陆路返回，而另一支，一直穿越五印大地，顺印度河走到阿拉伯湾，然后乘船而返，回到马其顿。

而这个世界的十字路口撒马尔罕，亦是佛教传入东方，传入中国的最重要的一条通道。根据纪录片《玄奘之路》导演、我的好朋友金铁木的考证，佛教的东传，正是在这里开始有了画像。而在此之前，只是将佛脚印作为崇拜物。另者，金导演还考据出，汉传佛教的著名掌故、汉明帝夜梦金人的故事，那两个自西方而来的身披黄金袈裟、深目高鼻的得道高僧，他们竟是来自这撒马尔罕。金导在拍摄中，找到了这两个高僧的姓氏延续的族人（摄摩腾、竺法兰）。

根据官方的说法，正是由于这两个高僧的到来，开始了汉传佛教史。汉明帝刘庄将两位高僧安置在一个名叫鸿胪寺的官衙里。高僧将他们乘骑的白马拴在寺门口的大树上。洛阳城的老百姓嫌鸿胪寺这两个字眼拗口，于是俗称白马寺，从此，中土地面的凡有和尚居住的地方，都称"寺"了。

关于撒马尔罕，还有许多故事。这里是成吉思汗西征花剌子模，支起大帐篷，设立指挥中心的地方。这里还是另一位草原王，被称为跛子帖木儿大帝的出生地，以及他建立帖木儿帝国时的都城。中亚地面的城市里，布满了他的青铜塑像。这些中亚国家，将他们的建国史，追溯到六百多年前的帖木儿帝国时代。

我在乌兹别克斯坦首都塔什干，在国家议会大厦后面那个帖木儿塑像前做视频直播时说，你要了解中亚，你想了解中亚的历史和现状，你必须去了解一个人，这个人就是帖木儿。

帖木儿的陵墓，据说就在我席地而跪的这座清真寺的后边。风停了，暮色四合，开始有星斗出现。我揉搓了一阵自己跪久了的膝盖，然后，以手拄地，猫腰站起来，开始收拾蓝哈达上面那些物什。

我曾经产生过一个奇异的想法，想将手头的这部我耗时四年写成的《我的菩提树》一页一页地撕下来，用打火机点燃，算是我烧给张骞、烧给玄奘、烧给那些历史人物的纸钱。但是，警察或者保安之类的人，自我跪到这里后，就一直在不远处的街角站着，从而让我打消了这个念头。中途他曾经过来过几次，询问我。语言不通，我指了指自己胸前那个国家标志，他就算明白了过来。而当我将蓝哈达铺开，他笑了，他把我当成一个香客，一个朝圣者，一个游方僧，一路走来，叩着长头，宛如古人，向帕米尔的另一边走去。

起身之后，我一边打手势，一边说着帖木儿陵墓这几个字。他听明白了，向我的身后指了指。

夜色中，隐约能看见教堂背后，帖木儿那骑在马上的青铜塑像。塑像背后，就该是他的陵墓了。在塔什干，也有一座他的陵墓，传说那是衣冠冢，而葬埋着他真身的陵墓，就在撒马尔罕。

我没能到帖木儿的陵园去拜谒。天已经很晚了，灯光暗下去，老城恢复了死寂，而新市区那边灯光也出奇的黯淡。我是有一些怯意。而这时，人们在叫我，这是一个团队，我得和大家一块走。

第二天早晨，我们的车队在市区低矮的民房间和简陋的街道上转悠了一阵，然后在路边的一个二层楼上吃了一碗拉条子拌面，尔后又在高速路口那堆积如山的甜瓜摊上买了些甜瓜，这样就上路了。这拌面叫人想起新疆的拉条子，甜瓜则叫人想起新疆的哈密瓜。两块盆地的吃食几乎一模一样，而这边则更粗放和原始一些。

当车走在高速路上的时候，人们说，往左看，那条河就是阿姆河，张骞和玄奘叫它乌浒水，那河上有座桥，桥那边就是塔吉克斯坦境了。

我把目光送过桥，送过那有着故事的帕米尔远方，而我的身子，则随着车向西南更西走去。去拜谒那雅利安民族的发生地，中亚最古的一座城市老梅尔夫古城，拜谒那出汗血宝马的大宛贰师城，去穿越里海，去顺着成吉思汗三千里草原黄金道，直抵莫斯科。那里有我的一次讲演，日子已经确定和公布，我得如期赴约。

　　再见了，撒马尔罕，这座被称为世界的十字路口的地方，这四大古老文明的交汇处，这世界三大宗教的交汇处。

　　在告别它的那一刻，我想起这座城市的另一件历史的光荣。撒马尔罕有一段时期，曾经是一个名叫康国的都城。大唐王朝曾在撒马尔罕设康居都督府，属二级都督府，归建于吐鲁番地面安西都护府管辖。而阿姆河和锡尔河流经的这片草原，被那时的中国人称为"河中地"。那是一段历史。

在斯维斯拉奇河边交流

我们一路走来，从古丝绸之路的始发地古长安城出发，穿越中亚五国，穿越巴基斯坦、阿富汗、伊朗边境，穿越里海和阿塞拜疆，穿越广袤的俄罗斯原野。今天，从二战名城斯摩棱斯克，进入白俄罗斯，来到白俄罗斯首都明斯克。

我们一路走来，唯一的目的就是学习。《百年孤独》开头是这样的情景：一位魔术师拉着一个大冰块，穿过一个叫马孔多的小镇。小镇道路两旁所有的铁器，都飞起来了，劈劈啪啪地落在这个冰块上。小镇的人们惊呼道："圣迹出现了！哈哈，朋友！这不是圣迹出现，而是因为这个冰块中包着一块大磁铁。"

各文明板块产生的文化成果、文明智慧，是人类的财富。一个聪明的国家，一个聪明的民族，会懂得吸收，海纳百川，有容乃大，无问西东，为我所用——这就是我一路行来的想法。

24日，我在莫斯科演讲时，我说：我向俄罗斯光荣的文学传统致敬，向普希金致敬，向列夫·托尔斯泰致敬，向陀思妥耶夫斯基致敬。俄罗斯广袤的原野上，不但产生遮天蔽日的茂密森林，也产生一个又一个痛苦的思想者。

当我说出我熟悉俄罗斯所有经典作家的主要作品，我能将普希金所有的诗歌倒背如流时，台下响起雷鸣般的掌声。

普希金被称为俄罗斯现代文学的奠基者，被称为一切开端的开端。在演讲结束后，在楼道里，一群俄罗斯女听众围着我，让我朗诵一首普希金的诗。于是，我朗诵了《致大海》。我说，这是普希金为悼念兵败于博罗季诺之役的法国统帅拿破仑而写的，在写作的途中，惊悉英国大诗人拜伦去世于希腊半岛，于是这诗还有一个副标题，叫《兼致拜伦》。

当我请白俄罗斯作家国沙先生介绍一下白俄罗斯文学的现状时，国沙先生说，苏联解体以后，白俄罗斯成为一个独立的国家。我们也正在努力寻找白俄罗斯文学在世界文学大格局中的位置，我们一直在努力，我们有个天然的优势，即处在东方与西方的中间位置——世界中心，我们可以左右逢源，同时接受来自东方和西方两个方向的文化滋养。

中国当代文学的现状是不能令人满意的。虽然我们每年有几千部的长篇小说出版，但大部分是泛泛之作。我们多么平庸啊！我们缺少像列夫·托尔斯泰《战争与和平》那种长江大河式的宏大叙事，陀思妥耶夫斯基《卡拉玛佐夫兄弟》那样撕肝裂肺地对俄罗斯民族灵魂的拷问。中国改革开放已经四十年了，这个大变革的时代出现了多少故事，多少人物，我们不敢走近，或没有能力走近它和表现它，我们欠下这个时代一笔债务。

文学巨匠鲁迅先生去世后，郁达夫先生为他的灵堂写的挽幛是：一个没有天才出现的民族，是愚昧的生物之群。一个有了天才出现而不知道爱惜的民族，是不可救药的奴隶之邦！

我们刚才从明斯克市区穿过时，夜色中看到一条穿城而过的大河，宁静、蔚蓝，国沙先生告诉我，那是著名的欧洲第三大河第聂伯河的一条主要支流，叫斯维斯拉奇河。

《第聂伯河》是我听过最忧伤的歌，或者说最悲凉的歌，没有第二。当年北京赴延安插队的知青，聚会时常唱起这首歌，当时我不知道这首歌的名字。后来，西安外国语大学的俄语系主任、一位资深的女教授告诉我，它叫《第聂伯河》。说完，这位白发苍苍、气质高雅的老人和她的同事一起唱起女声小合唱。

　　女教授说，有一部苏联的著名小说，叫《钢铁是怎样炼成的》，奥斯特洛夫斯基的作品，影响了几代中国人。有个叫孙维世的女孩，回国后将它排成一部话剧，叫《保尔·柯察金》，在北京的舞台上演出，那《第聂伯河》就是这部话剧的主题歌。

　　这天晚上，在明斯克的晚上，对着作家国沙，对着电视机镜头，我也唱了一遍《第聂伯河》，声音哽咽，有眼泪流出来，这是我这个年龄段的人的一种记忆。

　　我把新作《大刈镰》送给国沙先生，请他指正。我说这是我最新的长篇，刚刚参加完2018中国图书博览会，上了图书发行榜前十。我说，这是一本向草原致敬的书，向马致敬的书，作为中国的最后一代骑兵，这是对那个辉煌了两千年的兵种的一种悼念，也是对我苍凉的从军年代的祭奠。

　　书中有六幅图，我逐一向国沙先生介绍。我指着那一幅挥舞着大刈镰的画图说，我的大拇指上至今还有一道深深的伤痕，那是在打草的间隙，磨镰时被割伤的。那是在中亚草原，苏联-吉尔吉斯斯坦作家艾特玛托夫笔下的苦艾草原。插图中，还有一幅草原石人。我对国沙说：中亚地面，以及辽阔的欧亚大草原，布满了这种石人，按照专家的推测，这些石人是突厥年代的产物，它的用途通常有三种，一是牧人游牧时奠拜天地的神物，二是从平地向高山牧场转场时的路标，三是游牧部落牧放牛羊时的分界线。

　　今年的10月4日，是艾特玛托夫去世十周年，诞辰九十周年纪念日。那里将要召开一个国际笔会，本来我应吉尔吉斯斯坦总统之邀，要去参加那个笔会，向这位草原之子、大山之子献上敬意。因为与2018丝绸之路万里行活动时间上冲突，只好放弃了。

我们从莫斯科经过，从博罗季诺俄法古战场经过，从斯摩棱斯克经过，从明斯克经过，路过这些古战场，凭吊怀古，我想起中国古人的那两句诗：九里山前古战场，牧童拾得旧刀枪。

末了，既然我们前面提到了艾特玛托夫，那么就用艾特玛托夫的晚年作品《待到冰山融化时》的一段话作结：世界是一个整体，大家都在一条船上。假如有海难发生，谁也不能幸免！

2018年9月26日晚对话

2018年9月27日早追记于明斯克

明斯克遐想

明斯克是古丝绸之路进入地中海地区的一条重要贸易通道，它位于欧洲东部、第聂伯河上游支流斯维斯拉奇河畔，白俄罗斯丘陵明斯克高地南部。明斯克市是白俄罗斯首都，是白俄罗斯政治、经济、科技和文化中心，也是明斯克州首府，现在是独联体总部所在地，还是当年苏联宣布解体的地方。

当行程开始的时候，我就告诫自己，将过去的自己完全地抛开，腾空身子，以狂喜的初心去迎接每一处风景，但是，行进到这里，我明白了，我是做不到的。你永远抛不开阅历和年龄带给你的重负和经验。

国沙先生是白俄罗斯作家协会副主席，中文说得极好，感觉好像经常来中国，对中国、对西安、对兵马俑都熟悉。前面那篇类似短文的东西，是我与国沙先生的对话记录。第二天早晨，电视台的人像蜜蜂一样，扛着机器上明斯克街头采访去了，我一个人坐在宾馆的大堂里，向前台要了几张打印纸，凭记忆记录下我与国沙先生的对话。

在写作的时候，我给自己的舌头底下压了三颗速效救心丸。大堂里，阳光从落地窗上射进来，十分明亮，窗户外的河流腾着白烟。整个明斯克城，因了这穿城而过的河流的缘故，笼罩在柔曼的轻纱中。大堂里仍然不准抽烟，因此我在写作时，要不时地停下来去户外抽一支烟。

大堂经理是一个十分漂亮的白俄罗斯姑娘，坐在柜台后面扬起一张小脸，面色淡漠地看着我写作。她的尖尖的鼻子叫我想起了网络上流行的一句话：假如埃及女王的鼻尖没有那么高，世界历史也许就会重写了。这大约是个涉外酒店，来去的客人很多，因此姑娘对这个写作者欣赏的目光好像已经习以为常。

在我的这次行程中见过的最漂亮的一个姑娘，是在中亚的布哈拉老城。大家都上老城参观和拍摄去了，我坐在车里，透过车窗，看见老城出口对面的一个院子里，走出一个一身素白的女子。她是出来抽烟的，倚着门框，掏出打火机，点燃一支细支香烟，向天空吐了一口烟圈。她的皮肤白极了，面白如雪，金黄色的头发蓬松在中亚细亚炙热的阳光下，两条细腿交叉着站立，整个一个芭比娃娃的形象。

那院子里有嘈杂声，大约是人们在吃饭、喝酒和娱乐。我无从判断这姑娘是做什么的，是女招待吗？或者是客人带来的女宾？后来我下了我的十号车，向姑娘走去，想打个招呼。走到半途，我又胆怯了，停在了路口这边。我的衣着也太寒碜了，蓬头垢面的。姑娘后来看了看我，用眼睛白了我一下，一支烟抽完，她将烟头在门框上摁灭，然后一转身回了院子。眼前的风景消失了，我的眼前又是一片中亚细亚的蛮荒，而耳畔，传来那从院子里放出来的音乐：有一个地方很远很远，那里有风有古老的草原。

在欧盟总部布鲁塞尔的演讲会上，我的邻座坐着一位黑人美女，她乌黑浓密的头发用一个白色的箍儿箍住，褐色的面孔十分俊美，双眼皮，眼睛里黑白分明，猩红的嘴唇，脖子上戴着一串琥珀项链，衣着华丽。名片上是欧盟中国贸促会副秘书长。依我的经验，那些肤色乌黑发光的黑人，一般是刚移民来，或做难民来的非洲、南美洲的新移民；那些肤色较浅的一般是移民的第二代，而类似这位美女的肤色应当是第三代了。这里插一句，本书前屡屡提到俄罗斯文豪普希金，他自称是彼得大帝的黑奴，他的肤色就应当是这样的。他的身世往前追三代或四代，彼得大帝远征非洲，归来后带来一个黑人保姆，于是有了后面的繁衍。

那首著名的歌曲《第聂伯河》，我第一次听它，是从一个北京赴延安插队的知青那里听到的。那时我刚刚脱下军装，在一个不大的单位当文书。他个头很高，腰身像蚂蚱一样弓起，身上一到冬天，就穿一件原本是蓝色、现在已经发白发黑的西领大棉袄。传说他是个小偷，每年春节前回京探亲时，火车上偷一路，回来时火车上再偷一路，而在单位上班时，他是一个本分的人。早晨上班了，他揉着个眼睛，哈背着个腰，左右两个大襟，双手捏着，迈一步，大襟一扇，唱一句：在那乌克兰——停顿一下，再迈一步，接着唱——辽阔的原野上——等走到车间门口，落在那句"白杨树叶——飘落地上！"打一个嗝，停止。这是我听到的最为悲怆的歌曲了。现在，尽管歌唱家把它修饰得那么美，歌词也唱得那么完整，但是，这首歌当年带给我的震撼已经没有了。

第聂伯河是欧洲东部的第二大河（第一大河为多瑙河），发源于俄罗斯瓦尔代丘陵南部混交林地带的沼泽地，河流先由北向南流，先后流经俄罗斯的斯摩棱斯克州、白俄罗斯和乌克兰，最后在赫尔松西南三十公里处注入黑海，河流全长二千二百八十五公里，流域面积五十点三万平方公里。

人们习惯将第聂伯河划分为上第聂伯河与下第聂伯河，上第聂伯河是从河源至乌克兰境内的基辅，下第聂伯河是从基辅至河口。

每当春暖花开之际，河流上游的冰雪融化，河道变宽，穿过乌克兰中部，水资源十分丰富，使土地得到滋润。这也是乌克兰被称为"欧洲粮仓"的主要原因。

里海的白轮船

　　里海虽称海，却是一个巨大的内陆咸水湖，因为其面积足够大，以及其性质偏向于海水，所以叫海。里海位于欧洲和亚洲的交界处，是世界上最大的咸水湖，也是世界上接壤周边国家最多的湖，一共与五个国家接壤。

　　里海拥有与海洋相似的生态系统，海运业发达。里海在地理学上属性为"海迹湖"，它与黑海最后分离成为一个内陆湖泊，距今不过一万一千多年。它长约一千二百公里，宽平均为三百二十公里，有伏尔加河、乌拉尔河等大小一百三十多条河的河水流入。里海的南面和西南面被厄尔布尔士山脉和高加索山脉所环抱，其他几面是低平的平原和低地。湖水总容积为七万六千立方千米。里海有五十个岛屿，多为小岛。西北部的车臣岛最大，其次有秋列尼岛、莫尔斯科依岛、库拉雷岛、日洛依岛和奥古尔钦斯基岛。

　　我们的车队从土库曼斯坦首都阿什哈巴德出发，一天的行程，抵达里海岸边。这大约是土库曼斯坦最靠西的城市了，它叫土库曼巴希。沿着海岸边，突兀地生长出一溜红色的石山，迎着我们来路的这座红山为最高。立在路旁，红色的悬崖扇形地展开，像一面拓展的旗帜。后面的山稍微平缓一点。城市居民区就在这扇向阳的坡坎上。

在苏联时期，土库曼巴希是著名的滨海旅游城市。劳动模范、作家等，会作为福利性质，被安排到这里度假。中亚细亚的夏天，临着这一湾绿水，倒还是有一些凉意的。不过现在，游客已经十分稀少。宽敞讲究的宾馆，仅仅只住着我们这个车队。

里海与咸海、地中海、黑海、亚速海等原来都是古地中海的一部分，经过海陆演变，地中海逐渐缩小，上述各海也逐渐改变它们的轮廓、面积和深度。所以，今里海是古地中海的一部分，地理学称之为"海迹湖"。

那么它究竟是"海"还是"湖"呢？就在我们从此路经后不久，里海沿岸五个国家，土库曼斯坦、哈萨克斯坦、俄罗斯、阿塞拜疆、伊朗举行了国家联席会议，提出了一个说法，这口号叫"里海不是海，也不是湖，若要给它一个准确的定义，那就是：它是一片水域。"

里海和黑海原本是连在一起的，它们的分开才是一万一千年前的事情。在时间的长河中，这个一万一千年简直可以简短到不计。由于地壳变化、抬升，它们一东一西，分成两个海。

里海的主要来水是那条著名的伏尔加河，就是歌曲《伏尔加船夫曲》里歌咏过的那条河流，也就是俄罗斯巡回画派代表作《伏尔加河上的纤夫》所描绘的那条河流。当我们的车风驰电掣般从这地老天荒之境驶过时，有一条细细的河流，从草原深处蜿蜒流来，导游说："瞧，这就是伏尔加河！"导游的话我是有些不太相信的。河道并不宽，也就是三十米左右吧，水是极深的，而且十分湍急，水颜色深蓝。这湍急的流水将草原与沙丘地貌勒了一条很深的河床。

导游解释说，准确地讲，这只是二分之一的伏尔加河。伏尔加河在接近里海后，分成两支，主要的一支沿西岸往南流，另一支沿北岸往东流。河流为什么要这样做呢？我们不知道，也许它有自己的原因吧！

土库曼巴希应当是一个相当大的里海码头。码头顺着海岸线，摆了有十多公里长。码头上摆满了伸着长臂的塔吊。早晨，当一轮红日从红色悬崖的那个方向升起时，整个海宇，整个码头，便罩在一片梦幻般的红光中。

我们在土库曼巴希等待了两天半的时间，眼巴巴地等待着里海深处那艘白轮船的出现。那情景，就像吉尔吉斯斯坦作家艾特玛托夫在他的著名小说《白轮船》中所描述的那样：一个怀着梦想的孩子，渴望诗与远方的孩子，静静地等待着童话一样的白轮船，在苍茫的远方出现。

直到第三天的中午，这艘白轮船才从遥远的海平面上出现了。它好像不动一样。但确实是在动。终于在我们的注视下，它缓慢地、好像不大情愿地驶入了土库曼巴希码头。停泊的那一刻，它长长地、响亮地拉了一声汽笛。尖利的汽笛声让绕着白轮船烟囱飞翔的海鸥，哗一声四散。

我们的汽车开始装船。我们自己则排着队伍通关，通关以后则踩着旋梯登船。给我开车的来自陕西村的司机艾迪，他的哈萨克斯坦护照没能从土库曼斯坦入境，于是折回阿斯塔纳，然后从那里乘飞机到莫斯科，等着与我们汇合。我的车，现在是由电视台一位年轻的编导代开。

在登上轮船的那一刻，我返身下船，拍了一段视频直播。以白轮船为背景，以里海的万顷苍茫为背景，趁着夕阳还残留一抹余晖，挂在远方的高加索山的山巅，光线尚好，我清清嗓子，对着镜头说："这里是里海，这里是土库曼巴希码头。请让我在这里，把自己站成一个路标，东边手指处是亚细亚大陆，西边手指处是欧罗巴大陆。欧陆与亚陆，本来就是一块连在一起的大陆板块，并没有明显的地理界线。通常，人们走伊朗、土耳其那一条道路进地中海，会把伊斯坦布尔城旁边的河上那座桥，作为欧亚大陆的分界线，而如是走里海、高加索、乌拉尔、成吉思汗三千里黄金道，这介于亚细亚与欧罗巴之间的里海就该是它的假定分界线了。"

在乘坐白轮船穿越里海的第一个夜晚，我的心脏病突然发作，这条小命差点扔到那块地老天荒的苍茫水域上了。现在想来，还是一阵后怕。

我住在二十二号房间，在轮船的第三层。房间很小，两边靠墙支两张床，中间放个床头柜，进门的地方有个十分狭窄的卫生间。和我同住一室的，是甘肃电视台的梁主任。里海的夜晚，冷极了，而我们房间的头顶有一只抽风机在拼命地嗡嗡着，在不停地把冷空气送进来。

上了船后，我先是摸摸索索地顺着铁楼梯爬上三层，找到自己的房间，接着，接到通知说，要到停在底舱里的汽车上去取行李。我本来也没有什么行李，但是手机要充电，烧水壶也得拿上来，还有那一大包的药。这样，我又摸摸索索下到一层，然后再寻找进入底舱的门户。攀着铁楼梯往下走着，好容易下到底了，然后寻找我的十号车。十号车找到了，取下行李，然后再往上攀。我的心口突突地跳着，脸色苍白，直冒冷汗，扶着栏杆歇息了几次，才重新回到二十二号房间。

回到房间摸摸索索地泡了包方便面吃了。吃完后便和衣躺下。床上什么也没有，只一个硬木板，木板上铺着一个颜色已经发灰了的旧床单。我和衣躺下，蜷缩成一团。头顶上的抽风机在使劲地叫着，冷风一波一波地往我身上吹。这应该是轮船的最高一层，它的上面就是里海冷风呼啸的上空。我冷得实在受不了了，于是将梁主任唤醒，问他能不能将这抽风机关掉。梁主任起来摸索了半天，说关不掉，这好像是船上的一个什么装置，统一管理着的。

我就这样迷迷糊糊地睡着了。睡到半夜的时候，被冻醒了，全身不停地哆嗦，打着冷战，上牙齿嘎嘎地磕碰着下牙齿。最要命的是气上不来了，两条腿还在使劲地抽搐。我明白，这是心脏病发作了。

在我的漂泊的命运中，在我动荡的生活中，突发过三次心脏病。一次是在甘南草原上，一次是在云南玉龙雪山，而这次，算是第三次了。我没有再叫醒梁主任，我决心自己来处理这件事。

你见过猫儿的死亡吗？猫儿知道自己要死了，它不愿惊动这个世界，而是从主人的家里悄无声息地走出，然后来到森林中，或旷野上，或一堵墙的拐角，然后用爪子，象征性地刨上一个坑，自己卧在坑里，闭上眼睛去迎接那死亡。

早年间，在我居住的县城里，有一个乞丐，每天他从县城乞讨回来，都要在路上捡上一块砖头。他住在城郊的破窑里，没有人知道他捡这块砖头干什么。直到有一天，全城人都突然想起，怎么这么久不见那个乞丐的身影了呢？没有他，这城市好像缺了点什么似的。于是，人们寻找到乞丐居住的那个破窑，结果发现，这破窑迎面的那一堵墙，那门那窗已经被砖头严严实实地堵住了。原来这乞丐捡砖头，就是为了这事。原来这砖头捡得可以将门窗封死的那一天，就是乞丐不惊不扰、离开人世的那一天。

我摸摸索索掏出一瓶速效救心丸，倒了一把在手心，然后数也不数，将它们填进嘴里，压在舌头底下。热水壶当初泡完方便面后，还剩点水底子，我就把这口水喝了。这速效救心丸是我临出发时，年迈的母亲从她的口袋里掏出来的，她说也许用得上。而现在，果然用上了。

还有一个小瓶子，装着老山参粉，这是一位企业家朋友，专门为我此行制备的。我于是又将这粉末，搓了一撮在口中。

接下来的事情是我想上厕所。肚子鼓了一股气。我想如果能放两个屁，或拉一泡大便，这气就放了，脑压就降下来了。于是我摸摸索索地溜下床，鞋也不敢穿，怕一低头，栽倒，就再也爬不起来了。这样我光着脚，扶着床沿，扶着墙壁来到卫生间。

当重新回到床上的时候，我的身体也不像刚才那么冷了。响动声惊醒了邻床的梁主任，采访了一天的他，睡梦中问我有什么事，要不要帮忙。我说不用了，岁月静好。

我静静地躺在床上，再也不能入睡，就这样想着事情，一直捱到天明。在那段时间我回想自己的一生，回想着自己还欠这个世界什么账单，回想生命是如此脆弱和短促，从这个白轮船时刻开始，余生该拣一些重要的事情做才是。

门外传来了嘈杂声，我披上衣服，扶着墙壁向外走去。同室的梁主任早已起了，带着架子去了甲板，正在拍这里海的日出。里海的水是碱水，浅处是青灰色的，深处是蔚蓝色的。天空亦是一片灰蒙，浮云低垂在海面上。成群的海鸥在绕着轮船翻飞。一枚鲜红得像要滴血的太阳，从东方的海平面缓缓升起，仪态万方地君临我们的头顶。太阳的红光反射在海面上，海水出现千变万化的色彩。

那甲板挤满了人。大家都在看海，还有人攀到那高高的塔上去拍照。原来这轮船上还载了这么多的人。猛然，大家看见远处出现了的海岸，出现了有着高高吊臂的码头，尤其是，大家看见了那面红色的悬崖。

"巴库到了。巴库！巴库！"甲板上已经有人叫喊起来。但是喊声很快就停止了。因为我们的船就要驶向的码头，更像是我们昨晚上离开的土库曼巴希。后来，判断被证实了，轮船要停靠的码头果然是土库曼巴希。接着又嘈嘈起来，说我们的船上有一名恐怖分子，所以行驶中被勒令返回。这个传言很快得到了证实，只见两个穿着制服的人，从船上押了一名乘客。乘客被反剪着双手，带下船去。

这艘白轮船又停泊了一会儿，好像在思考什么问题似的。终于，谢天谢地，它开始动了。汽笛长鸣一声，轮船分开海水，又向深海中驶去。

第三个早晨，白轮船终于抵达阿塞拜疆首都巴库。巴库那堆满鲜花的山冈，高大伟岸的楼房建筑以及码头广场，那和煦的秋日阳光，在拥抱疲惫的我们。

就在我们抵达巴库的同一时间，一列中欧班列"长安号"货运列车也同一刻抵达。这是一列自西安发车，终点站是阿塞拜疆巴库的中欧货运专列。车头上，"长安号"那三个大字好像是西安国际港务区的主任请我写的。

我们没有在巴库停留。将车从轮船上卸下来以后，就赶快驱车绕着里海岸边，一直向西北，前往俄罗斯高加索要塞。

处处水域欧罗巴

欧洲，全称"欧罗巴洲"，名字源于希腊神话人物欧罗巴。希腊神话中的腓尼基公主欧罗巴，被爱慕她的宙斯带到了另一个大陆，后来这个大陆取名为欧罗巴，也就是现今的欧洲。根据神话，欧罗巴是欧洲最初的人类，也就是说欧洲人都是她的孩子。

欧洲位于东半球的西北部，欧洲东以乌拉尔山脉、乌拉尔河，东南以里海、大高加索山脉和黑海与亚洲为界，西隔大西洋、格陵兰海、丹麦海峡与北美洲相望，北接北极海，南隔地中海与非洲相望。大陆东至极地乌拉尔山脉，南至马罗基角，西至罗卡角，北至诺尔辰角。

欧洲面对大西洋，背靠亚洲腹地，处于大陆西岸的位置，水平轮廓破碎，陆地与海犬牙交错，多半岛、岛屿、海湾和内海。整个欧洲地势的平均高度为三百四十米，地形以平原为主，南部耸立着一系列山脉，总称阿尔卑斯山系。欧洲河网稠密，水量丰沛，最长的河流是伏尔加河，长三千六百九十公里，第二大河是多瑙河，全长二千八百五十公里，是世界上流经国家最多的河。

我的感觉，在西欧，一个接一个的水域，好像才是地表的主体、母体，而那些陆地，是掺杂漂浮在这些水域中的，像一块块舢板，客居其间一样。

波罗的海，你从一千公里的远处，就能看见那海面上铅灰色的乌云翻滚。云彩占据了整个西边天空，风儿驱赶着乌云，像有八万四千只大尾巴绵羊在急匆匆地奔驰。那羊群并不是安静地行走，而是互相追逐着、穿插着、跳跃着。阳光有时候会从乌云背后射出光线，给一朵一朵云彩的顶端抹上一丝一丝光亮。

北海则宁静而深邃，缄默而博大。我是在荷兰海牙海岸那一处看海的，我们就下榻在海岸。那是一个伸手不见五指的漆黑夜晚。我们边走边问，穿城而过，天黑的时候来到海边码头。码头上停满了大大小小的轮船。我们要看的海，要看的这两海交汇处，当在新填起的一片海滩的五公里外。我们决定要亲手撩起那海水，运气好的话还会捡几个贝壳，于是摸黑，用手机打出的光照路，踩着厚厚的沙土，向北走。我们遇见了几拨孩子，大约是放学后到这海边玩耍的，双方都有些怕对方，绕开走。

北海展现在我们面前。海浪哗哗地漫上沙滩，打击着我们的脚背。四周一片墨黑，只有在那遥远的海的深处，有星星点点的移动的灯光，那是正驶向港口的船，或刚离开港口，驶向它的目的地的船。

我们久久地凝视着那黑暗深处，站了很久，一任那北大西洋暖流带来的暖湿海风吹拂着脸颊。我们甚至能感到，深邃的北方，神秘的北方，那远处有海上女妖的歌唱，她在诱惑过往的船只，诱惑我们这些远离大海、在内陆出生和长大的人们。

地中海宁静而美丽，像一位慵懒的贵妇，躺在阿尔卑斯山的臂弯里。在我们的穿越中，许多次与地中海相遇，而第一次相遇，是在我们第三次翻越阿尔卑斯山时，从险峻的高山怀抱中钻出来，有一面老崖。百尺老崖的下面，静静的地中海，铺在大地上，蓝宝石一样的海水，波澜不惊，横亘在我们面前。这个孕育了地中海文明的海洋，这个欧罗巴大陆上所有的水域都曾是它的派生物的海洋，我想我此刻唯一能做到的事情是向它脱帽致敬。

前面我谈到三次穿越这欧洲第一大山——阿尔卑斯山。第一次是从法兰克福抵达布鲁塞尔，再从布鲁塞尔抵达日内瓦，在接近日内瓦的时候穿越的。第二次就是从日内瓦前行八十公里，抵达阿尔卑斯山最高峰勃朗峰，然后从瑞士、法国、意大利三国交界处，顺左手那条长长的坡道直下，去意大利米兰。而这第三次，就是我上面所说从米兰翻山，前往法国马赛。

大西洋则是一碧万顷无遮无拦，那碎银子般的日光洒在大西洋那波光粼粼的洋面上，洋面上海鸥翻飞，成群的海鸥一会儿贴着洋面飞行，一会儿又团成一团，飞向高高的天空。假如有船只来临，海鸥群会飞过去，绕着那船只的桅杆尖叫着盘旋。

太阳是个魔术师，它的每一个时辰的光照，都使这海水发生变化。那海水最美的时刻会发生在晚上，太阳将落未落之际。大西洋那边，有一溜海岸线，那里就是非洲了。红色的光焰照耀着那一片神秘大陆，晚霞中，天上的云彩，地面上的海水，海峡两岸的所有景物，都笼罩在一片童话般的红光中。

那最美的一处大西洋风景，是在葡萄牙的罗卡角。是的，它叫罗卡角，"罗卡"是岩石的意思。它距离葡萄牙首都里斯本，大约四十公里。这里是葡萄牙的最西端，也是整个欧亚大陆的最西端。

为我们此行提供车辆支持的是上海一家公司，他们大约早有计划，要在罗卡角为他们的车拍下广告。事先，就从国内带来了模特儿和摄影师。拍摄时，他们选中了我的十号车做道具。一个模特儿长裙飘飘，站在十号车的车顶，摆着姿势，于是摄影师啪啪啪地按着快门，背景是红光映照的大西洋和罗卡角的那个十字方尖碑。

当地人把这种地形叫"海岬"。大约是说，这是大西洋避风的港湾的一块突出的岩石。在突出的岩石上，竖着一座灯塔和一个面向大洋的十字架方尖碑。那方尖碑上写着"陆止于此，海始于斯"，意思是说，广袤的欧亚大陆板块到这里就停止它向前的伸展了，而浩瀚的大海从此处开始，伸向无垠的远方！我问了一下，导游告诉我，方尖碑上的字，是葡萄牙文。

还有一次与大西洋的接触，是从英吉利海峡穿过。这边是法国，那边是英国，这海峡又叫拉芒什海峡。我们的汽车被装进大车里，人则下了车坐在包厢里，二十分钟时间，便从这海峡通过了。而大西洋在我们的头顶喧哗。

在我们匆匆的行旅中，我发觉，所有的这些闻名遐迩的大都市，都是大航海时代的产物。有些城市是建在大洋边的，有些是建在大海边的，有些则是建在一条大河的拐弯处，它们最初都是码头，甚至是小渔村，后来随着海上贸易的发展，码头变成了城市。为了纪念这座城市的历史，很多老码头虽然已经弃用了，但是人们还是将那些老码头保留着，修一个纪念碑楼，或一处喷泉，来纪念它们，纪念这座城市的过往。

在著名的红酒之都法国波尔多，它们的那条主要街道，都是三层建筑。主人告诉我们说，这三层是在不同的年代加盖的。第一层，是有几百年时间的老旧建筑了。后来城市经济不景气，都快要死了，中国人爱喝的XO救了这座城市的经济。由于城建部门不准拆迁老房子，于是人们又在上面加盖了第二层，这第二层大家就叫它XO。这几年随着经济的复苏，这第三层就又盖起来了。

濒临大西洋的波尔多，也有一个我上面说的那纪念性质的老码头，这里是1789年法国大革命的发生地。雨果曾经为它写书。波尔多城有一个广场，广场的正中竖着一座高大的纪念碑，纪念碑上写着"自由战胜枷锁"几个大字。广场在老码头的右前方。

看到欧罗巴大陆的风和日丽、水晏河清，看到这里人们的举止有礼、悠闲而富足，我是部分地明白了，为什么我这次路经的中亚、西亚，大地山川河流树木，以及因为缺少水分滋养而枯槁，甚至性格如此暴烈的人们，一切都骚动不安，一切的事物都呈现出一种极端的倾向。这是环境的产物，是海洋性气候和干旱的大陆腹地气候带给的影响。人是大地之子，是环境的产物。大地诞生了他们，环境决定了他们。

我们的行程，还将持续一些日子。在那些日子，我还将在这些重要节点，要有演讲。例如在法兰克福，在欧盟总部布鲁塞尔，在世贸组织总部日内瓦，在意大利米兰，在西班牙马德里，在巴黎，在伦敦金融城。不过总的来说，这次行程已经过去大半，已经给人接近尾声的感觉了。

那天，我们是从一片树林中穿越德国和荷兰边境的。这里虽然已经没有口岸了，但是在人们的心理上，似乎还是觉得应当停顿一下为好。树林中，有几匹马在草地和湖边悠闲地吃草，林子深处有个中餐馆。我们在这里停车吃饭。吃完饭开了一会儿车，一出树林，便是荷兰的绿毡一般的牧场了。一群群的花肚皮奶牛或聚或散，布满了偌大的草原。风吹着，湿漉漉的，既不冷也不热，这是从北海吹来的风。

我们西向而行，抵达荷兰首都阿姆斯特丹，在该城小住两日之后，于是再往前八十公里，把这块陆地走到顶端处，这就是荷兰中央政府所在地、荷兰国王居住办公地——海牙。在这里，暗夜以观沧海，白日里参观国际法庭以后，车队再折回来，向东南行走。这一段好长啊！主要是一道道的高地和垭口，一天的行程以后，到达法兰克福。

美因河从法兰克福绕城而过，蔚蓝色的河之波拍打着这座德国名城。在这里举办完活动之后，我们再起身，穿过波恩，平直地西行，一段路程以后，抵达布鲁塞尔。

布鲁塞尔是比利时的首都和最大的城市，也是欧盟的主要行政机构所在地，北大西洋公约组织总部驻地，有欧洲首都之称。布鲁塞尔位于塞纳河畔，分上下两城，上城依坡而建，为行政区；下城为繁华的商业中心。布鲁塞尔沿海岸线下行半天的车程，是法国首都巴黎。现在的布鲁塞尔城，难民或站着或坐在墙根或平躺在睡袋里，充斥了这座城市的大街小巷。在布鲁塞尔的城市广场上，有好多尊小男孩儿撒尿的雕像。人们说，历史上发生过一件事，侵略者在攻城时，要用炸药包炸开这座城门，这时候，城中一个小孩子早晨爬起来，走出门外撒尿，就这样把那炸药包的火捻子给浇灭了，城市得救了。事后，人们把这撒尿小男孩的雕像，作为城徽。

在布鲁塞尔，我们的车队发生了这样一件事。整个车队停驻在宾馆的地下车库里，但是，那台卫星转播车车身太高，上面还有一个天线转盘，停不进去，于是司机把车停在街道的另一侧。清晨起来，我们打开窗户，突然发现停在路边的转播车不见了。代之而在的，像从天而降似的，整个路面一侧摆了有五公里长的一个一个地摊。这些地摊有的是服装档，钢丝床上，两棵树之间的吊绳上，都挂满了旧衣服，牛仔裤、纱巾、女人的胸罩和内裤；有的是杂货档，锅碗盘勺、日常杂物，应有尽有；有的是蔬菜水果档，蔬菜水果一摊一摊的，一直排到马路的转弯处。而熙熙攘攘的人群，在这些地摊中转悠。从衣着上看，他们一部分是城市的平民，而更大部分，则是最近才涌入这座城市的中东难民。有一位年轻的黑人美女，脸蛋和头发一样黑，她在一个胸罩前徘徊了几次，摸一摸，问一下价钱，就又离开了。她后来买了没有，我不知道。当我后来下了楼，来到这个胸罩跟前的时候，出于好奇看了看价钱，是两欧元，也就是二十元人民币。

卫星转播车丢了，我们的领队慌忙给布鲁塞尔的警局打电话。警局接到报警后，说了三句话。第一句话是，你们的车没有丢，昨天晚上半夜的时候，被拖进了警局院子。第二句话是，你以为你们是谁？这座城市的主要街道，星期天都要让给摆地摊的，就是比利时女王的车，停在那里，都得照样拖走。第三句是，罚款五百欧，请来交钱，取车。

五百欧换算成人民币，就是五千元。车找到了，这就是万幸，我们的领队去交款领车。原来今天是星期天，难民和穷人的节日。而等到了下午，仿佛像吹了一阵风一样，街道上这些地摊都消失了。街道又都恢复成了原来的模样。

从布鲁塞尔，我们穿越瑞士时，抵达日内瓦。人们说，城市里边这个湖是日内瓦内湖，城市外边那个更大的，直通往法国的湖，才是日内瓦湖，而我们来的方向，路经的那个小湖叫安纳西湖，湖面上有一座19世纪的铁桥，铁桥上挂着个牌子，上面写着"爱情桥"。这桥，是这地方当年一个名叫卢梭的十六岁少年，与二十八岁的贵媛华伦夫人第一次约会的地方。

日内瓦有二十万常住人口，连同伏尔泰小镇的郊区人员算在一起共四十万。这里是联合国四大总部所在地。他们在世贸组织大楼里，为我们此行的活动布置了一个会场。我在会上作了《手的大拇指和脚的小拇趾》的演讲，并将我的长篇小说《大刈镰》作为礼品，送给与会的官员们。随后我们进入意大利，在米兰与意大利国家电影学院院长座谈，探讨将我的长篇小说《最后一个匈奴》改编成中意合拍的大电影的可行性。随后再抵达热那亚、摩纳哥、马赛。摩纳哥是个国中之国，在地中海海岸的一个山坳里，全国只有几万人口。我们的车队驶进那深沟里，在城中心一个中式大饭馆用中午饭。

然后我们翻越比利牛斯山，进入一个像大舢板一样漂浮在大西洋与地中海之间的伊比利亚半岛。

这里是西班牙的马德里，号称阳光之城，大西洋气流吹过，见风就雨，而雨一旦骤停，立刻就是碧海蓝天。从马德里出发，穿过那个铺天盖地的橄榄树林，进入葡萄牙的里斯本。

从葡萄牙的多尔图，顺着大西洋海岸一直往北，绕一个半弯以后，离开了伊比利亚半岛，进入法国的波尔多。

再笔直往北，就是著名的世界大都市——法国首都巴黎。塞纳河穿城而过，埃菲尔铁塔高耸在城市的中心、塞纳河的左岸。骄傲的法国男人法国女人们衣着整洁，脖颈高挺，像走台的模特一样，从巴黎大剧院前面的广场昂首走过。古老的巴黎地铁在咔咔咔地运行。地铁里每个巴黎人，手中都捧着一本书在阅读。

从巴黎穿越大西洋，就是英国了。在英吉利海峡的旁边，有个著名的二战旧战场，叫诺曼底。

英伦三岛漂浮在大西洋的波涛中，仿佛三朵并蒂莲花开放在这一泓大水中。看见这样的地理特征，你会明白，当年的日不落帝国之所以能建立海洋霸权，之所以能舟船驶向它想去的地球的每一个地方，是因为它确实是有地缘优势，临海优势。

我在越过英吉利海峡，进入伦敦市区的那一刻，突然想起英国大诗人拜伦的那几句诗。在雾伦敦的一个早晨，拜伦勋爵乘一辆华丽马车，左臂挽一个白人美女，右臂挽一个黑人美女，开始他在欧罗巴大陆的游荡，写作他的天才的欧罗巴史诗《唐璜》，他临行前，丢给这座城市的几句诗是：要么是我不够好，不配住在这个国家；要么是这个国家不够好，不配我来居住。

拜伦后来再也没有回来过，他死在希腊半岛上，死时只有三十六岁，死后就葬在希腊。当他游历到希腊的时候，那里正在发生独立战争，他吟了一首诗：菩提树下舞蹈着我们的姑娘，面白如雪、红如酡。一想到这样的乳房要用来哺育奴隶，我的眼睛就为眼泪所迷。

吟罢，他用他的《唐璜》所得到的全部稿费，组织了一支希腊独立军，自任总司令，开始为希腊独立而战，直到几年后害热病去世。

亚欧的分界线

　　高加索山脉为南欧和西亚的分界线，位于黑海与里海之间，呈西北—东南向，横贯格鲁吉亚、亚美尼亚和阿塞拜疆三国，是俄罗斯与格鲁吉亚、阿塞拜疆等国的国界线，属阿尔卑斯运动形成的褶皱山系，长约一千二百公里，宽二百公里，山势陡峻，海拔大都在三四千米。

　　大高加索山脉是亚洲和欧洲的地理分界线，从黑海东北岸，即在俄罗斯塔曼半岛至索契附近开始往东南偏东延伸，直达里海附近的巴库为止。小高加索山脉则几乎与大高加索平行排列，两者由隔开了科尔基斯和库拉—阿拉斯低地的苏拉姆山脉所连接。在小高加索山脉东南方矗立着塔雷什山脉，是厄尔布尔士山脉的西北部分。小高加索山脉和亚美尼亚高原构成了外高加索高地。

　　山脉北侧称前高加索（或北高加索），属温带大陆性气候；山脉南侧称外高加索（或南高加索），属亚热带气候。主要河流有库拉河、库班河等。

　　这一块地域的地形是这样子的。分别发源于帕米尔高原和天山的阿姆河和锡尔河，在图兰低地汇于咸海，咸海往西是里海，里海往西是黑海，黑海往西是爱琴海，是地中海。前面说了，古地中海时代它们都是古地中海的一部分，后来沧海桑田，山谷为陵，地壳抬升，海水退去后，它们各自成为独立的水域。地质学把这样形成的湖泊叫"海迹湖"。

如是推测，中亚地面，或曰西域地面，那一系列湖泊的形成，该是"洋迹湖"了。因为这地方当年是古准噶尔大洋的一部分，后来准噶尔大洋的大水退去之后，它们作为独立的湖泊而存在。因为这些湖泊都有丰盈的来水河流，所以在中亚地面每年降水量只有二十毫米（罗布淖尔荒原数值），而年蒸发量高达两千多毫米的极端天气情况下，它们能够坚守至今。

高加索山脉自西北向东南，横贯于黑海与里海之间，像一柄带鞘的腰刀，东西两头翘起，横跨在两海之间。它的最高峰是厄尔布鲁士峰，海拔五千六百四十二米。传统上把大高加索山脉的分水岭作为南欧与西亚之间的分界线。

高加索一词，不仅指山脉本身，亦指包括山脉两侧的广大地区，黑黝黝的、高耸的山峰两侧向远方伸展出的丘陵、森林、湖泊、河流和草原地带。北侧称前高加索，与乌拉尔山相望。南侧称后高加索，即我们的车队路经的那个要塞所在地。整个地区占地四十四万平方公里。高加索地区从库玛基地和马内奇盆地向南延伸到俄罗斯、格鲁吉亚、土耳其、亚美尼亚、阿塞拜疆边境，同时包括俄罗斯的最南部（包括达吉斯坦、车臣、印古什、北奥塞梯等几个俄联邦的共和国）、格鲁吉亚、亚美尼亚、阿塞拜疆以及几个少数民族自治区。大高加索山脉从黑海北部的塔曼半岛向东南延伸到里海的阿普歇伦半岛，长约一千二百多公里。高加索山脉位于库拉河与阿拉斯河谷之间。

我们在俄罗斯高加索通关，遇到了一点麻烦。车队在海关口岸滞留了一天一夜。这一天正是2018年农历的八月十五中秋节，好大好亮的月亮呀，它从东方哈萨克草原的那一头升起来，占据了东边的半个天空。让人疑惑这是一部动画片的镜头。月亮后来缓缓地在天空行走，当它光临我们滞留的这海关的上空时，有海关的建筑物作比照，它的一半隐在楼房后边，一半向前探头寻着我们，显得更大、更亮。整个海关以及四周的广袤大地，都笼罩在一片如梦如幻的白月光中。

我所以确凿记得这天是八月十五中秋节，是因为西安交通广播的著名主播人雅风打来电话，让我晚上做个广播连线，对着八月十五的月亮，讲一讲中秋节。我在电话中对她说，我是在"欧亚大穿越丝路万里行"的路途中，现在正在高加索海关被卡着，时间不对，乌市时间与北京时间相差两个小时，阿斯塔纳与北京相差四个小时，莫斯科与北京相差八个小时，而这高加索，应当是相差七个小时了，因此你算一算，这里和西安时间对不上，晚上的预约你另找人吧！

现在想来，那次没有去播，对我是一个损失，对广大听众也是一个损失，不管是几点，爬起来播就是了，把这路途上万万千千风景，描绘给听众，该是一件多么有意义的事情。况且，陕西交通广播是一个很有影响力的媒体，雅风是这家媒体的"一姐"，可以毫不夸张地说，西安城街道上三万多辆奔驰的出租车，都在听这陕西交通广播，而公园里散步的老年人，亦有许多手里拿个小收音机，一边散步一边听"雅风时间"。

海关应当是有一个前门一个后门，我们这十五辆车（十四辆车加一个卫星转播车，原本是十七辆车，另外那两辆穿越帕米尔高原时，一辆出事，一辆去送伤员了），被卡在这中间五公里的道路上。我们的护照被检阅过许多次，我们的车，乘员被赶下车，车上的所有物品，被卸下来翻腾一遍，再装上。即便如此，还是不予放行。大家都坐在车上，又冷又饿，披着个冲锋衣棉袄，哭丧着脸，对着天空的大月亮发呆。

我此行带了二十条烟。我每天抽三盒多，这样一月抽十多条，两月抽二十多条，我们的行程是七十天，到时候还会有十天的短缺，到时候再随便买点西欧的那种细支烟，凑合着抽吧。按照海关的规定，一个人通关时只能带两条烟，担心被没收，于是我将一些烟放进大转播车里的保险柜里，还有几条让女同志拿着，还有几条，给海关人员散发。

我们被滞留的原因找到了，终于找到了！原来，这是苏联解体后新设立的海关，大家的业务都不太熟。这个关隘，也从来没有过这么大的车队，况且还有一台怪模怪样、头上的卫星坐盘不停旋转的大家伙。尽管我们的所有通关手续都十分完备，海关方面还是拿不准，于是层层上报，层层推诿，就这样折腾了我们一天一夜。

谢天谢地，终于放行了！这一群面色铁青饥肠辘辘的人们，迅速地爬上车，猛轰油门，车从海关打开的铁门空隙飞驰而过。海关人员，一个穿着宽大的制式棉服、挺着个大肚子的中年人，站在门口，背转了身子，好像有些不好意思。

我们的车队离了海关，绕了一个弯，在路旁吃饭。吃完饭，急着赶路，因为三天以后，在莫斯科有个新闻发布会，会上有我一个演讲。消息已经发出去了，我们得卡那个时间点提前抵达。

我们现在沿着外高加索一侧的山脉行走。行走到半夜的时候，来到一个黑黝黝的山峰下面，头顶上是驻兵的要塞，山间平坦处则是一个小镇。我们在这里找了个小饭馆吃饭。小镇上来来去去有许多士兵，他们应当是巡夜的。要塞里灯光忽明忽暗，碉堡隐现在高加索山脉那冷冰冰的黑色剪影中，不时有巡夜哨兵的枪刺闪过。

吃饭途中我接到一个来自西安的短信。一位女网友看了陕西卫视新闻联播，知道我们苦难的行程现在正穿越在高加索山脉，于是发了一首俄罗斯天才诗人莱蒙托夫的《致高加索》，并注明说，莱蒙托夫活了二十七岁，这首诗是他十六岁时写的：高加索！你这遥远的地方！你这淳朴的自由的故乡！你也充满了种种的不幸，你也受到了战争的创伤！

莱蒙托夫也是我所崇拜的作家。他被世界文学史称为"在俄罗斯最黑暗的时期，顽强地勇敢地发出正义之声的作家"，他还是一位著名的小说家，他的天才作品《当代英雄》塑造了俄罗斯文学第一个"多余人"的形象。那借小说人物毕巧林之口说出的内心独白，被称为"多余人"的宣言：如今，在这儿，在这枯寂的要塞中，我暗暗地问自己，我为什么抛弃了那命运为我安排的有着和煦的阳光和绿荫的海滩，而执意要把自己交给漂泊呢？噢，我明白了，我是不会屈服于这种命运的。我是一个在双桅贼船上生活惯了的水手，不管这海岸怎么诱惑我，一旦那双桅贼船的桅杆出现在遥远的海平面上的时候，我将狂喜地不顾一切地向它奔去，什么也不能把我阻拦！

因为莱蒙托夫，又因为这是在高加索要塞，我的心情再也不能平静。我不再吃饭了，提了半个羊腿，拿了半高杯鲜啤酒，走出餐厅。我们的车顺着大街停了一行，那些巡逻的士兵以及夜深了还未入睡的居民，围着我们的车，在指指点点。车上有中国国旗，所以他们知道这是中国人，这车来自中国。我们的车后挡风玻璃上，都有一个用漆喷上的路线图，弯弯曲曲的，一头是西安，一头是伦敦，这他们看了也一目了然，知道我们的行程。车很脏，铺满了泥浆和灰尘。那最脏的一辆车的后挡风玻璃上写着这么一句话——不到伦敦不洗车。士兵们围着这辆车指指点点，开怀大笑。我凑上前去看，原来他们用手机将这句话拍下来，再翻译成俄语，从而知道了这句幽默的意思，见到我来，他们指着这句话向我竖大拇指。

我从车上拿下自己最好的烟、最好的茶，散给这些大兵兄弟。一个长官模样的人，则掏出他的装着莫合烟的烟荷包，我表示我不会卷烟。他笑了，拿出一绺二指宽的纸条，将莫合烟往上一撒，两只男人粗糙的大手一卷，卷好后又用舌头一舔，这样一支莫合烟就卷好了。他将莫合烟卷递给我，并且说这烟荷包是他老婆给他绣的，他要是送人，他老婆知道了会骂他的，否则，他真想把这烟荷包也送给我。我知趣地摆了摆手。他掏出打火机，为我点着烟，于是烟火一明一灭，我有滋有味地抽起来。一边抽着一边不忘竖大拇指。我还从车上拿出我此行带的书，长篇小说《大刈镰》。此行，它将作为礼仪用品，送给沿途那些政要们。我拿出两本，趴在车头上签名，一本送给这位长官，一本送给他们要塞的图书室。书递给他们后，一个士官模样的人用手机将书的内容简介拍下来，再用手机翻译成俄文，然后将这本书的内容讲给大家听。

长官会说几句中文，他竖起大拇指说：骑兵，最后的中国骑兵。这是草原的故事，马的故事，青春和激情的故事！说完，在士兵的乌拉声中，紧紧地拥抱我。

他指着自己身上的马裤和大皮靴说，他也是骑兵，高加索山地的骑兵！现在，几天不骑马，屁股就会发痒。

这样我们照相，一批一批地照相。拿着我的那本书照。直到后来，我们车队的所有人都吃完饭走出来了，我把电视台的头儿介绍给他们。又照了一阵相后，我们爬上车，大家作告别状，离开这个要塞小镇。

接下来，我的感觉是，我们好像从这里翻越了高加索山脉。山不甚高，也不甚陡，因此翻越时也不甚费力气。由于是暗夜行走，路边的景物也模模糊糊。直观的感觉是翻山之前，高加索连绵的山脉在我们的左手，这里应当是外高加索。而翻过山之后，车的方向变了，虽然这山依旧是在左手，但这次是向西，我们进入北高加索了。

还有一座更著名的山脉，叫乌拉尔山脉，接下来我们将沿着它的一侧前行。乌拉尔这个地名对中国人来说真是太熟悉了，在广播盛行的年代里，每天的天气预报几乎都要提乌拉尔这个山脉的名字，只要提到西伯利亚寒流，接着预报的就是乌拉尔的种种气象数据。

播音员会说：有一个大气压槽，已在北冰洋上空形成，它正顺着乌拉尔山向东南飘移，预计什么时候到达我国新疆北疆，什么时候抵达内地；这场影响中国大部分地区的西伯利亚寒流，将带来一个降雨降雪过程，云云。

在乌拉尔山脉

　　乌拉尔山脉是欧亚两洲的分界线。乌拉尔山脉北起北冰洋喀拉海的拜达拉茨湾，南至哈萨克草原地带，绵延两千多公里，介于东欧平原和西伯利亚平原之间。乌拉尔山脉西坡较缓，东坡较陡。山势一般不高，平均海拔五百米至一千二百米；亚极地一千八百九十四米的人民峰是乌拉尔山的最高峰。山脉的宽度为四十公里至一百五十公里。中段低平，成为欧亚两洲的重要通道。乌拉尔山脉还是伏尔加河、乌拉尔河同东坡鄂毕河流域的分水岭。

　　进入高加索山脉以后，这里的山形水势，这里的气候特征，这里的茂密森林和广阔草原，这里的清冽甘甜的空气已经完全是北大西洋暖流和北冰洋寒流所形成的造化之物了。中亚草原那阳光炙烤、空气干裂的内陆气候和赤地千里、飞沙走石的地表特征，现在随着我们的行程已经被抛在了身后。

　　而接下来，我们行走的乌拉尔山脉，它的东西两翼，一翼接受北冰洋的季风吹拂，一翼接受地中海和大西洋季风滋润，它的植被更为茂密，河流和湖泊更为众多，两翼的草原伸展得更为辽远，在欧亚大陆这坦荡的一望无垠的草原上，乌拉尔山脉给了它纵深感和厚重感。前面我们说过，高加索山脉像一柄带鞘的腰刀，横亘在里海与黑海之间，大致上呈东西走向。那么乌拉尔山脉，它的走向则像竖起来的带鞘的腰刀，也就是说，和高加索山脉形成一个"丁"字形，平铺在广袤大地上。不过这是一个倒着的"丁"字形，那一竖杠是乌拉尔山，那一横杠是高加索山。

在漫长的地质史上，乌拉尔山地区原先是一个大地槽，那时候的欧亚大陆是被大地槽分隔开的。到距今约二亿八千万年后的石炭纪末期以后，经过翻天覆地的地壳运动，大地槽隆起，演变为山脉，然后又几乎被风化侵蚀所夷平，最后又垂直隆起成为欧亚大陆之间的界山。

有条条河流从乌拉尔山流下来，乳汁般地滋养着这块大地。前面我们提及注入里海的有一百三十多条河流，它们一半来源于乌拉尔山脉，另一半则来源于高加索山脉。其中第一大河伏尔加河，第二大河乌拉尔河，就发源于乌拉尔山。而第三大河捷列克河则发源于高加索山。

伏尔加河有两个源头，东源即发源于乌拉尔山西坡，被称为卡马河。东西向横切俄罗斯中部丘陵地带的西源，则被认定为伏尔加河正源。作为欧罗巴大陆流程最长、流域面积最大的河流，伏尔加河的流域总面积占了东欧平原的三分之一（一百三十六万平方公里），穿过俄罗斯人口最密集的地区。仅从这点来看，也能看出伏尔加河对俄罗斯的重要。俄罗斯人也因此把伏尔加河称为母亲河。

伏尔加河与卡马河合流之处，位于今天俄罗斯联邦鞑靼斯坦共和国境内，合流之后的伏尔加河，开始向南穿越南俄草原，并最终分成两股注入里海。就地缘政治地位来看，今天鞑靼斯坦共和国的首都，河口附近、伏尔加河河畔的喀山，与圣彼得堡、莫斯科处于同一等级，这三座城市是俄罗斯三大历史名城。很显然，伏尔加河-卡马河河口地区能够受到这样的重视，得力于它在整个伏尔加河流域中的枢纽地位。斯拉夫人要想控制伏尔加河流域全境，仅仅渗透到上游地区的莫斯科，肯定是不够的。

喀山市处于俄罗斯的中部、鞑靼斯坦共和国的西北地区，距离莫斯科市七百九十七公里。喀山位于欧洲最长的河流伏尔加河中游左岸，伏尔加河与喀山河交汇在喀山城东，城市被青山环抱。喀山河自北向南穿城而过，最终在喀山的城东与欧洲最长的河流伏尔加河交汇。

当这只双头鹰的一个头对着西方的时候，乌拉尔山、高加索山两座雄伟的山脉做它的依靠。而这个双头鹰的另一个头，对着东方的时候，喀尔巴阡山以及东欧平原，以及乌云翻滚的里海、波罗的海做它的依靠。

"鞑靼"是个明显带有异族属性标签的称谓。事实上，这个重要的地缘枢纽一直以来，都在接受着来自亚洲的影响，那最早占据于此的就是乌拉尔人。

"鞑靼人"几乎是自认为高贵的欧罗巴人，对来自亚洲高原的几千年来一拨又一拨的牧羊人的一种统一称呼。他们不屑于将这些唐突的侵入者细细分辨，而统一以"鞑靼人"名之。当然了，当某一个大游牧者占据他们的城市，成为他们的王的时候，他们这时才不得不屈尊，去找他们正式的族名，并探寻他们的来龙去脉。

法国历史学家格鲁塞说，世界三个大游牧者——阿提拉大帝、成吉思汗、中亚枭雄跛子帖木儿，他们的名字写进所有的历史教科书中，他们的英名被世界传颂。但是呀，如果将切断我们历史的那三四个亚洲大游牧者的出现，仅仅当作一件意外的事情，那就是我们的无知了。他们之中有三人实现了这种惊人的宏图，成为世界的征服者。但是还有多少阿提拉与成吉思汗没有成功，而是倒毙在了路途上，又还有多少年轻的亚洲高原的游牧者，正筹划着某一天早晨出发上路。

前面我们曾经谈过，上帝之鞭阿提拉大帝，死于匈牙利布达佩斯。他死后，他的三十万大军如鸟兽散，他的二十几个儿子，被回过神来的罗马帝国军队一路追打，从而被歼灭于俄罗斯草原。

那么，现在问题是，他们不可能被一个不剩地歼灭，应该有许多的溃兵散布在了俄罗斯草原上，而在辗转腾挪中，还会有许多人遁入乌拉尔山、高加索山。这些高耸的山冈、陡峭的河谷和遮天蔽日的林地，成为他们的庇护所。

在欧洲的许多文典中，以及那些口耳相传的传说中，6世纪的时候，乌拉尔山脉一带，草原上有不知其数的匈人出没。冬天来了，他们会骑着马，带着冷兵器，从某一个山口遁入山中。山窝里有乌拉尔人的村庄。这些游牧人会穿着毡靴，带着一股子冷气，踏入乌拉尔人的毡房。吃得酒足饭饱之后，他们会占有乌拉尔人的妻子或者他们的女儿。似乎这是一件天经地义的事情。他们会在这个山窝里窝一个冬天，这叫"窝冬"。直到第二年暮春和初夏积雪融化，山口开了，于是这些凶恶的不速之客，提起自己用动物毛皮做成的皮裤，披上上衣，蹬上马靴，骑马离去。

后来他们的孩子就出生了。孩子如果是男孩，长到十三岁的时候，成人礼一过，他们会收拾停当，跨一匹马，到草原上去寻找生身之父。他们用他们的面孔来做比对，找自己的父亲。那些游弋的匈人，你永远不知道他们在干什么，是在这草原的某条道路上，做拦路的强盗呢，还是又重新啸聚在了一起，准备对某一个定居文明地区，再掀起一场风暴。

一个孩子找到父亲，经过再三的辨认和交谈，认定了，没错了，于是他说，这双新靴子太紧了，拔不下来。他坐在地上，将一条腿伸向父亲，让他为自己脱靴子。不知深浅的这位匈人父亲，于是单腿跪下来，伸出双手，去抓那马靴。这时，儿子会闪电般地从马靴里拔出一柄闪亮的匕首，然后双手握着，大叫一声，向眼前这个男人的胸口刺去。

这种动作孩子从他一出生就在练习了，因此万无一失，这匕首准确地插入那男人的心脏。

男人用双手捂住向外喷血的胸口。他的脸上满带着疑惑，他惊恐的眼神似乎在问：这是为什么？这是为什么？

男孩平静地抽出插在这男人胸膛上的匕首，用手一推，男人仰面朝天，啪的一声倒在地上了。男孩踢了他两脚，然后说："你侵犯了一个女人，我这是为她挽回那丢失了的尊严和被玷污了的荣誉！"

男孩骑着他的马，又牵着这个男人刚才骑的马，马蹄哒哒地离开这片草原。就在他离开不久，草原上空逡巡的苍鹰发现了这具死尸，它们绕着死尸巡视几圈后，见没有危险，就翅膀一合，敛落下来。草原狼则是顺风嗅见了这刺鼻的血腥味，于是奔跑着向这里赶来，黄狐嘴张着，长舌头滴滴答答地流口水。

那男孩骑着马渐渐地消失在草原的尽头，为地平线所遮掩。他是回那乌拉尔山山坳里的村庄去了呢，还是从此开始他流浪草原的岁月？我们不知道。也许不久，在这片草原上会有一个面色忧郁的英雄出现了。

当然大部分从乌拉尔山走出来寻找父亲的孩子，他们并没有这种剧烈的举动，他们有另外的想法。他们在找到自己的匈人父亲之后，便不太情愿地加入了这草原上忽聚忽散的匈人队伍。他们会很快地适应这种游牧生活并接受自然生存法则。也许当他们长大成人后，他们自己又会成为这乌拉尔山村唐突的闯入者。

那些方志、典籍和旅行者的札记中，记载着不少这样的故事。笔者愿意将它录一两个在上面。

就在几年前，有好事的人类学家，对乌拉尔山区共十七个人类族群进行了基因提取测试。得出的结论是，这些乌拉尔人身上六成的基因来自西亚人种，四成的基因来自南欧人种。这个基因测试准确地反映了乌拉尔山脉历史上的民族融合和民族迁徙过程，它被称为枢纽是表述准确的。

阿提拉围攻罗马城，并与红衣大主教圣·来奥签下城下之盟，撤兵的时间是公元452年，而他死亡的时间是公元453年。而我们见到的典籍中记载的这些乌拉尔山匈人、高加索山匈人出现的时间是公元6世纪初。从5世纪刚过半时阿提拉死亡，到半个世纪后，这些溃败的匈人走入两山，从时间上说是吻合的。

乌拉尔山还在它的东坡孕育了一条著名的河流，这就是鄂毕河。那东面孕育的，向北冰洋奔流的条条河流，基本上都是鄂毕河水系。发源于中国境内阿尔泰山的额尔齐斯河，在此之前我们已经对它有过许多的描述，阿尔泰山最高峰友谊峰，以及友谊峰下那个绿宝石般晶莹的喀纳斯湖，我们也已不陌生。著名中国诗人白桦曾经站在额尔齐斯河口作诗说："这是中国境内唯一一条敢于向西流淌的河流。"额尔齐斯河在穿越漫长的哈萨克丘陵以后，在结束了阿尔泰山对它的管束以后，在乌拉尔山下，它与鄂毕河相遇。同样地，鄂毕河也摆脱了乌拉尔山的管束，两条大河汇合在了一起，牵手在了一起。而后，它们合水一股，以鄂毕河为名，北向而去，直接注入北冰洋。

喀纳斯湖的风景和乌拉尔山的风景极为相似，高耸的山冈，众多的湖泊，高可摩云的西伯利亚冷杉，塔状的云松，开满野花的草地，清冽甘甜的空气。这都是北冰洋季风的造化。不同的是，喀纳斯湖是多么的袖珍啊，而乌拉尔山脉，无遮无拦、大而无当。

流经俄罗斯境内，有四条大的河流，它们分别是额尔齐斯河—鄂毕河、伏尔加河、涅瓦河和东欧境内的第聂伯河。我们在这不经意的叙述中，已经谈及了前两条。在我们接下来的行程中，记得还跨过涅瓦河，导游说这是涅瓦河，我的眼睛似乎有些不太相信。水流似乎也不大，在长满绿树的丘陵地带穿梭。这也许是涅瓦河的上游吧（俄罗斯河、莫斯科河也都是涅瓦河的支流）。我许多年前到过涅瓦河注入芬兰湾的那个地方。水势汹汹，俄罗斯人在那里造了一座城市叫圣彼得堡。涅瓦河从城的中心穿堂而过。入海口处是高高的炮台。第聂伯河在东欧平原上，接下来，我在白俄罗斯首都明斯克和一位白俄罗斯作家有过一次对话。我们就在河边，那美丽河流从明斯克城穿城而过，令整座城市柔美而轻曼。这条河是第聂伯河的一条主要支流，名叫斯维斯拉奇河。

我们的"欧亚大穿越丝路万里行"车队，沿着乌拉尔山脉一侧，车速加到最大，风驰电掣，路途上一整天的时间，几乎遇不到一个人、一辆车，所以我们的车可以尽情地撒野。逶迤的乌拉尔山脉在远处，与我们并行。高速公路两侧，则是一平如镜的草场。我们到的这个季节，牧草已经收割完毕了，草场上每隔一段，就有垛起的圆状的草捆子。这些草捆子外面用白色塑料纸包裹了，它们一捆一捆，整整齐齐地码在一起，摆成各种图案。

我对这打马草的工作真是太熟悉了。我的右手大拇指上现在还有磨镰刀时，大刘镰割下的一块刀痕。不过俄罗斯草原的大草场，它的收割是用收割机，打捆也是这机器同时完成的。这些打捆的马草既不会腐烂，也便于风干，且可以内中有一点点发酵，从而杀去草腥气。

冬天的时候，这些牧草将会被拉走，卖掉，而其中有一部分会被卖到中国。

苏联时期，曾经在这乌拉尔—高加索地区进行了一个雄心勃勃的计划，要将这些草场开辟成粮仓基地。结果这个计划实施几年以后，由于地表植被遭到破坏，黑风暴吹起，天昏地暗。苏联人见了，吓坏了，赶紧将这些农场搬走，将这些垦殖地重新变成草场。

我们眼前见到的这一碧万顷、一平如镜的大牧场，就该是那退耕还草的地块了吧！

后来我们的车队脱离了乌拉尔山的管束，进入伏尔加河流域。夜来则下榻在一个名叫罗斯托克的俄罗斯名城。

双城记：马德里与里斯本

　　比利牛斯山是欧洲最大的山脉阿尔卑斯山的西延部分。阿尔卑斯山脉主干向西延伸为比利牛斯山，向南延伸为亚平宁山脉，向东南延伸为迪纳拉山脉，向东延伸为喀尔巴阡山脉。当年北匈奴人就是从喀尔巴阡山呼啸着进入东欧平原，进入多瑙河两岸的。阿尔卑斯山脉可分为三段。西段西阿尔卑斯山从地中海海岸，经法国东南部和意大利的西北部，到瑞士边境的大圣伯纳德山口附近，为山系最窄部分，也是高峰最集中的山段。在蓝天映衬下洁白如银的勃朗（"勃朗"在法语中是白的意思）峰（四千八百一十米）是整个山脉的最高点，位于法国和意大利边界。中段中阿尔卑斯山，介于大圣伯纳德山口和博登湖之间，宽度最大，有马特峰（四千四百七十九米）和蒙特罗莎峰（四千六百三十四米）。东段东阿尔卑斯山在博登湖以东，海拔低于西、中两段阿尔卑斯山。

　　这个伟大的山脉，在行将结束它的西南行程，进入大西洋与地中海接壤的这一块辽阔水域时，起了一座高山，叫比利牛斯山，然后这山脉像一串闪光的项链一样，系住一个向水中伸进的半岛，这个半岛叫伊比利亚半岛。从地图上看，伊比利亚半岛像漂浮在大西洋与地中海之间的一片枫叶，半岛东南入口，是比利牛斯山，半岛西南，隔直布罗陀海峡，大约是四十公里的距离，与非洲大陆相望。

两个颇具传奇色彩、个性魅力的欧洲国家，同时也是世界经济强国——西班牙、葡萄牙，就像摊煎饼一样平摊在这个半岛上。背倚比利牛斯山，面对茫茫大海，面对非洲大陆。西班牙的首都名叫马德里，位于这片枫树叶的最核心，或者说伊比利亚半岛的最核心。其市区人口约三百四十万，都会区人口则有六百二十七万多。马德里大约是阳光之城的意思。我们在马德里居留的这几天，灿烂的阳光普照着天空和大地，洒满马德里城的每一个角落。即便有雨，雨说下就下，一场豪雨过后，晴空一碧如洗，城市的白色建筑物则更明亮了。人走在大街小巷，如走在画中。

葡萄牙的首都是里斯本，这座城市是一座纯粹的滨海城市，海上湿漉漉的铅灰色的乌云，海风一吹就过来了，于是噼里啪啦一阵豪雨，你还没有找到避雨的地方，雨说停就又停了。在16世纪大航海时代，里斯本是当时欧洲最兴盛的港口之一。里斯本是葡萄牙共和国最大的海港城市，位于欧洲大陆的最西端。当然，也是欧亚大陆的最西端。记得我们在之前介绍过那个罗卡角悬崖上的"陆止于此，海始于斯"十字架方尖碑。里斯本位于北纬三十八度四十二分，西经九度五分，伊比利亚半岛的特茹河河口。市区占地面积约八十四点八平方公里，人口大约是五十六万。是的，不是很大。

自新石器时代开始，里斯本地区已经有伊比利亚人居住。公元前205年起为罗马人统治，当时的统治者把这个地区升格为市。可是到公元5世纪起相继被蛮族占领，而在8世纪时更被摩尔人所夺取，信奉伊斯兰教的摩尔人除在市内建了许多清真寺外，还建了许多房屋和新的城墙。摩尔人一直统治里斯本到1147年，他们被阿方索一世率领的军队击败，使得里斯本重回基督徒的手中。1256年，里斯本正式成为葡萄牙的首都。

机械的资料堆砌不是我的风格，不带感情色彩的客观描述亦不是我的风格，因此我下来换一种口吻，像拜伦勋爵那样说话。当年浪迹欧洲的大诗人拜伦，一踏上伊比利亚半岛，他就拨动六弦琴，动情地吟唱道：美丽的西班牙，风流的圣地，阿西乔高举过的义旗在哪里？是的，这地方最早的原住居民是伊比利亚人，在公元前205年，罗马帝国把它的版图扩展到这里。马德里、里斯本、巴塞罗那、波尔图这些城市应运而生。这些城市最初都应当是蕞尔小城，它们是在后来的世事沧桑中逐渐成为中心城市的。巴塞罗那紧倚着比利牛斯山，波尔图则在半岛的另一面，濒海而筑。罗马帝国在这个半岛上，沿着大西洋海岸线，修筑了许多要塞。

那些临海的二三百米的小山头，罗马人在上面修起炮台，修起驻军的兵营。炮台的侧翼，建一座基督教堂。教堂的外面，山腰间的位置，是一个大广场，然后高高低低的石砌的民居，围绕广场而建。后来，随着城市的扩展、人口的增多，这民居便一直顺着山坡铺展到平原地带。这时有一条路，和远方相通，而炮台下面，会是可以停泊船只的港湾。

这座当时还处于半蛮荒状态的半岛，大约最初就是这样开辟出来的。在我们的人从马德里到里斯本，再到波尔图的行程中，见过许多这样的先是罗马人建立，后来被摩尔人占领和改造，最后又被三国联军收回的这样的小城。那些教堂被占领者反复改造，为己所用的历史痕迹，告诉了我们这些历史细节。

公元5世纪的时候，西哥特人曾强势侵入这个地区。那一阵子，我们知道，罗马帝国正面临灭顶之灾，天之骄子、上帝之鞭阿提拉大帝的马蹄，正在欧罗巴大陆肆虐。公元452年，阿提拉率领他二十万之众的草原兄弟，在占领欧洲诸国之后，最后包围了罗马城，靠了红衣大主教圣·来奥的出城斡旋，签下城下之盟后，阿提拉才撤兵，回到布达佩斯。而在第二年，也就是公元453年，阿提拉大帝神秘死亡，整个罗马帝国才从马蹄下颤颤巍巍重新站起。

到了公元7世纪到8世纪，这个半岛重新沦陷。这个沦陷期是一个长达六百年的漫长时间，一群摩尔人乘着木筏子，从非洲大陆越洋而来，他们登岸以后，人口迅速增长，其人口数量有一天超过了原住民，于是摩尔人推翻了西班牙王室和葡萄牙王室，建立国家，开始统治这个半岛。

伊斯兰教在中东兴起之后，安拉之剑挥手向东和向西。向东，它逐步占领了中亚地面（我们记得，土库曼斯坦的老梅尔城，是中亚第一个建清真寺的地方），并翻越帕米尔高原，顺着印度河抵达阿拉伯湾，又顺着恒河抵达孟加拉湾。星月远征来到恒河中游的那烂陀寺，把这座大寺烧毁，将大寺围墙上的每一块石头都过了三刀。

那时，大唐高僧玄奘离开那烂陀寺已十年。他在他的传记体游记中说，告别戒贤法师离开那烂陀寺后，他在路边枕着包袱，做了个奇怪的梦，梦见这个当时世界上最大的寺院，十年后要毁于一场大火。

安拉之剑向西挥舞却受到地中海的阻隔，受到当时针插不进滴水不漏的基督化国家和民众的强烈抵制，于是传教士折身乘船前往非洲。一些年后，在非洲大陆，一个阿拉伯与非洲土著混血的种族出现了。他们建立了国家，这个国家叫毛里求斯。而这些人类族群，叫毛利人，毛利人进入西班牙、葡萄牙后，又被称为摩尔人。

摩尔人统治了西班牙、葡萄牙六百年，这里成为伊斯兰国家，在这块地面，留下许多关于摩尔人的传说。美国现代文学之父华盛顿·欧文曾经写过一本小书，名叫《阿尔罕伯拉》，就是记述他的西班牙苍凉高原之行，写那些古城堡、古寺院中奇奇怪怪的故事。我查了一下地图，遗憾的是作家描绘的那些古城堡和寺院，我们无缘一见，因为我们是从马德里出发，向西往里斯本，而后沿海岸线一直向北行走，而华盛顿·欧文则是从马德里出发，径直向北，深入到比利牛斯山的纵深。

后来西班牙王室、葡萄牙王室不甘屈辱，求助于当时主要的欧洲国家英国、法国和德国，于是三国组成联军，翻越比利牛斯山进入半岛，赶走了摩尔人，帮助他们王室恢复统治，帮助基督教之天主教在这里确立。

那些众多的摩尔人或叫毛利人都到哪里去了呢？我问博物馆的讲解员，讲解员说，三分之一的摩尔人在这次征战中被杀，三分之一逃回了他们来的地方，另有三分之一百姓改宗天主教，这是1447年的事情。

这样，西班牙王室和葡萄牙王室重新立国。立国不久，这两兄弟国家之间又屡屡发生战争，今天你吞并了我，明天我又吞并了你。最后他们携手说，咱们真愚蠢，为什么要兄弟相残呢？咱们有这精力、有这国力，不如去开疆拓土征服世界。于是在一个晚上，西班牙、葡萄牙两个国家在神父的主持下，签了个瓜分世界的协议，协议上说，世界的西半球是西班牙的，东半球是葡萄牙的，兄弟两个各占半个地球，互不相扰。

据说这个协议确曾有的。参观过博物馆的人看到过这个协议。我是没有见到，我问博物馆的讲解员，签协议的那个时候，这两个如此雄心勃勃的国家，他们有多少人口？讲解员回答，西班牙是五百万人口，葡萄牙是三百万人口。

于是，在签完协议的第二天，两支舰队分别从马德里和里斯本出发，这些有着维京海盗基因的伊比利亚人吹起号角，扬起风帆，驶向大西洋，开始他们堂吉诃德式的冒险历程。

西班牙船队从大西洋而太平洋向西，最后登上一块大陆，这块大陆现在叫南美洲，船队将军沿着太平洋海岸线，打下一块儿地方，先建立一个国家，给这个国家命名叫秘鲁。这是这块大陆上开始的第一个国家，将军本人则自任总督。接着打下第二块地方，仍由他兼任总督，建立的这个国家叫厄瓜多尔。接着又建立第三个国家，叫玻利维亚，就这样一口气建立了三十多个国家。这个将军叫什么名字我没有记住，我们的行旅从他家乡的那座小城经过，那是大西洋上的一个要塞，要塞的炮台侧翼是一座基督教堂，教堂的下面则是广场，那儿有将军的青铜雕像，骑着马的样子有点儿像中亚枭雄跛子帖木儿。我们不懂西班牙语，并不知道他是谁，后来与当地居民用英语交流，他们领着我们来到雕像前念出他的名字，并且说南美大陆就是这个将军开辟的。我有些不同意他们的说法，我说，从人们的常识说，这个雕像上的人是一个侵略者、殖民统治者，负面人物。当地居民则说，我们不这样认为，我们觉得他是民族英雄，是本城的骄傲。因为我们是游客，也就不好再说什么了。

葡萄牙船队则从大西洋而太平洋向东，有一天他们来到东方的一个岛上，刚登上岸，结果看见了先期到来的英国人。英国人说，这岛我们已经捷足先登了，你要占领，去登旁边的那个小一点的岛吧。

这个大一点的岛叫香港，那个小一点的岛叫澳门，它们分别被英国人和葡萄牙人统治了一百五十五年和一百一十二年，20世纪末才回到祖国的怀抱。

我在西班牙马德里作了一场演讲，演讲的题目叫《马德里——阳光的城》，演讲很成功，这个成功来源于三个原因，一是早晨的时候突然一场好雨，大雨过后，阳光是如此明亮，从而给人以难得的好心情。第二则是为我翻译的那位中国留学女博士，博古通今，水平真高。她说，在马德里这座热情好客的城市里，有很多华人居民，我在演讲中谈到塞万提斯的堂吉诃德，她在翻译时发挥说，塞万提斯的家乡离马德里不远，朋友们明天的行程会遇见那村庄那风车。第三则是在我演讲之前，一个西班牙妖娆女郎和一个黑人男青年，先跳了一场踢踏舞，为演讲热场。

我的演讲大要如下：

弗朗西斯科·皮萨罗是西班牙早期殖民者，开启了西班牙征服南美洲（特别是秘鲁）的时代，也是现代秘鲁首都利马的建立者。

西方世界第一部真正意义上的长篇小说来自西班牙。这是西班牙文学的光荣，这小说的名字叫《堂吉诃德》，小说作者则叫塞万提斯。

一个名叫堂吉诃德的西班牙古怪绅士要离开他的城郭，他的故乡，他的橄榄树家园，出发去征服世界了，他怀着匡正时弊重建光荣的中世纪梦想，在一个马德里阳光灿烂的早晨出发。

他从旧货市场上买来一副生了锈的盔甲挂在身上，买来一把生锈的长矛，给那长矛的尖头与长柄连接处滑稽地系上一缕红缨，他又从牲口市场上买来一匹风一吹就倒的、瘦骨嶙峋的老马，打扮停当后开始上路。

他带了个仆人，这个仆人叫桑丘，一个滑稽人物，因为中世纪骑士总是有仆人相随的，这是标配。他心目中的理想女性则是那个矮矮胖胖的厨娘，她在看着她的英雄，赞许着他的每一个举动！"而我所做的这一切的一切，都是为了得到她的几声喝彩！"堂吉诃德如是说。

对于这座城市来说，这是一个节日，他们的一位昨日邻居，这座城市的一个伟大儿子要出发去征服世界了。

请这座城市搭上彩门为他送行，请贪睡的姑娘们穿上节日的盛装为他送行，请铁匠用锤子敲打出钢铁里的音乐为他送行，请城市的清洁工给街面上洒些水，再撒些花瓣，以示庄严。

我谨以以上的致辞向西班牙文学致敬，记得二十多年前在中国的西安，我曾与西班牙作家有过一次对话，他们一行七人，作协主席是一位瘦削的老人，现在如果还活着，年龄大约已经很大了，他的夫人名叫卡门，穿一件红风衣。记得在西安皇城宾馆的座谈会上，当我说出我心目中的理想女性是法国作家梅里美塑造的吉卜赛女郎卡门形象时，这位穿红风衣的女作家一声尖叫过来拥抱我，她说，我就是卡门，西班牙的卡门！塞万提斯的故乡叫阿尔卡拉，据说距马德里很近，一个小时车程，我们明天将要行经的高速路经过那里。

　　上面就是我在马德里的演讲，我这里只是一些客套话，此处摘其大要而已。会场是在三楼，演讲完毕，我有些疲惫，于是来到阳台上，坐在茶桌前休息，马德里灿烂的阳光照在我的额头，我长久地处于一种恍惚中，似乎有一种堂吉诃德附体的感觉。第二天早晨，我们告别了马德里，前往里斯本，出城不远便是铺天盖地的橄榄树林，这些橄榄树叫人想起台湾已故作家三毛作词的《橄榄树》。

　　在车上，我们哼唧着这歌儿，在橄榄树密布的西班牙广阔原野上穿行。出城不远，橄榄树丛林中露出一丝红色屋顶，屋顶上方有一辆风车的大轮子在咔咔转动。人们说，那就是西班牙伟大作家塞万提斯的故乡，或者换言之，是愁容骑士堂吉诃德的出发地。导游说，这房子、这风车都是新建的旅游性质的设施。

　　在接近葡萄牙边境时，我们的车停下来加油，我倚着路边的橄榄树作为背景，照了几张照片，照片上的我乱糟糟的头发，眼皮耷拉着，一脸愁苦状，伊比利亚原野上的风吹得人站也站不稳。记得照片传到网上以后，西安的朋友们心疼地说，你多么的疲惫啊，你忘记自己多大年龄了。

　　我们路经的旷野上，长满了遮天蔽日的橄榄树。树木在吹拂的海风中耸立着。我们中国人餐桌上用的橄榄油，绝大部分就来自这块地域。

我们在里斯本又小住二日，然后沿着半岛西边、北边的海岸线，而波尔图，而波尔多，而巴黎。

秋冬相交季节的巴黎

巴黎是法兰西共和国的首都和最大城市，也是法国的政治、经济、文化和商业中心，世界五个国际大都市之一。

巴黎南靠中央高原，东至洛林高原，北邻阿登高地，西到阿莫里坎丘陵，处在巴黎盆地的中央，地势低平。塞纳河蜿蜒穿过城市，形成两座河心岛。

巴黎建都已有一千四百多年的历史，它不仅是法国，也是西欧的政治、经济和文化中心。

我们入境法国的口岸，占地面积很大，空旷、宽敞，仿佛另一个协和广场。当然比这个口岸更大的是入境英国的口岸，因为那里还有一个火车站，各种车辆排成长队，然后被装上火车之后，从海底隧道穿越英吉利海峡。

口岸空旷的原因是，欧盟区所有国家的口岸都予以撤销，欧盟区的九亿多民众，可以自由来往，甚至好像也没有边界这一说了。边界线当然有，但是民众来往，也可以自由穿越。驻欧洲的新华社记者朋友告诉我，为了方便民众出行，欧盟各国牺牲了部分政府利益造福于民。

一位法国海关的女警，马尾辫，坚挺的鼻尖，尖下巴，粉白的一张小脸，上身穿着大警服，下身是大摆裆的马裤，脚上一双大头皮鞋，向前外方迈着。一只手插在裤兜里，一只手拎着个警棒。我们的车停在这个广场上的时候，我拿起手机，以海关那涌涌不退的集装箱货车为背景，拍了一张她的照片。

大约各国的海关，都把自己最拿得出手的女人们放在这里，以便给游客最好的第一印象。女警发现我在拍照，她拎着警棒走了过来，离我三步远的时候，她停下脚步，用警棒指指我的手机，示意我把照片删掉。我删掉了。她摇摇头，转身离开。我冲着她的背影说：漂亮！她大约对游客的这种奉承话早就听腻了，转过身，用警棒指了指车的方向，叫我们乖乖地坐回自己的车里去，不要在这海关重地随便走动。

我们这个团队有一位电台的女主播，倒是始终坐在车里面，也不下来。原来她的护照在日内瓦丢了。大家在湖边野餐，她的车门没有关好，结果让人把包给拎走了。护照丢了以后，她也不敢给人说，混在我们的队伍里往前走，装傻。她丢失护照的事情，是在巴黎被发现的。

虽然海关不需查验护照了，但是入住宾馆时，是要查验的，这样这位可怜的姑娘不能再随我们前行了。她被作为难民，遣送回中国。

在我们前往巴黎的路途上，在路过一个饭馆时，我的手机不停地响。原来是报纸和网站约稿，他们说，一个叫金庸的中国大作家去世了，他生前和你还有一些交往的，华山论剑、碑林谈艺，等等。这样，我在饭馆里扒拉了两口饭，然后坐在饭馆门口的台阶上，写了一篇悼亡文字。查查金庸去世的时间，那天是2018年10月30日。

巴黎，世界的艺术之都，这里是印象派美术发源地、芭蕾舞的诞生地、电影的故乡，别称艺术之都、时尚之都、文化之都、浪漫之都、花都。

巴黎位于法国北部巴黎盆地的中央，横跨塞纳河，著名景点有埃菲尔铁塔、凯旋门、协和广场、卢浮宫、巴黎圣母院、凡尔赛宫等等，公元6世纪起，巴黎成为法兰西王国的首都。

巴黎市区占地面积一万两千平方公里，2016年的人数统计，大巴黎区人口为一千一百万。城区像一块大比萨，平摊在塞纳河两岸。这块大比萨被分成二十个方块，形成巴黎的二十个区。巴黎最近的入海口，是三百六十公里外的塞纳河英吉利海峡河口。塞纳河是巴黎主要的河流，全长七百七十六点六公里，包括支流在内的流域，总面积为七万八千七百平方公里。

时值秋冬相交季节，天气冷极了。我们穿上带来的所有衣服，仍然感觉很冷。天空阴沉沉的，冷风嗖嗖，巴黎城区那些铅灰色的建筑物矗立在风中，好像也如我们一样在瑟瑟发抖。风卷起树叶，打在人的脸上，生疼。风最大的地方，在塞纳河边。

因为我在一所大学兼任人文学院院长，所以我在一张宣纸上写下了一段话，之前，在柏林大教堂前，手举着这张纸拍过一张照片，传回了学校。现在，来到巴黎，埃菲尔铁塔是巴黎的标志性建筑，因此我想在这里再拍一张。

我不能动用车，因为电视台只允许我为他们的赞助单位代言，不许说别的，所以这事我得悄悄来做。等到行程结束后，这照片登出，电视台就奈何不得我了。这样，我找了两个与我们一路同行的汽车保障厂家师傅，搭乘地铁来到塞纳河畔的埃菲尔铁塔前。

巴黎的地铁，上三层，下三层，左三层，右三层，蜘蛛网一样布满了城区的地下。据说，在这二十个区的任何地方，只要你想乘坐地铁，周围五百米处，一定会有个地铁入口。而进了入口，不停地换乘，你就可以抵达这座城市的任何地方。人们说，巴黎最重要的交通选择就是地铁。

在塞纳河畔，以埃菲尔铁塔为背景，我捧着那张纸，照了一些照片。风很大，大极了。两个师傅一个帮我拎这张纸，一个照相。风吹着这宣纸哗哗直响。塞纳河在我的身边流淌着。水不甚清澈，呈灰白色，大约也是因为刚下过雨的缘故。这就是那留下过无数传说的塞纳河呀！

我们的回程仍然搭乘地铁，换乘了三次，从一个出口出来，回到我们下榻的宾馆。我们住在这二十个区中的哪个区块儿，我始终也没有弄明白。

接下来我们的车队要作一次秀，即排成长队，从著名的香榭丽舍大街穿过，从凯旋门穿过，然后在协和广场，绕广场三圈，办一次活动。香榭丽舍大街有点儿像北京的东西长安街，不过要短一点儿，只有两公里长。那著名的爱德华凯旋门，在大街的中途。我们经过时，凯旋门正在维修，上面布满了脚手架，而下面，堆放着一堆堆的建筑材料。我们的车队在凯旋门也绕了三圈，向它致敬。

协和广场在香榭丽舍大街的顶端。一个偌大的广场，四周布满了青铜塑像，广场中间好像有一个大的喷泉。我们的车队和警察交涉了半天，得到他们的允许，车里的音乐播着马赛曲，缓缓地绕着广场转了三圈，尔后停下来，而随行的那些商家们，展出自己的产品宣传广告牌，开始秀。

天太冷了，我躲在车里，开着暖气，赖着不下车。广场上除了我们和其他一些中国游客外，人很少。巴黎市民大约因为怕冷，都躲到家里不出来。正当我在车上的时候，一位妖妖娆娆、服装艳丽的女子，高跟鞋一扭一扭地，穿过广场，走到我的车前，笑着敲我的车窗玻璃。原来这是一位中国女子，西安一家美术博物馆的馆长，她说："高先生，听说你带的烟抽完了，我穿过大半个地球来看你，给你带几条烟来！"我这一刻真的很感动。接着，又有几个北京的画家过来了，他们说商家给他们发了些欧元，现在，咱们去吃法国大蜗牛，吃到自己肚子里的东西才是自己的，吃完后去看卢浮宫。这样，我给电视台的人打了个电话，告了假，就和这女士、这几个画家一起走了。"巴黎真是个好地方！"说这话的人是法国大作家大仲马。这个写过《三个火枪手》、写过《基督山伯爵》的大仲马，就要死了的时候，他躺在哪家医院里，我们现在已经闹不清了，反正就是这二十个区的某一家医院。老小伙躺在病床上，颤巍巍地从口袋里摸索了半天，摸出两只铜板，放在嘴上亲一下，然后分别用两手抓住，放在身边敲着说："巴黎真是个好地方！巴黎待我真不薄！记得，这个穷小子从乡下来的时候，身上只带了五个铜板。你看花了大半辈子，尽情地挥霍了，怎么也花不完。眼看着就要走了，撒手而去了，还剩两个！"

在巴黎大剧院，我又想起他和他的儿子的另一个典故。小仲马的《茶花女》上映了，轰动巴黎，他给大仲马写信说："父亲，《茶花女》演出成功了！它堪比你的任何一件作品！"大仲马见了信，莞尔一笑，拿起鹅毛笔回信说："亲爱的孩子，我的最好的作品就是你呀！"

我这"欧亚大穿越丝路万里行"一路走来，作为文化大使，在出发仪式上就说过，这次行旅，完全按照大仲马所说的"历史是一枚钉子，在上面挂我的小说"这样的创作原则来实施。我将在这古老道路上，用放大镜寻找那些历史的钉子，然后在这钉子上面，兴风作浪，御风而舞。如今在巴黎，在这大仲马的国家，在我的艰辛与苦难的行程行将尾声时，我想说，这位文化大使的初衷，起码是部分地做到了。

关于河西走廊四郡，关于塔里木盆地，关于帕米尔高原，关于撒马尔罕，关于里海，关于高加索和乌拉尔，关于那世界三大草原王的故事，关于莫斯科、明斯克，关于波罗的海、北海与地中海，关于西班牙那个堂吉诃德出发的橄榄林和风车的村庄，关于七百年前的威尼斯商人马可·波罗，等等等等，我用我诚实的脚步穿越了它们，我把它们昨日的传奇和今日的现状介绍给世界。虽然行程过于匆忙，但是我想我还是部分地做到了。

我来到巴黎圣母院，向雨果笔下的这座巴黎标志性建筑致敬。而在此之前，在波尔多，1793年法国大革命开始的地方，《九三年》这部雨果著名小说描写过的地方，我曾向广场上竖立的"自由战胜枷锁"的九三纪念碑致敬。

有一句话在这里不知道当说不当说。难民潮正给欧罗巴大陆带来一场灾难。也许，危言耸听一点儿，欧罗巴大陆的沦陷将是指日可待的事情。难民已经涌入法兰西大地的每一个最偏远的山村，而在难民的口中，巴黎已经成为他们的故乡，他们把巴黎叫作"巴黎斯坦"。

难民潮对东欧、中欧、西欧的影响，我在柏林就感觉到了。柏林也被难民称作他们的"柏林斯坦"，而在法兰克福，当我在美因河边一张石凳上，写作我的《东方和西方是一个汽车轮子的距离》这篇演讲稿时，一群半大的难民孩子，男女都有，就在不远处的草地上横七竖八地躺着，用白眼仁看着我。我有些胆怯，于是匆匆收了笔，绕着他们离开。另一个地方是布鲁塞尔，由于是欧盟所在地，这座城市具有世界性质，所以街道上挤满了难民。布鲁塞尔广场旁边的一条街上，都是书店。书店只卖一种书——《古兰经》，既然这书店能长期开，说明这书是有销量的。另一个横行无忌的地方是法国第二大城市马赛。一群大孩子开着大马力的摩托，轰轰隆隆地从街上一冲而过，街道上行走的那些白人原住民慌忙让路。日内瓦也是一个难民大量聚集的地方，因为是联合国四大总部所在地，在难民们的眼中，这座城市也是属于世界的。

当然，难民最为聚集的地方还是巴黎了。在我们一行离开巴黎不久之后，香榭丽舍大街就发生了"黄背心"运动，而在离开一年之后，巴黎圣母院又遭了一场大火。虽然法国当局没有把这些事情与难民潮和宗教联系起来，这是他们的高明之处，但是，它们应是有联系的。我在巴黎时，就已经预感到这个乱糟糟的城市，一定会有什么事情发生。

我从巴黎圣母院门口经过，台阶上坐满了难民。行走间，不时有难民伸脚绊我一下，然后伸手要烟抽。我给一支，不行，他要两支。他将一支点着抽，另一支夹在耳朵根上。

英国的情形大约好一点，但是也好不到哪里去。虽然有英吉利海峡的阻隔，虽然英国政府正在明智地完成着他们与欧盟的割裂，虽然他们在重建海关，但是，新华社记者告诉我，英国连续四年，出生孩子起名第一多的是"默罕默德"，英国政府觉得有些奇怪，于是做了调查，原来，穆斯林家庭出生的第一个男孩儿必须叫这个名字。

对于难民潮给予欧罗巴大陆的风险，专家们用两桩历史旧事来做比照。一桩就是我上面几次提到的，摩尔人对西班牙、葡萄牙的入侵，大家知道，摩尔人占领这块地面长达六百年之久。而另一桩则是日耳曼人对于德国的占领。这些至今还没有被弄明白是从哪里来的一个外来民族（或是东斯拉夫人，或是北欧维京海盗，或是从中亚老梅尔夫古城来的雅利安人）来到这里，原住民收留了他们。他们的人口迅速膨胀，当人口超过原住民时，建立了拜占庭帝国。伟大的罗马帝国正是被拜占庭所取代的。

我是一个观光客，一个偶然的机会，因有一条古老道路从这里通过而来到这里，我也许不该多嘴说这些事情。我所以骨鲠在喉，不吐不快，是受一个一百多年前的名叫斯文·赫定的瑞典探险家的鼓励。

斯文·赫定就是那个发现楼兰古城、发现小河墓地的瑞典探险家，那个探险时总喜欢住在喀什噶尔英国东印度公司驻噶办事处的先生。他的第一次中亚探险，是从北京出发，经张家口，穿越蒙古高原抵达新疆的。走过这条道路之后，他给中国政府一个忠告：如果不赶快修一条从蒙古高原穿过，抵达新疆的铁路，这块儿地方就有丢失的危险。

我们是观光客，这里我们不说这么多。当我来到巴黎圣母院门前，举手向它致敬时，巴黎圣母院正在维修，电影中的吉卜赛女郎——美丽的艾斯米拉达，领着她的小公羊跳舞的那个地方，横七竖八地躺满了难民。而在丑人卡西莫多向下伸头探望的那个窗口，虽然也有人向下探望，但那不是卡西莫多，只是正在忙碌的装修工人。

巴黎真是个好地方，世界的艺术之都，它为全人类提供的文化的乳汁、艺术的乳汁，大约世界上很难再有别的城市能够比拟。

当我在巴黎的夜间散步的时候，我想起巴尔扎克。那时候的巴黎人都知道，夜晚那个喝了太多的咖啡，穿着件睡袍，蹒跚地行走在大街上的人，是刚写完《高老头》或《搅水女人》的大作家巴尔扎克。同时，我还想起左拉，那个用鹅毛笔写出《我控诉》的充满正义感的作家；想起福楼拜，想起莫泊桑，想起开一个家庭沙龙、把巴黎城的所有男艺术家都弄得神魂颠倒的、被称作贵妇兼荡妇的乔治·桑；想起写作《卡门》的梅里美；想起留两撮小胡子，短短胖胖的，从莫斯科偷偷溜过来，汇入沙龙的俄罗斯大作家、《死魂灵》的作者果戈理。

这次行程紧束，我没能前往塞纳河畔的枫丹白露森林，那里是印象派画家写生的地方，莫奈、德加、塞尚、雷诺阿、梵高等等印象派经典画家常去的地方。须知，我在写作代表作之一、长篇小说《最后一个匈奴》的时候，案头上备有两本书，它们成为我的写作指南，一本就是《印象派的绘画技法》，另一本则是英国大诗人拜伦的皇皇大作《唐璜》。前者教会我像魔术师一样点石成金，后者则教会我气吞万里的宏大叙事。

梁园虽好，不是久恋之家。我们在世界艺术之都巴黎，待了三天，怀着一颗虔诚之心、敬畏之心，我尽可能地去了一些过去只在书本上和传闻里知道的地方。金黄的落叶堆满我心间，我现在已不是青春少年。拖着旅途疲惫的两条老腿，如饥似渴感受着这艺术之都带给我的心灵的快乐，浸润在这艺术的殿堂中，我满足而快乐。

离开巴黎时，我们举行了一场发布会，是在巴黎市中心一幢楼房的二楼宴会厅举行的。西安的一所民办高校来这里举行了一场中国特色的舞蹈演出。高校校长叫黄藤，他穿着中式的衣服，宽袍大袖，在舞台上舞了一回太极剑。

国际范儿伦敦城

伦敦是大不列颠及北爱尔兰联合王国的首都，位于英格兰东南部的平原上，地形平坦，地势较低，跨泰晤士河下游两岸，距河口八十八公里。城市中心坐标为北纬五十一度三十分，东经零点一度五分，大伦敦面积为一千五百七十七平方公里，2016年人口约为八百九十万。

两千多年前，罗马人建立了这座城市。近几百年来，伦敦一直在世界上保持着巨大的影响力。19世纪初到20世纪，作为世界性帝国——大英帝国的首都，伦敦是一座全球领先的世界级城市，是全球最富裕、经济最发达、商业最繁荣、生活水平最高的城市之一，在政治、经济、文化、教育、科技、金融、商业、体育、传媒、时尚等各方面影响着全世界，是全球化的典范。

英国嚷嚷着要脱欧，其实英伦三岛从来就是一个独立的地理板块，和欧亚大陆板块没有任何的勾连。我在此前好像说过，英伦三岛像漂浮在大西洋这汪大水中的三朵并蒂莲花，所以说，英国人不论从地缘政治上或民族心理上都与欧盟诸国有不小的隔阂。

这个历史上被称作约翰牛的民族，在人类大航海时代曾经号称是"日不落帝国"的世界强国，一部世界近代史简直就是英国远洋船队征服世界的历史。在东方，他们建立的东印度公司实际上是一个准国家，而他们对于中国的进入，一直是以这个跳板为支撑的。

没有东印度公司的登岸，北印度地面的莫卧儿王朝现在大约还统治着印度全境。而当我此次行程中，在新疆喀什噶尔那个过去叫东印度公司驻喀什噶尔办事处，现在则叫其尼瓦克酒店下榻时，我仍然感到大潮汐过后，这个昔日的日不落帝国留在大地上面的雪泥鸿爪。

英国是大不列颠及北爱尔兰联合王国的俗称，包括英格兰、苏格兰、威尔士以及北爱尔兰等，英伦三岛一词是中国人对英国或大不列颠的别称，英国人不这样说，其他国家的人也不这样说。这个称谓最早见于清水师提督陈伦炯作于雍正年间一本叫《海国闻见录》的书。又有些年月后，清道光年间曾任职海关的梁廷枏（楠）在《海国四说》中说："英吉利在欧罗巴洲，三岛孤悬大西洋中，迤东两岛相连，南为英伦，北曰斯葛兰。……西别一岛为以耳兰。"

伦敦是世界上最大的经济中心之一，也是欧洲最大的城市。伦敦和纽约并列为世界最顶端的国际大都会，金融业是伦敦的支柱产业，伦敦是全球最重要的银行、保险、外汇、期货和航运中心。有十九家世界五百强企业的总部位于伦敦，百分之七十五的世界五百强企业在伦敦金融城设有公司或办事处。此外，全世界的跨国公司和金融机构在伦敦设有分支机构，全球大约百分之四十五的货币业务在伦敦交易，伦敦证券交易所是世界上最重要的证券交易中心之一。

在《圣经·罗马书》中，有关伦敦的记载是从公元50年始。有学者认为，伦敦这一地名来自凯尔特人凯尔特语。罗马人在公元43年征服这里后，他们修筑了一座跨越泰晤士河的桥梁，此后他们发现该地的地理位置有利，又修筑了一座港口，公元50年前后，罗马商人又在桥边兴建了一个城镇，伦敦由此而诞生。

我们是在告别巴黎后踏上前往伦敦的旅途的。先在英吉利海峡边的一个宾馆里歇息了一夜，天十分冷，宾馆建在旷野上，全部的游客就只有我们这个车队。我们第二天早上将启程通关。

英国虽然还没有脱离欧盟，但是海关已经开始验收，费了两个小时的周折以后，我们的车队被批准入关，而后，车队排成一条长龙，经过一个坡道下去开始装火车。车辆被装上火车以后，司机和乘员下来，坐在这火车上的客运硬座车厢。车开动了，这是通过英吉利海峡隧道，感觉光线有些暗，空气有些稀薄，二十分钟后，汽笛一声长鸣，我们来到英国的土地。

车现在左行，离岸三十多公里后有一个大的停车场。我们在这里停车，一人吃了一个汉堡包，喝了一杯咖啡。停车场上黑压压地停满了载重汽车，一排一排的百辆不止。这些集装箱有些当是从中欧西欧陆路方向而来，有些则是从海边码头上卸下的。记得我当时围着这些庞然大物转了转，不明白这集装箱里装的都是些什么，后来回国后看新闻，说是有为数颇多的越南偷渡客，冻死或窒息而死在这些载重车拉的集装箱里了。

又前行一百多公里后，伦敦到了。这座世界大都市坐落在一块平坦的原野上，我们走进它，向它叩问，向它致敬。

我们下榻在城郊的一个宾馆里，好远的路程，汽车摇摇晃晃，大约从灯火昏暗的街道上穿行了四十多公里，方才到达我们的住地儿，第二天还要再回到城里，在伦敦金融城举行活动。

金融城是个城中之城。这里大约就是人们说的寸土寸金之地，四周布满了考究的摩天大楼，其中有一座写着"中国银行"字样。狭窄街道穿行其间。在这些大楼中间，辟出一块空地，我们此次

"欧亚大穿越丝路万里行"的收官仪式将在这里进行。

十几辆汽车冲洗一新，在空地上摆出一个造型。空地中央，搭了个木台，陕西卫视以及八家卫视要在这里进行实况转播。伦敦金融城的市长，一个绅士模样的老头，由他的女秘书开车送来，他将在仪式上讲话。中国方面，陕西来了一位官员，他也要在仪式上讲话；中国驻英大使馆一位文化参赞，主持这项活动。

那位中国官员见了我，过来打了声招呼。那位文化参赞也过来跟我打招呼，他说他很熟悉我，他姓赵，是西安一所大学的副校长，由外交部征召，来这里做文化参赞。在表演仪式上，那位会舞太极剑的民办大学校长，也领着他的团队来了。他的一招"白鹤亮翅"，一招"金鸡独立"，招来阵阵掌声。

仪式结束后，市长离去。我将他一直送出这块空地，送到大门口。今天好像是周末，女秘书开车将他送来后，就开车回去了，他现在要自己打车回去。这就是英国人的风格。伦敦有两个市长，一个是行政区的市长，一个是金融城的市长，同一级别。人们说，因为金融城在为这个城市、为这个国家提供着巨额财富，所以，这个市长好像更重要一些。

在金融城举行完官方的收官仪式以后，第二天下午，在伦敦市中心的一幢楼房的二层大厅，还举行了商界的最后一次参展活动。中国来的茶叶商介绍他们的茶叶，称这为"东方树叶"，用"临洮易马，汉中买茶"这句古语，来介绍该地茶叶种植的久远。来自中国的白酒商，则讲起汉武帝犒劳霍去病大军，将军将一坛酒倒入一个泉子里，供三军将士畅饮，从而创造了一个名叫"酒泉"的城市的故事。

伦敦最繁华最热闹的地方，现在是中国城。熙熙攘攘的十字街口，布满了中国商店、中国餐馆，行走着中国游客。中国人是一个特别能适应环境的民族，有一块立足之地，有一口吃的饿不死，于是一代一代地就凑凑合合地生存下来了。

伦敦城有一个著名的所在，叫海德公园。我们在城里转悠，三转两转，就从不同的方向、不同的路口，走到这个公园来了。给人的感觉，这个公园才是城市的主体，而街道和建筑物，只是依附于公园的点缀而已。

欧洲的许多城市也都是这个样子：丘陵，从丘陵穿过的一条小路，小路边的长椅、草地、高大的树木，这些构成了城市的基本面貌，整座城市像一个大的公园。给我的感觉，那些拄着拐杖的老人，好像一整天都坐在这长椅上晒太阳、发呆。

海德公园像这座城市的风格一样，平铺在地面上，大而无当。行走在公园里，恍惚间你会以为是在英格兰乡间行走。绿草间白色的道路上，会有一位乡间的行吟诗人，一边走一边吹着风笛。

高大的乔木，叶子在风中一片一片地掉下来，它们应当是橡树。草地一眼望不到头，一条条白色的小路，从草地间穿过。休闲的人们在草地上野餐，孩子们在嬉戏。姑娘们三五成群，在用手机拍照，记录下她们的青春年华。

有一个大湖，一条小路绕着湖畔，转了一个大圆圈。草地上有看林人的小木屋。胆大的松鼠从树上蹿下来，来到小路中间，打着立桩儿。一群又一群的白天鹅，一会儿在水中，一会儿又扭着屁股，在岸上行走。

一切都各安其位。这叫我想起中国先贤们所憧憬的那种"天人合一"的理想。在海德公园的西北角，有一个演讲角，据说，这个演讲角是从卡尔·马克思开始的，一直传承延续到今天。马克思在写《资本论》的时候，写作累了，于是在公园里散步。人们围上来，请教他一些问题，马克思于是站着开始讲。讲的途中，有人给他的脚下垫一个凳子，或者塞一架小梯子，于是马克思就站在凳子上或梯子上演讲。

我们在伦敦停留了三天，尔后驱车前往距伦敦一百三十公里的牛津大学。我们这次"欧亚大穿越丝路万里行"活动的整个行程，将在那里画上句号。

牛津大学是一座建在旷野上的大学城，别无他物，只这大学就是一座城。那条从伦敦来的高速公路，可能也是为这所大学而专修的。大学在我们来之前有三十九所学院，我们去时正在举行庆典，一所基督学院又告成立。

我们去时，适逢几所学院正在举行研究生的毕业典礼。典礼在大学图书馆楼前进行。仪式结束后，同学们由家长陪着，走上十字大街。这是朝气蓬勃的年轻一代，白人、黑人、各色人种都有。校方介绍说，我们这所大学，是为英国培养首相、为世界培养领袖的，撒切尔夫人、梅姨以及约翰逊先生，都是牛津大学的毕业生。

牛津大学街道的十字路口，跨街有一座桥，是这所大学的标志性建筑。据说这座桥是从威尼斯那里仿造而来的，桥名叫"叹息桥"，它的正式名称叫赫特福德桥。

我在这叹息桥下面做了最后一次视频直播。我们在牛津大学城里住了一夜。这里的夜晚十分冷，有着淡淡的月光，我大约一夜没睡。我来到操场上，那里停着一长溜摆放得整整齐齐的汽车，我找到我的十号车，将它用湿抹布擦拭了一遍又一遍。车上的里程表显示"22000"字样，也就是说，此行中，它载着我，已经走了二万二千公里，也就是说，跑了绕地球半圈还要多的路程了。一想到这里，我就怀疑自己是在梦中。

也许我的一生，将分两个阶段，即这次大穿越之前的阶段和穿越之后的阶段。人是需要经历的，这个经历带给我太多的东西。

　　而书本上得来的知识，和你用双脚亲自踏勘过的大地上的知识，完全是两回事，不可同日而语。如果，如果我年轻二十岁的时候有过这次行程，那我之后的文学创作，一定会有许多不一样的地方。抚摸着我的十号车，我感慨地这样想。

后　记

　　每写完一本书，画完最后一个句号后，接下来的事情，就是我想趴在这张布满烟蒂的书桌上大哭一场。

　　我感到自己像刚刚经历了一场大病，通身有一种虚脱和疼痛的感觉。

　　我感到自己像刚刚经历了一场噩梦，眼前是一片茫然。

　　我真后悔自己选择了写作这个职业。这是一个怎样折磨人的心灵的职业！这个职业是把自己像祭品一样为缪斯之神献上，就像陕北人的"献牲"一样。不同的是这里献出的是你自己，而陕北老乡献牲用的是猪头羊头。

　　可是，我欲罢不能，还得写作。

　　"我用二十年的时间发现自己并没有写作才能，可是我已经欲罢不能了，因为我已经名满天下！"——这是一位外国作家的话。于我，常常也有这种感觉。不过对我来说，要取掉这句话的后半句才好。

　　2000年对我来说是一个大年。这一年我写了四本书。它们是《穿越绝地》《我在北方收割思想》《白房子》《惊鸿一瞥》。前两本已经在当年的10月出版，且销量颇好。后两本也已完成，当在2001年面世。

在写《惊鸿一瞥》的后三分之一部分时，我一直有病。自10月份去南京十一届书市签名售书，又取道大连转了一趟后，回来我一直感冒和咳嗽。11月25日，我去进行了一次一年一度的专家体检，体检告诉我，我全身几乎每一个零件，都有慢性病和老年病。我还不老！这是职业病，是我多年来案牍玩命的结果。

我忍着咳嗽，抽着烟，将全书写完。我的每一次咳嗽就像溅水笔的每一次吐水。我想使自己不抽烟，可是我办不到。抽烟和写作在我，是如此紧密地联系在一起。也许写完后，就将使自己少抽些烟。

《惊鸿一瞥》一书写完了。从现在到春节据说还有四十天时间，我决心在这四十天中不写一个字了，谁约稿我也不写了。我要给自己放一个寒假，像农民冬闲一样，像果树冬歇期一样，劳动者有休息的权利。

2000年12月15日凌晨2时

高建群小传

高建群，男，汉族，1953年12月出生，祖籍陕西省西安市临潼区。国家一级作家，著名小说家、散文家、画家、文化学者，"陕军东征"现象代表人物，被誉为当代文坛难得的具有崇高感和理想主义的写作者，浪漫派文学"最后的骑士"。历任陕西省文联第四届、第五届副主席，陕西省作家协会第四届、第五届、第六届副主席，陕西文化交流协会名誉会长，西安交通大学、西北大学客座教授，西安航空学院人文学院院长，大秦印社名誉社长等。享受国务院政府特殊津贴。被《中国作家》杂志社授予当代最具影响力的作家，陕西省委省政府授予终身艺术成就奖等。

其代表作有《最后一个匈奴》《大平原》《统万城》《遥远的白房子》《伊犁马》《我的菩提树》《大刘镰》等。长篇小说《最后一个匈奴》在北京研讨会上引发中国文坛"陕军东征"现象。据此改编的三十集电视连续剧《盘龙卧虎高山顶》在央视播出。《大平原》获中宣部"五个一工程"奖，名列长篇小说榜首；《统万城》获国家新闻出版广电总局优秀图书奖，名列长篇小说榜首，其英文版获加拿大国际"大雅风"文学奖。高建群也是第一个在凤凰卫视《世纪大讲堂》演讲的内地作家。

高建群履历

1976年，以组诗《边防线上》踏入文坛。

1987年，以中篇小说《遥远的白房子》引起文坛强烈轰动。

1989年，担任延安地区文联（代）主席兼《延安文学》主编。

1993年，当选为陕西省作家协会副主席。

1993年，长篇小说《最后一个匈奴》出版，被誉为中国式的《百年孤独》，陕北高原史诗。

1993年至1995年，挂职黄陵县委副书记，专职创作，其代表作《最后一个匈奴》即为挂职期间出版。

1997年，参与央视十频道开播策划，并与周涛、毕淑敏共同担纲央视纪录片《中国大西北》总撰稿。该片荣获中宣部"五个一工程"奖。

2002年，当选为陕西省文联副主席。

2005年至2007年，挂职西安高新区党工委委员、管委会副主任。长篇小说《大平原》即在此期间酝酿成型。

2013年7月，被聘为西安航空学院文学院首任院长。

2017年9月，被聘为西北大学丝绸之路研究院研究员。

2020年5月，被聘为大秦印社名誉社长。

2020年7月，西安高新区文联成立，当选为第一届主席。

高建群创作年表

　　《边防线上》（组诗）：发表于《解放军文艺》1976年8月号，责任编辑：李瑛、纪鹏、韩瑞亭、雷抒雁。

　　《0.01——血液与红泥》（诗歌）：发表于《延河》1979年2月号，责任编辑：汪炎。

　　《将军山》（诗歌）：发表于《延河》1979年8月号，责任编辑：闻频。

　　《杜梨花》（短篇小说）：发表于《延河》1980年2月号，责任编辑：杨明春。

　　《很久以前的一堆篝火》（散文）：发表于《延安日报》1984秋，责任编辑：杨葆铭。

　　《人生百味》（诗歌）：发表于《星星》诗刊1985年，责任编辑：叶延滨。

　　《五月的哀歌》（叙事诗）：发表于《叙事诗丛刊》1985年，责任编辑：潘万提。

　　《现代生活启示录》（系列散文）：发表于《文学家》1985年，责任编辑：陈泽顺。

　　《新千字散文》（散文集）：1987年，陕西人民教育出版社出版，约稿编辑：陈绪万，责任编辑：赵常安。

《遥远的白房子》（中篇小说）：发表于《中国作家》1987年第5期，约稿编辑：朱小羊，责任编辑：陈卡。《中篇小说选刊》《小说选刊》《小说月报》《新华文摘》《解放军文艺》等进行了转载。2013年，台湾风云时代公司出版繁体单行本。2014年，陕西师范大学出版总社出版简体单行本。

《给妈妈》（诗歌）：发表于日本《福井新闻》1988年3月17日，责任编辑：前川幸雄。

《骑驴婆姨赶驴汉》（中篇小说）：发表于《中国作家》1988年第6期，责任编辑：杨志广。

《伊犁马》（中篇小说）：发表于《开拓文学》1989年第3、4期合刊，责任编辑：叶梅珂。2007年，四川文艺出版社出版单行本。

《老兵的母亲》（中篇小说）：发表于《中国作家》1989年第5期，责任编辑：杨志广。

《雕像》（中篇小说）：发表于《中国作家》1991年第4期，责任编辑：杨志广。

《为了第一个猴子开始的事业》（创作谈）：发表于《解放军文艺》1991年第8期，约稿编辑：周政保，责任编辑：丁临一。

《东方金蔷薇》（散文集）：1991年，陕西人民教育出版社出版，责任编辑：田和平。

《陕北论》（散文）：发表于《人民文学》1991年，责任编辑：韩作荣，《散文选刊》转载。

《你们与延安杨家岭同在》（散文）：发表于《人民文学》1992年第6期，约稿编辑：崔道怡。

《史诗与二十世纪》（创作谈）：发表于《文学报》1992年5月，责任编辑：李俊玉。

《达摩克利斯之剑》（短篇小说）：发表于《青年文学》1992年第10期，责任编辑：康洪伟。

《最后一个匈奴》（长篇小说）：1993年，作家出版社出版，责任编辑：朱珩青。1994年，香港天地图书公司、台湾汉湘文化发展公司分别于香港、台湾出版繁体版。2001年，中国青年出版社出版。2006年，北京十月文艺出版社出版，2016年再版。2011年，陕西人民出版社出版《高建群图画〈最后一个匈奴〉》。2012年，长江文艺出版社出版，2014年再版。2012年，台湾风云时代公司再版繁体版。2013年，太白文艺出版社出版。2014年，陕西师范大学出版总社出版《最后一个匈奴》（手稿版）。

《我从白房子走来》（文学自传）：发表于《陕西日报》1993年6月，责任编辑：刘春生。

《出国的诱惑》（中篇小说）：发表于《延安文学》1993年第2期。

《我如何个死法》（散文）：发表于《美文》1993年第7期，责任编辑：刘亚丽。

《一个梦的三种诠释形式》（中篇小说）：发表于《飞天》1993年第5期，约稿编辑：孟丁山，责任编辑：刘岸。

《家族故事》（中篇小说）：发表于《漓江》1993年，约稿编辑：王蓬。

《祭奠美丽瞬间》（散文）：发表于《文友》1993年，责任编辑：王琪玖。

《茶摊》（中篇小说）：发表于《延河》1993年第7期，约稿编辑：陈忠实，责任编辑：张艳茜。

《白房子人物》（系列散文）：发表于《西北军事文学》1994年第2期，约稿编辑：王久辛，责任编辑：张春燕。

《匈奴与匈奴以外》（创作谈）：1994年，陕西人民教育出版社出版，策划编辑：张继华，责任编辑：刘孟泽。

《张家山幽默》（短篇小说系列）：发表于《延河》1994年第4期、第9期，责任编辑：张艳茜。

《陕北剪纸女》（散文）：发表于《美文》1994年第9期，责任编辑：刘亚丽。

《女人是巫》（散文）：发表于《女友》1994年第8期，责任编辑：孙珙。

《大顺店》（中篇小说）：1994年，陕西人民出版社出版。1995年，发表于《小说家》第1期，约稿编辑：闻树国。1995年，改编为同名电影，北京电影制片厂出品。

《六六镇》（长篇小说）：1994年，陕西人民出版社出版。2007年重新修订，易名《最后的民间》由文汇出版社出版。

《丹华的故事》（系列散文）：发表于《深圳风采》1994年第10、11期，约稿编辑：吴重龙。

《马镫革》（中篇小说）：发表于《小说家》1995年第2期，约稿编辑：闻树国。

《女人的要塞》（散文）：发表于《女友》1995年第2期，责任编辑：孙珙。

《古道天机》（长篇小说）：1998年，中国文联出版社出版，责任编辑：叶梅珂。2007年重新修订，易名《最后的远行》由华龄出版社出版。2011年，陕西人民出版社再版。

《愁容骑士》（长篇小说）：1998年，中国文联出版公司出版。2000年，广州出版社再版。2000年，台湾逗点公司出版繁体版。

《我在北方收割思想》（散文集）：2000年，四川文艺出版社出版，责任编辑：林文询。

《穿越绝地——罗布泊腹地神秘探险之旅》（散文集）：2000

年，湖南文艺出版社出版，责任编辑：龚湘海。2014年，修订后易名《罗布泊档案：罗布泊腹地探险之旅揭秘》由陕西师范大学出版总社再版。

《白房子》（小说集）：2002年，陕西师范大学出版社出版。

《西地平线》（散文集）：2002年，上海人民出版社出版。

《惊鸿一瞥》（散文集）：2002年，群众出版社出版。

《胡马北风大漠传》（散文集）：2003年，上海东方出版社出版。2008年，在台湾地区发行繁体版。

《刺客行》（小说集）：2004年，太白文艺出版社出版，责任编辑：韩霁虹。

《狼之独步：高建群散文选粹》（散文集）：2008年，东方出版中心出版。

《大平原》（长篇小说）：2009年，北京十月文艺出版社出版。2016年该出版社再版。2012年，台湾风云时代公司出版《大平原》（繁体版）。2014年，陕西师范大学出版总社出版《大平原》（手稿版）。

《统万城》（长篇小说）：2013年，太白文艺出版社出版，责任编辑：韩霁虹，2016年该社再版。2013年，台湾风云时代公司出版《统万城》（繁体版），责任编辑：陈晓琳。2014年，陕西师范大学出版总社出版《统万城》（手稿版）。

《独步天下》（书画集）：2013年，陕西人民出版社出版。

《生我之门》（散文集）：2016年，未来出版社出版。

《我的菩提树》（长篇小说）：2016年，北京十月文艺出版社出版。

《相忘于江湖》（散文集）：2017年，北京时代华文书局出版。

《大刈镰》（长篇小说）：2018年，三秦出版社出版。

《我的黑走马——游牧者简史》（长篇小说）：2019年，陕西师范大学出版总社出版。

《来自东方的船》（散文集）：2020年，陕西旅游出版社出版。

《丝绸之路千问千答》（文化读本）：2021年，西北大学出版社出版。

《最后一个匈奴（30周年纪念版）》：2022年，陕西师范大学出版总社出版。

社会评价

我劝大家注意，高建群是一个很大的谜，一个很大的未知数。

——著名作家　路　遥

我一直想找机会请教一下高先生，匈奴这个强悍的骁勇的游牧民族，怎么说消失就从人类历史进程中消失得无影无踪了。

——著名作家　金　庸

大家说高建群骄傲、自负、目空天下。我这里想说的是，中国这么大，有这么多人口，如果没有几个像高建群这样自信心极强的作家，那才是不正常的。

——中国社会科学院文学研究所研究员　蔡　葵

春秋多佳日，西北有高楼。

——著名作家　张贤亮

高建群是一位从陕北高原向我们走来的略带忧郁色彩的行吟诗人，一位周旋于历史与现实两大空间且从容自如的舞者，一个善于讲庄严"谎话"的人。

——中国作家协会原副主席　高洪波

高建群的创作,具有古典精神和史诗风格,是中国文坛罕见的一位具有崇高感和理想主义色彩的写作者。《大平原》把家族史兜个底掉,看后让我很感动,也很心痛,唤起我对故乡、对农村的情感,唤起我强烈的根的意识。我没想到高建群在"潜伏"多年之后突然拿出如此有分量的作品。

——中国作家协会原副主席　高洪波

《大平原》有内在的惊心动魄,写家族的尊严、生存的繁衍史,实际上是写我们民族强韧的生命力。这部长篇淋漓尽致地发挥了书写"命运"的优势,不是写一个人的命运,而是写了三代人的命运,厚重感非常强。

——著名评论家　胡　平

高建群对《大平原》中的女性人物都满怀敬意和温情。为了家族立足,高安氏骂街骂了半年,成为一道风景。用这种方式起到的威慑作用,来捍卫高家人生存的权利。顾兰子是书中的灵魂式人物,也是这部书苍凉的体现。

——著名评论家　雷　达

《大平原》基于高安氏、顾兰子等乡村女人的坚韧形象,这部新"乡土女性小说"中女人比男人强,乡土文明决定了女性在乡土生活里面所具有的支配性。

——著名评论家　孟繁华

《最后一个匈奴》进京的盛况如在目前。27年了，它远远跳过速朽期！27年了，它的风采依旧！27年了，人们——特别是陕西读者没有忘记它，了不起啊！

——著名文艺评论家　阎　纲

作为延安的一位文艺战线上的老战士，听到介绍，《最后一个匈奴》这部长篇小说写了大革命时期以来的三代人的命运，直到现在的改革开放时期，这还是过去没有人写过的重要题材，我很高兴！我祝贺这部作品出版，并获得成功！

——原文化部副部长、中国文联党组副书记　陈荒煤

27年前，《最后一个匈奴》在北京引发轰动一时的"陕军东征"，至今在文学界仍是一个历史性的重要话题，一段难忘的记忆。

——《人民文学》杂志原常务副主编　周　明

高建群的《遥远的白房子》，给我们许多启示，它也许预兆了小说艺术未来发展的某些趋势——难道，小说艺术在经过了几百年的艰难探索，它又回到讲故事这个始发点上了吗？

——北京师范大学教授、中国当代文学研究会理事　蒋原伦

如果不把《最后一个匈奴》这部中国当代文学的红色经典，变成一部电视剧，那是我们影视人的羞愧。

——央视著名制片人　李功达

《大平原》能拍一部大电影。我把中国的导演，脑子里过了一遍，最合适的这个导演叫吴天明。《大平原》中描写的那些事情，我全经历过。我父亲是解放后第一任三原县委书记，我自小就是在那一片土地上长大的。

——著名导演　吴天明